笭菁作品31

掃墓

禁忌錄

笭菁
著

目錄

CONTENTS

本故事純屬虛構・內容概與現實無關

楔子

吵吵吵吵吵，除草機割著墓丘上的長草，再順道鋸斷旁邊長出來的樹枝。

身為墓園管理者，每年最忙碌的就是掃墓節前一個月了，大家都會來掃墓，收錢的他得把墓園清理一下。

他把鋸下的樹枝又切成幾段，身後不遠就有個山崖陡坡，雖說邊緣都是小樹長草，但他知道下面深得很，便動手把樹枝拋下去，回歸大自然。

看著長草過長，舉起除草機順便也清理一下，就怕有人不知道以為這兒有路，踩下去就不好了。

轟轟轟……馬達聲隆隆。

啊啊啊……哀鳴聲似是重疊。

嗯？管理者錯愕，關上除草機，怎麼好像有聽到什麼？

他皺著眉，環顧四周，重重地嘆了口氣，最近這裡不太安生啊……搖搖頭，只管做好自己的工作就好了。

再度開啟除草機。

唦唦唦唦！
啊啊啊啊——

第一章

清明時節雨紛紛，時至今日，老祖先的智慧也難敵氣候異變，雖不至萬里無雲，但抬頭可見蔚藍天，陽光普照，今天高溫二十六度，在這種天氣下掃墓，那真是熱煞人。

趁著清明前的連續假日，許多人抽空先出來掃墓，也避開節日當天的人山人海與塞車，彭家人總是利用此時來場一年一度的大相聚，沉浸在這歡樂的掃墓氣氛中。

「大哥！」老二下車看見久違的大哥上前就是擁抱，「怎麼瘦這麼多！」

「健身啊！我開始騎腳踏車了！」老大使勁擠出肌肉，「要不然都不知道肥到哪邊去了！」

「唉，對啊！」老二看著自己的肚子，「我是越來越腫了，還都胖肚子！」

「要活就要動！」大哥趕緊宣傳健身的好處，「老三是很瘦，但是那瘦的病態不健康……」

幾個小孩跟在後面，堂兄弟也是好久不見，小孩子熟得快，一下子就吱吱喳喳地玩在一起。

「安靜！這裡不是能讓你們亂吵的地方！」長輩趕緊低聲勸阻，「我們不可以在掃墓時吵鬧喔，這裡也住著別人！」

「噓——」孩子們自動地安靜，較大的孩子會照顧小朋友及小小朋友。

這家年紀最長的子姪輩是彭重紹，老么家的孩子。老么當年才高中就奉子成婚，差點沒把爸媽氣出心臟病來，不過一轉眼二十幾年過去了，婚姻幸福、孩子也平安長大，身為大堂哥的彭重紹照顧堂弟堂妹可熟稔了。

家人陸陸續續到達，一票人便從公墓旁的石砌樓梯往上走，十歲的彭重謙牽著自己的堂妹，看著這一壟接一壟的墳丘，在孩子眼裡自是高大；他們這家堂兄弟姊妹歲數落差很大，最大的彭重紹是家族老么所生，已經二十四歲了，但最小的是老二家的女兒，今年不過四歲。

十歲以下的小朋友就佔了好幾個，每個都在那邊「哇哇哇」地看著墳丘。

公墓很快就沒了路，大家便開始踩在土路上，公墓在山裡，整塊都是坡地，路自然不是平的，總是下坡上坡地移動著。

小朋友分不清路就不用說了，家族裡倒有許多人不跟著走也鐵定迷路，在墳丘中間穿梭，實在很難記得自家的墳在哪裡；不過對於彭重紹來說沒什麼障礙，別的不說，至少他掃墓的經驗值就比別人高啊！

「小心喔，只能走中間的路，不可以踩在人家墳墓上！」堂姊輕聲警告著小孩們，

「不然裡面的人會生氣的！」

「是鬼嗎？」八歲的阿明小小聲地說。

「欸！」這氣音實在太大聲，惹得媽媽一陣惱怒，「童言無忌！童言無忌！你們在胡說什麼啊，這些字都不要亂說！」

小孩子哪懂？只知道被罵了，嘛起嘴還不明所以。

終於到達第一座墳，大人們開始忙碌，或除草或是擺放祭禮，並準備焚紙錢，孩子們被叫到旁邊別礙事，但也不許亂跑——怎麼可能！

「哇，你們看，好高喔！」八歲的阿明踮起腳尖，俯瞰著下頭一丘丘的墳頭。

「五姑婆那邊的路最可怕，再過去就是懸崖了！」堂姊指著墳對著的方向，的確沒路，有的只是青草綠樹。「誰都不可以過去喔！」

「是！」孩子們亮著雙眼瞅著，「姊姊，那個是香蕉嗎？」

在崖邊的綠樹上，結著一串鮮綠色的芭蕉。

「好像是耶！但好綠不能吃吧？」堂姊聳了聳肩，「要黃色的才可以吃！」

「啊……」也不是沒吃過香蕉，但對孩子來說，野生的沒吃到有點可惜。

孩子們年齡相仿，比較大的男孩可皮了，趁機到處跑來跑去。

阿明跟大兩歲的小謙堂哥最為要好，兩個人假裝在旁邊晃呀晃，然後一溜煙就跑到隔壁幾座墳墓邊去。

「你看！我說真的吧！」彭重謙得意地對著墳前祭禮說，「有 OREO！」

「哇，真的耶！」阿明好奇地往前看，辨認著上面的文字，「這個人也喜歡 OREO 喔！」

「可能吧！」彭重謙踩上墳丘的墓岸，想挑戰自己般地往上走，「嘿，你猜我能不能不掉下來走一圈？」

「別那麼沒禮貌！」阿明說，還雙手合十地對著墓碑拜了拜。「你不要亂走，不可以走人家墳墓喔！」

「我沒走，我走的這個是石頭！」彭重謙越走越斜，開始張開雙臂保持平衡。

「那、那就是走人家的圍牆耶！」阿明顯得有點緊張，「不禮貌，不禮貌！」

「我有跟他說了！」彭重謙自說自話，阿明一陣錯愕。

他默默地轉頭看著碑上那燦笑的光頭男人照片，「有先說就可以喔？」

彭重謙一頓，往右看向他也只是聳個肩，應該吧？

阿明不敢踩，他就只是走出這個墳外到處晃，有掃過的墳上面會壓很多有顏色的紙，燒過紙錢後還會擺放點心，每個人家的墳都長得不一樣，有的好大，圍牆好壯觀，有的卻好小，幾乎都要跟旁邊的土融在一起了。

阿明蹦蹦跳跳，越走越遠，看著許多墳頭上的彩紙，五彩繽紛的好不美麗。

太陽很毒，小臉被曬得通紅，男孩身上斜背著水壺，打開來就灌了好幾口，抹著汗想找處地方坐下；左顧右盼，謹記著不可以冒犯別人的話，男孩找到了一處石龕。

石龕沒立在任何墳裡，而是獨立在一處石垣角落，阿明只覺得那邊有好多大石塊，上面好像有一座小廟，說不定是土地公爺爺呢！阿明恭敬地作揖拜了拜，然後爬上那處轉角坐下。

「好熱喔！」他抹著汗，又灌了好幾口水。

唰——一陣狂風驟起，捲起的塵土迷了男孩的雙眼，他驚嚇得閉上眼，感受到那極具寒意的風吹來……倒是非常暢快！

好涼喔！男孩笑了起來，闔上雙眼迎向這舒服的風！

「阿明！你在幹嘛！」厲吼聲突然傳來，嚇得彭重明跳起來，往上看去，是大堂哥。

彭重紹由上方走下，皺著眉不太高興，抱下他後，看了眼石龕，裡面刻什麼根本看不見，石龕看上去有點年代還有缺角；他雙手合十喃喃跟對方道歉，說著小孩子不懂事，然後推著他往上去。

「回去了！誰讓你跑這麼遠！」

「噢！」彭重明才要抬起腳朝上爬樓梯，卻發現大堂哥居然沒跟著他，而是往反方向去。「大堂哥你要去哪裡？」

「欸，你先回去就對了！」彭重紹急著嚷嚷，隨便揮揮手就往前奔去。

彭重明也不太懂，總之聽話地走上去返回，由於這兒處處是墳丘，總是被輕易擋去視線，這些孩子隨便一往下走人影就不見了，二伯母找得正急。

「哎呀！阿明！」媽媽正找得焦急，看見他的頭出現在某座墳丘邊，接著小小的身影就出現了，「你跑到哪裡去了！」

「下面而已啊！」他趕緊往媽媽那裡奔去，偷偷朝左邊望去，「小堂哥呢？」

「我在這裡！」彭重謙早就跑到自家的墓埕裡，想要幫忙燒冥紙了。

母親氣急敗壞地走來，一邊檢視他有無受傷，接著就是拽過他的手碎碎唸著，這裡不是遊樂場，不是能讓他們亂玩的地方！阿明委屈地說他沒有玩，他只是走下去而已，玩的明明是……小堂哥……

還是不要告狀好了。

「惠雲、惠霓！」小伯母也喊著，兩個才五歲的可愛雙胞胎女孩嘻嘻哈哈地牽著手跑回來，小臉一樣紅撲撲的。

大家努力地擠到窄小的墓埕及周邊，好好地跟著大人掃墓，對五姑婆行禮，小孩們都搶著想燒紙錢，不過最終只讓他們勉強燒個一兩張。

「這好像是芭蕉耶！」彭家老二也留意到了崖邊生長的果樹，「熟了哩！」

「真的假的？能吃了嗎？」老大也湊上前，伸長手卻搆不著。「摸不到啊！」

「沒關係……那個，重紹！」彭家大伯叫著彭重紹，「你最高，過去把那串芭蕉摘下來！」

大伯母回頭，看著一群男人在果樹邊忙碌，「你們又在幹嘛？水果我們又不是沒帶！」

「大嫂，野生的耶！」老三可興奮了，他們把鐮刀交給彭重紹，其他人負責抱住他，以防他身子探得太前給摔下去。

「就這身教怎麼教孩子？」彭重明的媽媽無奈地搖頭，「下次小孩子有樣學樣，我們要告訴他不可以這樣嗎？」

「就說長大了才可以吧？」也只能這樣解釋。

「我探不到耶！找東西拉好了！」彭重紹努力半天還是搆不到芭蕉，「我把樹勾彎點，小伯父你試著看能不能割下來！」

一群男人通力合作，彭重紹找到東西把樹往崖邊拉了點，好讓小伯父能輕易地抓到芭蕉，直接以鐮刀割取。

「喔喔喔喔！」一陣歡呼聲傳來，小伯父順利地摘下了芭蕉啦！一群男人不分老少，全都青春起來，或者說他們到老都還是孩子。

老二立即檢查，扭開一根先嚐——「熟了！好吃啊！」

「耶！」所有人立刻圍過去，一串芭蕉根數也應付不了一家族人，但大家興奮的或剝半或折成數等份互相分食。

說也奇怪，明明就只是芭蕉，但在野外採摘起來似乎特別好吃！

「好香喔！」大堂妹也讚不絕口，「跟香蕉不太一樣！」

「照理說芭蕉偏酸，但會有股香氣，不過這株長得不錯啊！」老大咬著香糯的芭蕉，「熟度剛剛好，不酸還很甜！」

「嘿，我一看就知道是美味！野生的有時反而吃露水，長得好！」老二為了幾根芭蕉還想邀功了。

「好啦好啦！就一串蕉也值得你這麼驕傲的！」

彭重明拿到一大段，是小堂哥分他的，因為大家都知道他最愛吃香蕉，這吃起來超甜的，他也沒吃過綠綠卻還這麼好吃的香……噢，芭蕉呢！

咬下一大口，看著光滑的中心，他好奇的湊近。

「媽媽，芭蕉中間是紅色的喔？」彭重明眨了眨眼，含糊不清地問著母親。

「什麼？」母親轉過頭，「什麼紅色的？」

「這裡啊，中間嫩嫩滑滑的地方，是粉紅色的耶！」彭重明指著芭蕉中心，透著淡淡的粉紅色。

母親彎腰看了兩遍，怎麼看都是鵝黃色啊！「好啦！快點吃！吃完我們去下一個地方了！……唉，有夠熱！」

大人們一邊收拾東西，同時揮汗如雨，媽媽用帶來的水擰濕了毛巾，趁機往阿明身上擦。

「熱厚！」媽媽擦到頸子時，頓了一下……孩子沒有流汗？

嗯？彭重明嚼著芭蕉，搖了搖頭，「不會耶，涼涼的好舒服。」

「我還不知道你這麼耐熱啊！」阿明平常不動就會流汗，但現在在太陽下曬了快一小時居然不覺得熱？

母親拿毛巾往自己臉上擦，隨便，他不熱她熱！

垃圾清空，待火苗熄滅後，一行人便出發前往下一個墓地，孩子們照樣跟著，媽媽牽起彭重明的手時嚇了一跳。

「你手怎麼這麼冰？」媽媽覺得不對勁，連忙蹲下來檢視，「有哪裡不舒服嗎？」

彭重明莫名其妙，「沒有啊……一點都沒覺得不舒服啊！」

「怎麼了嗎？」彭重謙的媽媽也過來關切。

「阿明他手是冰的，而且這麼熱也沒流汗，我以為他發燒自己不知道……」母親的手從他額上放下，額頭……也是冰冷的。

「可能風大啊，我看小謙也沒流汗啊！」彭重謙母親牽著小謙，「沒燒就應該沒事啦！」

二伯母還是顯得擔憂，但是瞧著彭重明看上去好好的，也的確沒生病的模樣，只能說自己多心了！實在是因為彭重明平常動不動就喊熱，又每天汗濕一身的回來，今天根本反常啊！

下一座墳，眾人一樣齊心協力地整理墓園，小朋友們這次不可再走遠了，被要求乖乖在一旁不能跑。

叩……叩叩……

嗯？彭重明像是聽見了什麼，突然回頭。

他身後依然是長得一樣的墳丘，這個墓看起來好大，牆好厚呢，好像有人在敲東西嗎？

「我要紅色的！」

「我也要……不然一半！」

小堂妹的聲音從左邊傳來，兩個女孩蹲在地上，刻意背對了大人們，在那兒窸窸窣窣地說話。

彭重明轉著眼珠子，好奇得也跑過去，蹲在她們面前。

「你幹什麼！」女孩子立刻藏起手中的東西！

「妳們在玩什麼？」彭重明用氣音說著，擺出一付我是妳們這邊的姿態，「噓，我不說！」

「彩帶啊！」雙胞胎姊姊的惠雲從口袋裡拿出繽紛的彩紙，「有好多顏色耶！」

哇，這些……彭重明一怔，「是壓在墳墓上的那些嗎？」

旁邊的惠霓小妹用力點點頭，「在剛剛那邊撿的，有一個地方超多彩帶的！」她還珍惜似的把收集來的彩帶整理成一疊。

彭重明不知道拿那個會不會怎麼樣，回頭看著自家人在墳上壓的紙，清一色的米白。

「我覺得妳們會被罵耶，小心點！」彭重明趕緊讓堂妹們收起來，「被大人看到就完了。」

「所以我們偷偷玩啊！」小堂妹嘛起嘴，「哥，你幫我們分一半！」

分……彭重明立刻再偷偷回頭看著忙碌的大人，趁沒人注意他們，趕緊接過彩紙，對折，小心翼翼地分成了兩半，公平地分給她們。

「喂，你們在玩什麼？」

冷不防的，身後傳來小堂哥的聲音，語帶威脅。

「噓——」三個孩子同時噓了聲，彭重明連忙把彭重謙拉蹲下來。

「吼，你們在做壞事厚！我要告訴大家！」彭重謙一臉得意的小人樣，回頭就要扯開嗓門，「小伯……」

「你如果說了，我就說你踩在人家墳墓的圍牆上！」彭重明先發制人，即使他最討厭別人打小報告！

這讓彭重謙噤聲了，他不爽地回頭瞪著彭重明，「你這叫威脅耶，對！威脅！」

「我說實話啊，你真的踩人家墳！」彭重明壓低聲音，「你不說，我也就不說。」

彭重謙一付很無奈的樣子，還不忘挑眉打量小女孩們，「好，那妳們要說妳們在幹嘛！」

小堂妹怯怯地看向彭重明，他想小堂哥都答應了，便點點頭。

「媽咪，我們可以坐那邊嗎？」彭重謙回頭大喊，指著前面不遠的樓梯。

那樓梯是路，不是誰家的墳頭，距離大家也不遠幾步就能抵達的地方；所以大人們往前探看，確定了只是一般階梯後才點頭。

「只坐在這裡，不可以去別的地方！」二伯母不忘交代，絕對不許亂跑。

孩子們乖巧點頭，較大的兩個男孩坐在上頭，讓小堂妹們坐在下兩階的地方，彭重紹還過來刻意瞥了一眼，彷彿知道他們在使壞似的。

「好漂亮喔！」彭重謙看著彩紙，「我們家的都沒有這麼多顏色！」

「對啊，我們拿了好多。」女孩們悄悄地說著，「想要編成一條長長的帶子。」

女孩腦中想的是韻律體操的彩帶舞，如果用這麼五彩繽紛的紙編起來，那該有多好看啊！

「妳們這樣到處去拿人家的紙，不太好吧！」彭重謙都不知道怎麼有臉說這樣的話，「要是人家生氣怎麼辦！」

「踩人家圍牆的人。」彭重明果然立即發難。

彭重謙趕緊擠眉弄眼地叫他不要講，還不高興地瞪著他，「啊你就乖寶寶啦！」

「阿嬤就說來這裡要乖啊！又不是第一次來了。」彭重明認真得很，「你都故意！」

「啊她們咧！」小堂哥指向女孩，「亂拿彩帶，妳們拿了幾個墳啊！」

小女孩們一時也答不出來，扳著指頭在那兒算著，因為不敢一次拿光，她們的確採分散戰略，好像至少拿了五六座墳吧？短短小手比出一個五，想是這個數字。

「……這好像在做壞事喔！」彭重明喃喃唸著，心裡有點不安。

「這算什麼懷事，就拿幾張紙而已。」彭重謙突然流露出一抹神秘，還帶著點閃亮的神情。

彭重明知道他這種表情，他們才差兩歲啊，根本從小玩在一起的，這是小堂哥有什麼秘密寶貝要炫耀時的表情！

所以連彭重明都期待地看著他，還幫忙把風，觀察忙碌的大人們。

「他們沒有在看！什麼什麼？」他趕緊問著。

兩個小堂妹也圓著雙眼，看著這大他們數歲的哥哥。

只見彭重謙不動聲色地把自己背上的背包取下來，放在兩腿間，緩緩地拉開拉鍊……拉到一半他緊張得頓住，彭重明趕緊幫忙回頭探查！

背包終於打開，小女生伸長頸往裡頭看，不由得亮了雙眼，彭重謙還伸手往裡頭去，悄悄地從掌心裡撈了個東西往上，好讓彭重明那角度可以瞧得清楚耶。

「哇……」彭重明驚愕不已，不敢置信地看著小堂哥那抹得意的笑容。

OREO。

小堂哥的背包裡有一盒全新的 OREO 餅乾，該不會是剛剛那座……陳什麼的——「你踩圍牆的那一家嗎？」他覺得自己聲音在發抖，因為有點冷。

彭重謙臉上掛滿了笑容，重新拉好拉鍊，用力點了點頭。

「哇……」堂妹們果然露出崇拜的眼神，雖然她們根本不知道彭重謙拿的是誰的 OREO，但她們知道 OREO 很好吃！

彭重明打了個寒顫，「可以、那個可以拿嗎？」

大人是沒說過不能拿，但好歹那是人家的東西？

「又吃不到了。」彭重謙嘟囔著，「你不要大人說什麼就聽什麼好不好？大人都說很多沒道理的話啊！」

「沒道理？」彭重明一愣。

「就是沒有為什麼的廢話。」彭重謙逕自把背包揹起來，「全都亂講，要我們聽話卻從來不講為什麼，這不是很奇怪嗎？」

彭重明默默看著彭重謙，從小就是這樣，小堂哥什麼都要問為什麼，對什麼都質疑，但是大人也的確很少告訴他答案，都是叫他們聽話照做就對了，只是他根本不敢違逆大人的意思啊，也沒有去想過大人是不是亂講。

亂講的嗎？所以其實……彩帶沒關係，拿 OREO 也沒關係嗎？

彭重明又打了個顫，他怎麼覺得好冷喔……搓著雙臂，太陽這麼大，他怎麼覺得越來越冷了……

※　　※　　※

阿明媽媽拿著耳溫槍往孩子耳旁嗶了聲，憂心地看著上面顯示的數字，三十九度。

「還在燒嗎？」從廁所走出的爸爸擔心地問，「藥不是吃下去了？」

「吃了啊，但還是三十九度。」媽媽絞著雙手，「再等等吧，等藥效發揮，藥也不能一次吃太多。」

母親擰了濕冷毛巾往阿明額上蓋去，心中滿是自責。「他今天跟我說很冷時，我就應該要注意的，結果我還罵他，以為他在亂！」

「不能怪妳，我也覺得他在亂啊！」爸爸趕緊勸慰，「今天熱成這樣，我都曬傷了，阿明說冷誰會信啊！」

「我應該要先檢查他體溫的！」母親心中有一百萬個早知道。

「大家都忙，這麼多墳要清理。」丈夫上前，拍拍老婆，「沒事的，藥都吃了，再不行明天早上就帶去看醫生。」

嗯，也只能這樣了！媽媽點點頭，看著躺在床上不停發抖縮著身子的孩子，心中總有些不安。

「欸，你說會不會……煞到了？」她壓低了聲音，「就今天……」

「說什麼！怎麼會？」爸爸倒不以為然，「孩子們今天都在附近，也沒有做出什麼不敬的事啊！」

是嗎？媽媽自己都無法確定，因為忙於掃墓的事，所以根本無法保證每一秒都看著孩子啊。

他們今天都住在旅館裡，整個家族幾乎包下了整棟民宿，因為難得見面，所以往年慣例總是一天掃墓一天玩；今天過了正午後，阿明就開始不對勁，先是喊冷吵著要外套，接著活動力越來越低，等到她能回神注意到孩子時，他已經全身發抖了。

「我再去廚房倒點熱水。」媽媽拿起床邊的杯子，就怕吃藥後的阿明會口渴。

小女兒才四歲，似懂非懂地坐在床上抱著她的娃娃，她只知道哥哥生病了。

「喝！」

就在媽媽要打開房門時，床上的阿明突然喝了一聲，直接一骨碌坐了起來。

「阿明？」媽媽回頭，又驚又喜，因為到剛才為止，阿明都是不清醒的狀態，「舒服點嗎？」

「不行……來不及！」阿明慌亂地搖頭，伸手往被子裡拿東西，「好燙！哇……」

他倏地抽手，手上什麼都沒有，卻甩動得激烈，一邊朝著自己的手吹氣，「呼呼，好燙！」

語畢，他又伸手往被子裡去，看起來真的是抓了什麼東西出來，彷彿有一把一把的空氣被他抓住似的，往身後甩去，再伸進被窩裡抓取，再抽出往後扔；但是坐在隔壁床的父親跟門口的母親怎麼看，卻都什麼都看不見。

「阿明？」媽媽有點嚇到了，「他夢遊嗎？」

「有可能，先別叫醒他。」父親要媽媽不要靠近，在沒有危險的前提下，先不要叫醒夢遊的人比較好。

「搶不到，這樣我搶不到的！」彭重明竟開始哭泣，慌亂地抓取，「給我一點，拜託分我一點！」

「你在搶什麼？」父親跟他對著話，一般都會回應。

「這麼多我為什麼不能搶？不搶不行啊！」彭重明又變成低吼，「不是都是燒給我們的嗎？」

燒？大人們一愣，還沒反應過來，阿明突然狠狠倒抽口氣，身子驀地僵直，然後磅地直直往後倒回床上。

房間裡靜寂無聲，父親盯著孩子的行動，媽媽的手還握在門把上呆愣，四歲的妹妹歪著頭，不明所以地梳著手上娃娃的頭髮。

「阿明？不搶了嗎？」爸爸試圖詢問。

床上的孩子身子突然一鬆，又開始蜷起身子發抖了。

「我來！」在媽媽憂心要回身時，父親率先走過去了，「妳去倒水吧！」他細心地為孩子蓋上被子，他是真的冷到發抖，輕觸了額上的溫度，依然高燒不退。

媽媽嘆口氣，拉開房門朝外走去，因為阿明生病的關係，大家把民宿一樓的位子讓給他們，離廚房比較近；小謙媽媽剛巧開冰箱拿宵夜，看見她愁容滿面，自然知道孩子狀況不好。

「燒得太高也是要去掛急診的，」她建議著，「不然明天一早先去附近診所看看。」

「嗯，我知道，現在溫度還好，」媽媽苦笑著，「真不知道怎麼被傳染到的，今天這麼熱，我實在沒想到他會著涼。」

「說不定之前就感染了，只是潛伏期到今天爆發。」小謙媽媽勸慰著，「辛苦了，我先上去了。」

兩個女人頷首微笑，小謙媽媽上了樓。她覺得她現在需要一杯咖啡，隨手拿過民宿附的三合一，為自己沖了杯香濃咖啡，晚上得由她看著阿明，本來就不可能睡，不如現在就先提神吧。

湯匙在馬克杯裡輕轉圈碰撞，發出清脆的聲響，叮叮鏘鏘，她只需要幾分鐘的平靜……捧起馬克杯啜飲著，她突然覺得哪裡不對，往右手邊一瞥。

一個孩子不知何時站在那裡，嚇得她差點尖叫！

「天——」她及時掩嘴，聲音差點就響徹雲霄，「嚇死我了你！小謙！」

彭重謙就站在流理台邊，但來的時候竟毫無聲響，才嚇得她花容失色。

孩子就只是站在那兒，沒說話沒出聲，吊著眼睛向上看著她。

「怎麼了？你想要什麼嗎？」阿明媽媽心跳得好快，真的會被這孩子嚇死，「你走路怎麼都沒聲音？這樣不出聲嚇人很不好啊！」

大家都知道這輩屬小謙最皮，但今天這種狀況並不適合開玩笑。

「他搶不到的。」彭重謙突然冷冷地說，「不屬於他的，怎麼搶都沒有用。」

「……什麼？」媽媽有幾分錯愕。

彭重謙抽著嘴角，露出一抹不屬於孩子的冷笑，接著旋過腳跟離開廚房，留下莫名其妙的阿明媽媽。

她不懂這孩子在說什麼，誰搶不到？搶……她心有不安，因為阿明剛剛也說在什麼搶不到？

「小謙，你等一下。」阿明媽媽決定問清楚，今天一整天他們都玩在一起，是不是知道什麼？

才一往前，卻突然看見背對著她的小謙竟踮著腳走路，幾乎只用指頭前端在行走，這是什麼詭異的走路方法？

聽見呼喚，彭重謙果然止步，幽幽地轉過頭來。

阿明媽媽不敢上前，她說不上來的詭異，小謙的臉色好怪，整張臉像被一層黑影籠罩，而且眼睛幾乎被眼白佔了大部分，剩下的兩小顆黑眼球彷彿在瞪視她。

然後，他衝著她咧嘴而笑，嘴裡竟是一片黑！

小謙？她正訝異於那嘴裡的黑，下一秒小謙突然變了眼色，抽搐著身體，一彎身嘩啦地吐了！

「嘔——」

「小謙！」阿明媽媽緊張地扯開嗓子大喊，「小謙吐了！」

她驚恐地喊著，鼻息間聞到令人反胃的惡臭，看著雪白地板上一大片黑色嘔吐物，她甚至不知道大家晚上有吃了什麼黑色的食物？

味道實在太可怕，她掩鼻往廚房邊的後門衝去，這哪是嘔吐的味道，這根本像腐爛的氣味啊——啪地打開門，頭探出去透著氣，聽著裡面兵荒馬亂，大家都從二樓或三樓衝下來了。

阿明媽媽好不容易才勉強換口氣，一抬頭，卻只見一片漆黑。

民宿外所有的燈，不知何時竟早已全數熄滅了。

第二章

香火鼎盛的廟宇裡，不論平日假日總是香客眾多，人們或擺牲禮或添香油錢，手持香虔誠的敬禱，不是祈禱生意興隆、就是希望家庭和睦，或是誰誰身體健康，均是有所求。

他也不例外。

阿瑋拿著香，認真地對著正殿的神明默禱。

「信男阿瑋，不求其他，只求一生順利……只要順利就好。」阿瑋認真地請託著，他真的沒有要什麼大富大貴，只求不要太多阻礙，「啊，還有可以讓我感覺少一點嗎？或是請好兄弟們繞道，總是看到他們讓我覺得很麻煩啊！」

絮絮叨叨唸了一堆，他突然想起家裡的「室友」。

那個之前去醫院探望同學時跟回來的室友，很愛乾淨，會定時洗澡，偶爾還會唱歌，地盤在廚房一帶，除了偶爾拖拉椅子，動動廚具外，倒是很少跨越領地範圍。

但是，橫豎是個飄啊！

阿瑋遲疑了，事實上他每次來廟裡都會遲疑究竟要不要請神明將「室友」請走呢？

不是分擔分房租的問題，重點是「室友」不是人啊，天曉得會不會突然哪天發狂，那他不是倒大楣嗎？

但是，「同居」以來，室友倒是沒害過他，反而幫了他不少忙……唉，他總是這樣掙扎，但最後總會算了！有個室友也不壞啦，因為對方的確也沒傷害他啊！

好！阿瑋專心致意，一件件來，他只希望可以少遇到一點麻煩，生活能維持最低水準的順利就好。

祈求完畢就是求籤的時候了，上次擲一輪就求到籤了，但是籤的運勢簡直不忍直視的大凶，他希望這次能夠有好一點點的結果啊。

手捧筊，再次向神明求聖筊，一次、兩次、三次，都沒有結果。

「拜託，行行好，我就求一隻籤嘛！」阿瑋有點為難，「不要這樣，我平常也沒少孝敬您啊！」

跟著唸完再擲，又是哭筊。

「您該不會是覺得我求籤也沒什麼用吧？」阿瑋無奈地自言自語，手一鬆，笑筊。

……阿瑋看著地上的笑筊，心裡更添悲涼，做神沒必要這樣吧？他抬頭看著神明，「您要知道，越是我們這樣的人，越是需要一個希望。」

連廟公都留意到他了，擲這麼多次沒有結果，就表示神明不願給籤啊，是不是應該請施主下次再來。

「再接再厲！」阿瑋闔上雙眼虔誠地喊著，「就一隻籤！」

匡啷，終於出現聖筊了！

嘿！阿瑋開心地看最終結果，一旁的廟公勉強擠出一絲笑容，「孩子，你知道強摘的果子不會甜。」

「沒關係，我就算不強摘也都不是甜的！」阿瑋習以為常，開心的取籤。

籤筒沙沙，背景音襯著細微的哭喊聲，阿瑋隱約留意到廟的後方有爭執，剛剛哭泣聲、尖叫聲，還有怒吼聲，後頭鐵定發生了什麼事。

抽到八十一號，他即刻從一旁的籤詩小抽屜中取出自己的籤，一旁的籤師端坐著，阿瑋根本不需要他們，他對籤詩已經很熟了。

而且重點還不在內容，他很容易知足的，只要、只要不是大凶或凶就好了。

「平也好，小凶也沒問題。」他小心地捲開紙籤，「至少別讓我再摔車啊！」

緊緊握著籤，彷彿在開什麼對獎的頭彩一樣，緩緩地打開……大……凶……

啊啊啊啊啊！阿瑋在心裡無盡吶喊，忿忿地回頭看著端坐正殿的神明，是有必要這樣對他嗎？大家都是子民啊，他只是想要最最低水準的順利生活而已，這麼微小的願望居然也不讓他實現！

「算了。」反正也不是第一次，他也不意外啦，逕自喃喃，「既然大凶最近都搭大眾運輸工具好了，走路也要小心一點……」

一路盤算著未來的生活，才走出正殿，就意外看到從偏殿走出來的一群人，每個人不是皺眉就是在哭泣，而且十幾個人聲勢浩大，看起來可能是剛剛在後頭爭執的人們喔！

哎呀！阿瑋瞇起眼留意著其中一個人，怎麼覺得有點面熟呢？

「彭重紹！」他一認出來便開心地大步往前，揮手喊著，「哨子麵！我是阿瑋啊！」

完全沒留意到這家人的烏雲重重，所有人不由朝著右前方奔來的阿瑋看去，就見他滿臉喜悅熱情，而彭重紹眉頭深鎖，他才在愁雲慘霧中咧，略微辨識後，也突然驚喜地展眉而笑！

「喔天哪！阿瑋！吳阿瑋！」他認得了，是大學時同系隔壁班的吳阿瑋，趕緊迎上前去，「好久不見！」

兩個男孩即刻碰拳，來個久違的大擁抱；其實以前在校時他們有一度挺熟的，共同課時都坐在隔壁，交情比一般人好，但大學畢業後，各自有要忙的事，雖然都有加社群軟體，但除非有人刻意維持，否則一般很難持續。

「你也來拜拜喔！」阿瑋喜出望外地望向他身後，「結婚了嗎？」

「沒有，家裡有點事……」提起這件事，彭重紹又現憂思，「我堂弟好像煞到，帶過來想看能不能解決，結果……」

他邊說，下意識地回頭，看著後頭的家人們。

煞到？阿瑋聽見關鍵詞有點緊張，他看向身後的數個人，均是父母帶著孩子，其中一位男孩臉色發黑，戴著帽子的頭低垂著，毫無生氣；阿公阿嬤自然也跟來，另一對父母手裡緊握著符，身邊是跟他們差不多年紀的人，但氣色也不甚優。

「那、個……」阿瑋覺得不太妙啊。

「我最小的堂弟，臉色很糟，先前有發燒，退燒後行為跟說話都變得很怪，另一個較大的堂弟更慘，吃什麼吐什麼，現在在醫院裡治療。」提起這些，彭重紹就心裡不快，「看醫生都沒有用，我們想是掃墓那天煞到了，所以到廟裡來求助。」

阿瑋忍不住看著低著頭的彭重明，他後面還有另一對父母，手裡各牽著一個小女孩，長得很像，彷彿雙胞胎似的

「那廟裡怎麼說？」阿瑋問這句話時，下意識又嚥了口口水。

「沒用！」彭重紹不爽地別過頭去，「跟別間一樣，這都不知道第幾間了，只說被煞到，要我們燒符水、做做法回去就好了，但根本沒用……」

當然沒用啊！他們全家身上全部都纏著東西啊！尤其那個小朋友，他幾乎都能看得

見清晰的人影，就騎在小朋友頸子上啊！

等等！彭重紹突然看向阿瑋，他突然想起以前在學校時，這傢伙很敏感啊，老說自己行事要格外小心，且總是能感覺到那些，後來夜遊都沒人要揪他！

「等等，阿瑋，你現在在這裡感覺得到什麼嗎？」彭重紹趕緊朝彭重明招手，「阿明來，給大哥哥看一下！」

登！纏著彭重明身上的黑影突然跳開晶亮的眼睛，朝他這裡望過……瞪過來了。

「不不不不不不——」阿瑋驚恐萬分地連聲喊不，外加後退，「不必過來，你就站在那邊就好了！」

「……阿瑋？」彭重紹看著他，這是哪門子的態度啊？

「那個再聯絡，我有加你 FB 嘛！先這樣，掰。」阿瑋邊喊邊轉過身，急急忙忙地往廟外奔離。

不，他那不是跑，是逃。

「我去找我朋友，等等自己回去！」彭重紹轉頭跟伯父們說，「他一定知道什麼！」

「咦？」阿明媽媽一聽，彷彿出現了曙光似的，「他是什麼厲害的人嗎？」

「不，就是個很容易出事的人！我先走！」彭重紹沒頭沒尾地喊著，趕緊追阿瑋而去。

阿明媽媽難受地看著自己的孩子，阿明的神智時而清醒時而恍惚，但是對他而言他都覺得自己是清醒的，因為他不會記得自己曾說過什麼詭異的話語，或是做過什麼搶東西的動作。

「大堂哥去哪兒？」彭重明困惑地喊著，「他朋友好奇怪喔！」

「是嗎……」爸爸拉過彭重明，「來，我們先回家。」

彭重明點點頭，小手舉高讓爸爸牽上，爸爸遲疑了幾秒，開始牽握冰塊般的小手，往停車場的方向走去。

第五間廟，阿嬤也已身心俱疲，不知道聽了多少種方法、說孩子們只是被煞到，符咒貼一貼就沒事了，結果阿明剛剛把符水喝下去後，立刻衝著廟祝說：「這種東西對我沒效。」

師父望著彭重明，語重心長地告訴他們，彭重明煞到的東西太邪，不是他這種修行的人能幫上忙的，要他們另請高明，又給了另一間廟的地址，並且告訴他要快，再不處理就來不及了。

可是，這裡已經是前一間指引的「更高明」的廟了，這樣下去，什麼時候是個頭啊？

「好端端的為什麼會這樣……在公墓那裡究竟發生了什麼事？」小謙媽媽開始哭泣，她的小謙還躺在醫院裡不吃不喝。

「要不趁時候還早，我們先去下一間廟吧！」大伯父當機立斷，師父都說不能拖了。

「我不想去。」彭重明抱怨起來，「一直去廟很無聊！」

「阿明，這是為了你好，你不想一直這麼冷對不對？」阿明爸爸溫聲地說著。

看看今天有十幾度，彭重明卻穿得活像在零下一樣，那是種自骨裡透出來的寒意啊。

彭重明嘆口氣，點點頭，他也不知道自己怎麼了，每天都覺得很累，而且好冷好冷，不管穿再多，抱著電毯依然覺得寒冷。

「我想去上學。」他囁嚅地說。

「我們快點把病養好，就可以去上學了。」爸爸耐心地說著。

「小朋友的肉最香了。」彭重明突然笑出一臉燦爛。

阿明爸爸戛然止步，使勁甩動了握著的小手，他一顫身子地抬頭，是他們平常那個天真的孩子啊！

「你剛……說什麼？」爸爸擰眉，嚴肅地問著。

「我想去上學。」彭重明嘟起嘴，一臉可憐兮兮。

二伯母連忙上前，再度牽起另一隻手，「快了！一定可以很快回學校的。」

彭重明點點頭，低垂頭踢著地上的小石子……帽兜下的嘴勾起冷笑……既然都聽到了，何必再多此一問呢？

※　※　※

「阿瑋！你給我站住——」

歷經一段努力不懈地拚命奔跑……其實並沒有，才出廟門阿瑋就被路邊不平的磁磚絆倒，由後追至的彭重紹輕而易舉地逮到他。

「你不要鬧好不好？」阿瑋實在是無力至極，「我才剛抽到大凶，你就出現是什麼意思啦！」

「大……你大凶跟我出現有什麼關係？你現在是說我是你那個大凶嗎？」這誰聽了會高興啦，彭重紹緊揪住阿瑋的衣領，「你把話給我說清楚，你看到什麼了？」

「沒沒沒沒沒有……我什麼都沒看到。」阿瑋連忙擺手，有他也不會承認好嗎？

「喂，我從大學說到現在，我不是陰陽眼，我只是體質比較敏感一點而已。」然後比較容易吸引負面事情，運勢極低罷了……罷了，唉。

「所以呢？你敏感的體質感受到什麼了？不要跟我說五四三，你剛剛根本是在逃難！」彭重紹嚴肅地盯著他，「我沒在跟你開玩笑喔，阿瑋！我家事情真的很嚴重。」

他知道啊！阿瑋緊皺著眉，彭重紹一家全部都罩著黑氣，那不是路邊的小地縛靈或是普通小鬼而已，老實說他不管遇到多少衰事，也從來沒看過這麼可怕的邪惡！

就、就說上次外送到連薰予朋友家的大樓時，那棟樓一整層鬧鬼耶，它們超凶殘，甚至殺了許多人，但也沒有這種令人毛骨悚然的戾氣……對！這是一種詭異的邪惡，只是站在外圍，都能感受到被威脅。

上次那家的好兄弟還挺明理的，感覺有明確的目標跟針對性，至少沒為難他這個比薩店的外送小弟啊！

「你也有你知道嗎？」阿瑋沉重地看著同學，「進廟都沒用的，黑氣就罩著你，只是沒有那個小朋友嚴重而已。」

彭重紹身子一僵，深吸口氣，終於鬆開了手，顯得很苦惱。「我知道，一切就從上星期掃墓開始，什麼都不對勁了！」

「掃墓啊……」阿瑋嘖嘖搖頭，可真是不意外，那是集陰之大成吧。「所以我都遙拜，那地方我去不得。」

「問題是一路上很順利啊……應該吧，我們也沒做什麼犯忌的事！」彭重紹焦急地嚷嚷，「而且中的全是小朋友，你說是怎麼回事？」

「啊我不是師父啊，你問我沒用啊！但墳墓那種地方不必我多說吧？搞不好你踩過一片土以為沒事，下面卻有無名屍啊！」阿瑋只能拍拍彭重紹的上臂，「我覺得你們被很可怕的東西纏上，趕快去找高人解決才對……真正的高人，你們沒有時間在那邊一間一間試了。」

彭重紹一怔，他聽見了關鍵字，「你說什麼？為什麼我們沒時間了？」

「呃，被跟是有時效的耶！如果是普通無害的就算了……但你們這明擺著不客氣啊！」阿瑋說起來完全是一付司空見慣的模樣，「像被厲害的跟上喔，你要是弱一點直接掛掉都有可能！尤其你剛說有誰嘔吐還是住院的，這表示對方超凶的耶，接著那個人身體只會越來越衰弱，最後……」

兩手一攤，他想彭重紹會知道這是什麼意思。

「……你為什麼口吻很像在讚美？」彭重紹只覺得全身發寒，「天哪，為什麼是他們？他們才幾歲啊！」

「小朋友比較好上手啊！」阿瑋聳了聳肩，「這就是柿子挑軟的吃的道理咩！時間不多，快先把對方請走，沒時間去想到底怎麼煞到的了！」

「高人！有門路嗎？」彭重紹即刻朝阿瑋伸手，既然經驗值這麼高，總有幾間厲害的吧？

阿瑋很認真的思考數秒，其實今天這間廟已經算不錯了，但如果連這間廟都不能處理的話……

「我傳給你，離我們有點遠，但還是先去看看。」阿瑋即刻拿起手機打訊息，「不能去的小朋友就帶衣物去就好了，讓師父先看看嚴重性。」

「好！謝謝！謝謝！謝謝！」彭重紹極盡感激，彷彿攀到求生浮木，因為他完全沒有資訊，而且從一個總是出事的人給予的感覺更可靠啊！

「去那邊要低調，一定要誠懇，那裡看起來只是普通民居的宮廟，但裡面的人很厲害也有點個性，說不定會拒絕你，到時你要誠心拜託，或是說我的朋友……」阿瑋說到一半，抬頭看了他一眼，「還是不要講是我朋友好了。」

「為……為什麼？」

「不要講比較好啦！反正你這一看應該就知道有問題了！」真是謝謝喔！阿瑋說得自然，彭重紹聽了直想翻白眼。

「萬一他有問，你就說衰運大磁鐵那個就好！」阿瑋講得從容，「然後你有多少護身符全都戴在身上，剛剛廟裡有沒有求？」

呃……彭重紹搖搖頭，一聽見師父說無能為力，他們自然都沒想要請什麼了。

「去去去，有幾個掛幾個，戴在身上多少有用。」阿瑋認真傳授秘技，「我看你們家的人每個都要，住院的那個更要戴。」

都住院了，感覺很糟糕啊！

彭重紹似懂非懂地點著頭，看著阿瑋傳來的地點，遠是遠了點，但為了解決事情，讓家族人人平安，再遠都要去，只是……

「阿瑋，我問句真格的。」彭重紹突然相當謹慎，「這種事……我是說如果就這樣放著，會解決嗎？」

阿瑋用相當驚恐的眼神看著同學，急速緊張地搖頭，「你瘋了嗎？這種事不能放著！」

「所以，會……」

「會死人的啊！」阿瑋抓住他的雙臂，「不管你們是怎麼沾上的，不徹底解決是不行的！」

怎麼沾上的……彭重紹焦慮地搔著頭，厭煩地朝旁就是一陣低吼。

阿瑋瞭解他的心情，不管是煞到或是被纏上，總是會諸事不順，更別說他們家還有小孩子都已經住院了。

只是，阿瑋看著同學，他不確定是不是有什麼纏著哨子麵，但是令人不安的是，在他眼裡的哨子麵，是深陷在黑霧裡的。

萬一他認識的人也解決不了怎麼辦？他們究竟遇到了什麼，去掃個墓怎麼會發生這種事呢？憑他多年的經驗告訴他，這不是簡單的煞到而已好嗎？

哎呀，不知道小薰能不能感覺得到什麼呢？

※ ※ ※

「喝！」

男人手端著水，卻沒來由地打了個寒顫，杯裡水晃蕩著。

「怎麼了？」一旁的女人好奇地問著，「你會冷嗎？」

「不是……突然不太舒服。」蘇皓靖蹙眉看著手裡的杯子，怎麼莫名其妙會打寒顫？「以前這種狀況就是有事要發生，不過，嗯，妳知道的。」

但他們現在在這裡，所謂的直覺幾乎失效。

蘇皓靖恭敬地捧著瓷杯裡的茶水，將杯中的水一飲而盡後，還給眼前的師姐們；連薰予雙手合十地朝師姐們作揖行禮，然後微笑轉身，在廟宇的長廊上，仰望著葉縫間的陽光。

蘇皓靖合十敬禮後，拎起地上的行李袋，享受著春風拂面，那種清爽感已經很久很久沒有過了。

看著前方的女人，即使亂盤一頭長髮，卻益顯慵懶素雅，她正闔眼站在圍欄邊享受陽光與微風，看上去閃耀動人……蘇皓靖凝視著那靜謐如畫的身影，如果她不是第六感強的人，那該有多好。

「啊……好捨不得喔！」連薰予睜眼，廟簷上都是密葉，陽光點點，「這裡好安靜。」

「妳想在這裡待一輩子嗎？」蘇皓靖笑著上前，「可以的話啊，我也想。」

回首看去，師姐們規律並具秩序地做事，這間坐落於荒山野嶺間的小廟，屬清修之地，清一色都是女人，說她們是尼姑也不是、僧侶也不是，每個人都自稱是修行人。

所謂的早課晚課也跟他印象中的不同，並且不硬性規定，隨心所欲，只是不能下山；有興趣時聽聽她們唸經，有時欣賞心靈音樂，或是到附近運動，也有百坪大小的圖書館供他們看書，活動筋骨的話還能去幫忙種菜、施肥鋤草，反正不愁沒工作做。

只是這裡的經文他聽都聽不懂，也絕不是一般的佛經。

「可惜我身在塵世中，萬不得已。」連薰予腳步輕盈地往前跳著走著，「我以前來這裡都覺得無聊死了，這次有你作陪可有趣了！」

「……謝謝喔，沒事我是不想再來一次了。」蘇皓靖無奈地搖頭，「話說妳姊是怎麼找到這種地方的啊？」

「就說她很迷信啊！什麼門路都有，只要我遇到很糟糕的事情，她就會壓著我來這邊『淨、化』！」

淨化啊……其實也沒錯啊，蘇皓靖覺得自己的身心都被清空一般，不是被掏空，而是將累積已久的煩悶與壓力一掃而空，包括因為直覺強大而塞滿的窒悶。

「很有效，至少我現在覺得無比輕鬆，而且在這裡我的直覺毫無作用。」蘇皓靖看著幾隻彩蝶翩翩飛過，「不知道我多久……沒能這樣靜下心看著蝴蝶飛舞了。」

還記得有一天，他跟連薰予兩個人就坐在後頭一棵大樹下，欣賞天際雲朵變化、聽鳥兒鳴唱，蝴蝶飛舞，什麼話都沒說，就這麼呆坐一整天……聽不見也看不到任何事情，所有可能的第六感盡數失效。

「是啊，這是這裡最棒的地方，什麼都感覺不到，就像……」連薰予頓了一頓，「像羅詠捷那樣，只是個普通人。」

每個人或多或少都有直覺，俗稱第六感，這種東西強弱不同，但連薰予卻是屬於較強的那種，強到什麼地步呢……強到她可以感應到誰等一下會出事，甚至出什麼事，一切都真的只是「直覺」，聲音跟影像會自動浮現在腦海中，彷彿已經發生，或是她正目擊著他們發生。

所以她能提前預知哪條路等會兒會塞車，就會選擇不塞車的這條，哪班車會誤點，所以她可以幾點出門，這聽起來很便利，但如果再升一級呢？

塞車的那條路是因為車禍，有時她甚至察覺是哪輛車出事，誤點的車子是因為有人跳軌，她還能知道在輪下被碾碎的身子上穿著什麼衣服。

然後，如果感應到這些的時候，那輛會發生車禍的車子就停在她旁邊呢？如果走在路上時，身邊就經過圍著同樣圖案圍巾，搖搖晃晃的女人呢？她該不該阻止？她明明知道接下來會發生什麼事。

對她來說，擁有第六感從小到大就是一種折磨，這種直覺讓她痛苦，因為她不該也不能干涉他人的人生，如果動手阻止了這件事，可能引發其他人的死亡，或是更嚴重的事故，誰該負責？

她不敢，所以她選擇強忍，但對於親近的人卻無法坐視不管，總是會提醒一兩句，只是提點，她不敢直接說出「直覺告訴我，你等等會出事」之類的話語。

這種第六感，還包括了對魍魎鬼魅的直覺，哪邊有東西、誰家裡有不速之客，她全部都能感應……或許影像不清楚，或許發生的事情不明確，但至少她能分辨出「安全」與「危險」！

她不是勇士，甚至是個膽小鬼，只會藉著這樣的直覺閃躲危機，若非親近者，她總是選擇逃避。

這不是什麼厲害的超能力，但卻把她歸在非普通人這類上，更可怕的是能察覺有惡鬼，卻沒有對付的力量！所以她對什麼事都保持距離，不跟人深交、把自己侷限在自己的世界中，每天固定行程生活，也不多管閒事，她只想安穩度日——直到遇到了蘇皓靖。

「東西放在後車廂就好，我會送妳到家。」蘇皓靖打開後廂的門，先扔進自己的手提行李。

「謝謝。」連薰予放上去後幾分遲疑，「其實你可以把我放在就近的捷運站。」

她沒有忘記，蘇皓靖是多麼地對她避之唯恐不及。

「送到家而已沒什麼關係，不然我很怕會被妳那個律師姊姊告。」蘇皓靖挑了眉，按下車門按鈕，順手關上了後車廂的門。

「那也不難，你介紹她幾間廟，說超厲害，她對你就立刻有好印象了！」連薰予提供秘技，她那個姊姊喔，明明是精明幹練的律師，卻超級迷信！

「這不錯！我學起來了。」蘇皓靖一派輕鬆地坐入車內。

過去，她跟蘇皓靖在同一層樓上班，不同公司。

他們公司的櫃檯設在外頭面對電梯處，所以身為總機的她總是可以看見兩間公司的人來來去去，提起蘇皓靖別說她知道了，整棟大樓的人都知道二十四樓有個顏值上等、身材一流的男人，待人和氣，撩妹高段，女友一個比一個正，換女友卻也比誰都快。

她知道他，但是卻不知道原來他也是直覺極強的人——不是跟她一樣，是比她還強大！

強大到她望塵莫及的地步，但是卻比她更能適應這種第六感帶來的後遺症！因為他遊戲人間，完全不管感應到的任何東西，不管是誰會出事、哪裡會發生事故，他都當沒這回事，把自己當成一個普通人，絲毫不在意！

她做不到如此泰然，一輩子都學不起來啊！

繫上安全帶，蘇皓靖有點依依不捨地回首再看了眼那樸實的廟宇。

「下次有空我還要再來一趟，淨淨神也好。」他回身認真說著。

「不知道是誰說一下山就要吃牛排的。」連薰予趁機虧他。

「喂，肉很重要好嗎？吃一個月素菜妳不膩啊？」這點是他最詬病的！

「膩啊！」她搖了搖頭，「不過姊今天一定會幫我接風洗塵，鐵定有一桌好料。」

「哼哼。」蘇皓靖眼尾瞥了她，「反正我也沒打算跟妳一起吃。」

連薰予略頓，還是回以微笑，「我知道。」

誰都不喜歡這種感覺，第六感強大已經為他們帶來諸多困擾了，更別說萬一更強的話怎麼辦？

因為，他們兩個只要一靠近，第六感便會放大，有時直逼預知的地步，隨之而來的壓力更是龐大，而且一旦感受到不好的東西，恐懼只會侵蝕自己。

蘇皓靖跟她不一樣，他直覺強大但完全不管事，但是如果第六感變得更強呢？感應跟著增加，很多想無視的事情硬生生壓在身上，想坐視不管，也難逃內心的自責或愧疚。所以他討厭與她接近，原本平安把妹的生活，被她攪得一團糟，不得不面對的事層出不窮！所以他直接請辭，乾脆遠離她的生活圈，離得越遠越好，也算還給彼此一個安寧。

她也是這麼覺得……但卻難掩心裡的失落。

不過，不知道是誰時運不好，明明不可能再有交集的他們，居然因緣際會在謝先生家入厝時偶遇，他們家入厝時犯了嚴重的禁忌，導致整層樓血流成河，事情最後雖然落幕，但……套她姊的話來說：「沾染太多殺氣」，因此送他們來這裡清修淨化。

一個月的時間說長不長，一晃眼就過去了，他們也該回到正常生活。

面對現實啊，連薰予，直覺變得強大也不是妳願意的不是嗎？

「羅詠捷不知道過得怎麼樣了，畢竟她家樓上一整層都是凶宅了。」車子往山下開，車內突然有些沉悶，蘇皓靖隨意找話題。

他們這一個月沒上網，與世隔絕，因為根本沒訊號。

「來之前我沒看她有搬家的打算，她好像無所謂。」連薰予乾笑著，「我想可能因為姊送她的那些東西有用吧，上次那種凶惡的鬼都能遏阻，而且那些是死守家園的亡者，羅詠捷覺得又不是她家，所以……」

「呵呵，我喜歡她的樂天。」蘇皓靖這是發自內心的敬佩，「她家樓上只有一戶人家裡頭有亡者，但還是死了整層樓啊！」

「嗯……」連薰予只能聳肩，「啊不是已經被驅走了？」

一提起將惡鬼驅走之事，連薰予就會下意識地緊張起來，因為……嗯，那是她跟蘇皓靖以接吻的方式一起驅走的……哎唷！

咳，影像再度浮現，她反而有點難為情了。

車內又陷入靜默，彷彿兩個人都憶起他們是怎麼把惡鬼驅走的……嚴格說起來說不定是救援而非驅趕，因為某些亡靈死後不是自願待在原地的，而是被束縛住，或是根本不知道該怎麼離開。

而他們靠近彼此時除了第六感增強外，也會隨著接觸的「深入程度」，產生某種類似驅鬼的能量……連薰予暗暗做了深呼吸，她不該再去想那個吻了！那天蘇皓靖會吻她，是因為那間屋子裡存在的惡鬼太強大了！

那個吻並沒有藏任何感情的！

「啊！」蘇皓靖突然興奮地指著前頭，「蔥抓餅！不管，我得先吃點再說！」

「沒問題！」連薰予突然有點感謝蔥抓餅的救援，化解車裡的尷尬，「那我要九層塔加蛋喔！」

從便利商店借完洗手間出來時，連薰予本來打算買兩杯咖啡，卻在瞬間覺得不太妥，於是轉身取了兩瓶水；她走回車邊時，蘇皓靖就靠著車子，望著眼前的馬路，一旁的蔥抓餅攤子生意依然絡繹不絕，他們才剛吃掉兩塊。

連薰予跟著往馬路瞧去，她知道蘇皓靖在看什麼。

「我們是不是待一晚再走？」她遲疑著，「好像不該今晚走。」

蘇皓靖蹙著眉頭，瞥了她一眼，果然她也感覺到了。

剛下山時那份神清氣爽蕩然無存，接觸到現實世界、接觸到人後一切都變得混濁，車聲呼嘯、喇叭聲不絕於耳，人語笑聲絮絮叨叨，所有感官都變得複雜起來，原本以為消失的第六感又回來了。

她的心情變得很窒悶，對於要回家這件事感到不安。

「我喜歡順其自然，小心點就是了。」蘇皓靖嘆了口氣，「我覺得呢，等等走平面道路……不好。」

「高速公路也不妥，我一想到就打冷顫。」連薰予難受地深吸口氣，「怎麼辦，我……我手在抖……」

蘇皓靖越過車子看著在另一邊的她，握著水瓶的手真的在微顫。

「好，輪流吧，哪邊安全哪邊走。」他還能輕鬆地笑出聲，「反正我們兩個在一起，直覺強大應該是能閃的！」

帥氣拉開車門，排隊買蔥抓餅的一個妙齡女郎從剛剛就瞅著他看了，蘇皓靖毫不吝嗇地給予道別的笑容，從容坐入車裡；連薰予無奈地握住副駕駛座的車門，光碰到車門都讓她覺得如鯁在喉的難受。

叭——極度刺耳的聲音從腦子裡穿過，她跟著一陣暈眩，還沒開車門就趴上了車身。

啊……好暈。連薰予撐著車子站直，剛剛那陣搖晃感又是什麼。

「感覺到什麼了嗎？」駕駛倒是鎮靜自若，看著終於入座的她。

「你應該比我感受更明顯吧？」連薰予嘟起嘴，「唉天哪，真不該下山！」

「我們感應到的東西不太一樣，不過今天一定有車禍就是了，只是我們可能剛好會被捲進去——」他指指安全帶，「所以我們要做的，是避開這場車禍。」

連薰予無奈地拉過安全帶扣上，「晚一天回去的話，是不是就可以閃過了？」

「說不定會遇到更大的？」蘇皓靖根本不打算做大動作的閃躲，「走吧，反正哪天不車禍對吧！」

話是這麼說，但是……連薰予看著發顫的雙手，這是她第一次感覺到他們切實同在那場車禍中。

嗯……她突然回頭，怎麼好像聽到誰的聲音？

一路返家，不安的感覺擴大，車子裡連廣播都沒放，靜寂得驚人，因為車內的兩個人需要聚精會神，深怕一個閃神，誤判了他們與生俱來的強大第六感。

「走中間，等等內側也會塞車。」連薰予輕聲提醒，「前方可能有烏龜車吧，這條會被塞死。」

「內側還烏龜這種路隊長最煩。」蘇皓靖忍不住抱怨，留意安全距離，打了向右的方向燈。

一台深藍色的車掠過，蘇皓靖安穩地回到中間線道，刻意略放慢速度，與前頭那台藍色車子保持距離；因為剛剛經過藍色房車時，他聽見的是重大撞擊聲，看見迸散的玻璃，還有酒。

「前面那台酒駕嗎？」連薰予望著正前方，幽幽出聲，「好像才從KTV出來。」

「是嗎？我只感受到重大車禍而已，真希望是自撞，不要牽扯其他人。」蘇皓靖瞥了她，「我們果然感受到的不一樣。」

「別說了，我一點都不想有這種感受。」她悶悶地說，要是平常……她說不定根本不會知道眼前這台藍色的車會出事。

砰——可怕的撞擊聲讓連薰予嚇了一跳，她驚恐地往遠方看，看見有車子飛起，物體四散，還有可怕的尖叫聲跟……

「連薰予！」一旁的蘇皓靖厲聲喊著，「說話！」

「咦？」她急忙回神，先是看向嚴肅的蘇皓靖，再正首向前，是一路順暢的高速公路……「下去！我們立刻下交流道！」

她慌亂喊著，才發現車子曾幾何時早已經在外線了，蘇皓靖的確是準備要下交流道。

「我知道要下去，但只是直覺一定要下去。」他小心的切入隊伍中，交流道總是車多，每輛車都緊鄰著彼此。

「這就夠了，前面等等會出車禍……」她略鬆了一口氣，「就是一直讓我們不自在的主因。」

說不定依照正常速度，他們的車會捲入那場車禍中……

「很嚴重嗎？」

「我沒辦法感受得那麼清楚，我只知道撞擊力道很強，整輛車都飛起來……」她抿了抿唇，下意識看向蘇皓靖在排檔桿上的手，她當然知道接觸的話，他們彼此的直覺就會更加強烈。

但他們誰都不願意。

下坡路段的交流道口，每輛車只能等待，但是蘇皓靖卻依然煩躁。

事情還沒完，他總覺得那場車禍他們還沒避開，或是還有別的事故……總之，他感到他的車前燈壞了，連引擎蓋都凹了好嗎！

終於下了交流道，蘇皓靖在附近繞一圈，重新再回到高速公路上，這樣子應該可以避開發生車禍的那段……只是當他開上國道時，就知道一切都不對勁了——事故還沒發生！

「太早下了嗎？」連薰予連忙道歉，「我無法知道時間，我只知道——」

「不，不只是妳，我剛剛不是也直覺往外側開去嗎？」蘇皓靖緊蹙眉心，他開始覺得這一切都不正常了，「事情有變化，或是我們的直覺被什麼阻礙了。」

被阻礙了？連薰予覺得這種說法好可怕，因為這種說法，是彷彿有人知道他們具有第六感，然後想出什麼辦法刻意讓他們感受錯誤似的？

「走一步算一步了。」蘇皓靖轉念向來很快，先保持安全距離比較重要。

麻煩的在於，就算你奉公守法、保持安全車距，後面偏偏就有人要開得飛快，硬是要緊追在後、甚至超車逼車！這種情況他也只能提高警覺，換車道或是乾脆讓對方超車。

連薰予只感到一片混沌，認真思考後，她望向了蘇皓靖在排檔桿上的手。

「我想平安回到家，姊還在等我。」她沉著聲，「你也知道，沒把我安全送到家的話，姊……」

蘇皓靖失笑出聲，「這個威脅挺有效的，來吧！」

來吧！他們雙方做足心理準備，連薰予將手搭上了他的手。

兩隻手相疊，第六感瞬間放大，甚至連思考都無法，蘇皓靖立刻再往外側車道切去，他必須立刻馬上離開這條路，從最近的交流道切進去！

叭——刺耳不爽的喇叭聲果然傳來，因為他們都已經快到槽化線了，這是硬切入，無怪乎人家會不爽！

只是這聲喇叭，連薰予在一個小時前隱約聽過。

「飛起來的是白色的國產車。」蘇皓靖等著好心人讓他們插隊時，左邊正巧使過一台白色房車，「這台。」

「車號後五碼是……」連薰予顫了身子，因為剛剛腦裡浮現一片車牌迎面飛來，正面擊破了他們的擋風玻璃，緊接著是血紅一片，「363」。

天哪，她下意識撫上自己的頭，如果沒閃過，那不只是車禍這麼簡單而已，車牌恐怕會打爆她的頭！

「在北上的地方出事！」蘇皓靖向來看得比她清晰，「碎片一地，連環車禍……有點慘……」

終於排進下交流道的隊伍，他伸長頸子往前看，奇怪咧，為什麼他覺得車前頭還是會毀損？這樣還閃不過嗎？

「北上……」連薰予彎了頸子往上看，就在前面不遠處了，所以——

砰——說時遲那時快，上方傳出了驚人的碰撞聲！

連薰予緊握住蘇皓靖的手，明明眼前是匝道口，但他們卻可以同時看見上方高架飛起的白色房車，車牌與碎片紛飛，然後車子翻落中間車道，煞車不及的油罐車跟著打橫往前，間接撞上了外側車道的紅色車子——

翻出了國道圍欄！

「衝過去！」連薰予驚恐地尖叫著，於此同時，蘇皓靖已經踩下了油門，死按著喇叭了！

因為他們前面還有一輛車，被這麼一按嚇得趕緊加速往前，蘇皓靖的車頭直接頂著前方的車尾往前，兩台車一起往前衝。

連薰予不敢往上瞧，她緊握著蘇皓靖的手，眼睛盯著儀表板看，現在任何一秒的遲疑都不行，他們要做的是衝過交流道，因為那台翻落的紅色房車，會直接掉在他們車頂上的！

軋——一滑出交流道範圍，蘇皓靖猛然一個甩尾，直接向左的打橫車子，手煞車一拉，抱著連薰予立即伏趴！

前方被頂著跑的車子被撞得莫名其妙，跟著往旁邊滑行之後，也呈現打左的姿態，恰好與垂直車道同一方向；他也拉起手煞車就準備下車……砰！

從天而降一輛紅色的車子，就摔在蘇皓靖的車旁不到五公尺的距離，車頂在下，整台車前端壓扁，碎片四處噴飛，嚇得正要開門下車理論的車主哇哇大叫！

車內聽不見外面的尖叫或是喇叭聲，雙雙趴伏在座位上的蘇皓靖悄悄抬頭，心裡那抹沉重的壓力消失了。

「呼，結束了。」他拍拍連薰予，坐直身子，看著那台撞扁的紅色房車，四輪朝天，一堆人正衝上去察看。

連薰予披散著長髮抬首，看著車前蓋上的碎片，還有……碎裂的擋風玻璃：伸手輕撫裂痕，原來還是有東西飛來，只是不是那台車子的車牌。

望著十一點鐘方向的房車，人們正在外頭試著拉出裡面的乘客，連薰予緊皺起眉……來不及了。

「我真搞不懂，每次遇到車禍大家就是想把人拉出來……都沒人思考過有時人就是這樣被拉殘的嗎？」蘇皓靖很是無奈，「或是本來不會死的，一移動就再見了。」

「熱心但基本常識不足，大家都不知道熱心救人有時反而會置人於死地。」連薰予苦笑著，「我覺得我們要先解決一下我們的行車糾紛。」

她指著右邊的房車，那台被蘇皓靖半撞半推的車子。

「我可是救了他一命耶……當然是為了救自己。」蘇皓靖嘆口氣，「妳在車上，我處理就好。」

鬆開安全帶，他已經做好賠錢的打算了，畢竟如果跟人家解釋「我感覺我會被車子砸中才推你的」狀況只會更糟，還是認賠就好，反正都有保險。

「有小孩！卡在後面！」路人試圖扳著扭曲變形的車體，「快點！有沒有東西把車門打開。」

蘇皓靖聽見細微哭聲，小男孩吧……卡在安全座椅上，直覺已經告訴他絕不能碰那個孩子，要讓他保持原狀。

但人各有命，就讓徒有熱心的人去負責吧。

轉身走向那被他推著走的灰色車子，車上的人敢情是嚇傻了嗎？怎麼都沒人下車，一點反應都沒……喝！

等一下，蘇皓靖擰緊眉頭，僵著身子，這種感覺是什麼？也太熟悉了吧？

喀噠，灰色的車門終於開了，探頭而出的是一臉嚇傻，瞠目結舌的男子，他痴呆般地看著眾人在搶救的紅色房車，眼珠子瞟到站在他身邊的蘇皓靖。

「……嗨？」他魂不附體地打著招呼，「幹！這就是我抽到大凶的原因嗎？」

「抽到大凶的是我吧！」蘇皓靖簡直不敢相信，立刻往自己車子一指，「連薰予！妳那個活動神主牌的同學！」

哎呀，連薰予一看見就下車了，「阿瑋？」

※　※　※

難以形容的疲憊壓在身上，蘇皓靖蹣跚地在靜寂路上的廊下走著，真沒想到蓄積一個月的電量，可以在幾分鐘內虛耗殆盡……他又嘆了口氣，這已經不知道是下山後嘆的第幾口氣了，怎麼會這麼不順？

一下山就遇到車禍，而且他跟連薰予在一起還閃得千鈞一髮？這讓他覺得萬分詭異，平常光他自己的第六感就足夠避禍了，這次怎麼會這麼辛苦？第一次下交流道時他就有強烈的危機感，結果國道上卻什麼都沒發生，這件事令他耿耿於懷。

再來，他可憐的車子不是被撞的，那凹痕是因為他去撞前頭的車子造成的，結果居然是連薰予那個運勢極差的同學……那個只要接近他就會覺得什麼事都能發生的傢伙！

做筆錄，當然是和解，他希望用最快的速度與那位阿瑋除去一切瓜葛，那個傢伙太容易招惹事情了，是喝水都會嗆到的類型，在他身邊根本自找苦吃，難免受波及。人是不錯，但運勢差就沒什麼好說的，虧得阿瑋還熱情問要不要共乘回家……他連想都不必想，天曉得跟他一起搭車會發生什麼事，他禁不起再一次的車禍了。

為了靜心，徒步走回家，看著馬路對面的小綠人剩倒數五秒，他一點也不想衝，知道這條大馬路的紅燈秒數要等上兩分鐘也無所謂，沒什麼好急的……右邊有學生正在奔跑，想趁黃燈時衝過馬路。

而與他僅距三十公分、靠走廊的一台摩托車正催著油門，蓄勢待發盯著垂直向的黃燈，看來又是綠燈一閃就要衝出去的——

「先生！」蘇皓靖突然開口對著面前的騎士喊了。

騎士愣愣地看向他，催著的油門略鬆，騰出左手掀開安全帽上的罩子，「什麼……」

軋——刺耳的煞車聲驚天動地，尖叫聲迸出，一台闖紅燈的小客車直接從右邊巷子衝出，逆向撞上了甫一綠燈就衝出的兩台機車，騎士騰空飛起，機車向後倒地旋轉，再攔腰掃上了那個衝黃燈的學生。

「呀啊啊——」

但小客車沒有停，他持續逆向衝進車道裡，那些來不及起步的機車或轎車也接連受到波及，或被撞毀或倒地，只是沒有前頭那三位這麼悽慘。

砰！小客車終於在撞到第二台車後停下，車前方都被撞凹了，兩線道的馬路上一片狼藉。

一頂安全帽匡啷匡啷地滾到騎士的腳邊，他顫巍巍地向左看去，剛剛身邊那幾台車子現在已是哀鴻遍野，血跡斑斑，機車碎片到處都是，簡直滿目瘡痍。

安全帽碰到他的腳，他如驚弓之鳥地縮起。

「沒事了。」蘇皓靖淡淡說著，其實他只是要借他兩秒鐘而已。

在他願意聽他叫喚、轉過來的那兩秒，就足以決定他不會是前頭躺在地上再也不能動的人之一。

蘇皓靖挪移腳步往右站了一步，依然等待綠燈，思考等等要怎麼繞過那混亂的地面與斑馬線。

「謝……謝謝你！」騎士鎮定得最快，把機車往人行道上一架，直接走了過來，「如果不是你叫住我，我、我只怕……」

「不要搶快，沒什麼事這麼急。」蘇皓靖瞥了他一眼，「送得慢會扣你錢嗎？」

騎士搖了搖頭，「你剛剛叫我有什麼事？有什麼忙我都幫！」

蘇皓靖勉強一笑，「沒事了。」

只是純粹，有點不想再看到這麼多人的死亡……剛巧他在他面前，剛好是不必花費力氣就能影響的人。

「不，真的謝謝！」騎士突然激動地握住蘇皓靖的手，「一定要讓我感謝你——」山裡、墳墓、燃燒的冥紙，淒厲的尖叫、吐著黑液的小孩，吊著眼珠子的男孩，還有——

蘇皓靖倏地抽起了手，比他還吃驚地向旁大退一步！

「你……」他看著騎士，天哪，剛剛沒仔細瞧，他怎麼臉色黑成這樣！「你根本……你是發生什麼事啊！」

「咦？」騎士一怔，瞪圓了雙眼，「你知道什麼嗎？啊啊，你是不是感覺到什麼了？」

蘇皓靖一正首，剩十秒，「不必道謝，我要回家了。」

「你看出什麼了對吧？」騎士哪肯讓他走，一把抓住他，「我家去掃墓後就出事了！我堂弟們個個都出狀況，我自己也不是很順，不管我們去哪間廟都說無能為力，就連阿瑋介紹的高人都不願意見我，我現在已經不知道該怎麼樣了——」

叮，對向綠燈亮起，但蘇皓靖沒有邁開步伐，只是用力地深吸了一口氣。

「誰？阿瑋？」

※　※　※

『今天下午在七號國道發生一起重大連環車禍，疑似有自小客車超車不慎，導致十數台車追撞，甚至造成一輛小客車自六層樓高處墜落，一共造成四人死亡，十七人受傷的慘劇。』

『墜落的紅色房車裡為母子兩人，母親當場死亡，後座的兩歲男童因為被安全座椅卡住，搶救出來時傷及頸椎，目前仍在搶救中……』

「終身殘廢……」連薰予看著電視，喃喃唸著。

「什麼？」對面的女人嚇了一跳，「妳說誰終身殘廢？」

「那個小孩子會終身癱瘓。」連薰予指了指電視，「如果等醫護人員來，先固定頸子再搬出就會沒事的。」

「咦？」陸虹竹張大了嘴，盯著電視瞧，「天哪，所以他們沒先固定他的脖子嗎？」

連薰予苦笑著搖了搖頭，「妳也知道，現場那些熱心的民眾只急著要把孩子救出來而已……」

「噢噢……」陸虹竹嘶了聲，「這種官司我可不想接，我得注意一下。」

蘇皓靖當時倒是沒提到後續，只說那孩子這輩子是毀了。

她平安到家，洗去一身疲憊後，等待著姊姊準備接風洗塵的一桌佳餚——想當然耳，所有的湯裡麵裡應該又放了不少符水，喝一口她就知道。

還真懷念啊……在山裡吃了一個月正常的飯菜湯，好久沒喝到有焦味的符水湯了。

連薰予是被陸家領養的孩子，起因是陸虹竹超想要一個妹妹，所以爸媽真的就幫她找了個妹妹！而且還要滿足她的照顧慾，所以……從小到大，連薰予真的是被陸虹竹照顧得很周到！

包括為了她的強大直覺可能帶來的危險，陸虹竹收集了一堆法器護身，就為了守護這位寶貝妹妹！

「妳打電話來時我都嚇死了，你們居然差點出事！」陸虹竹趕緊夾了燉牛肉給連薰予，「不是才淨化過嗎？」

「姊，那只是意外而已！別瞎想。」連薰予可不想再去山裡過一個月，她會丟工作的！

公司願意讓她留職停薪一個月已經很好了，還因這種莫名其妙的理由？淨化修行？

「幸好有那個蘇小哥在……欸，他幹嘛不留下來一起吃晚餐啊！」陸虹竹打的什麼如意算盤連薰予哪會不知道，「你們這一個月朝夕相處，有沒有什麼進展啊？」

「姊，妳別亂湊對了。」連薰予放下筷子，趁機說明白，「我跟他沒有任何關係，不要想把他牽扯進來。」

「最好，妳姊什麼人？我律師耶，閱人無數的咧，我一看就知道你們關係匪淺！」陸虹竹鼻孔哼氣，冷笑一聲，「他對妳可在意得很！」

「那是因為……我們都有第六感。」她苦笑不已，「也因為這樣，所以他不願意跟我多有接觸，誰都不想去感應恐懼。」

陸虹竹根本不以為然，挑高了眉，送口青菜入嘴，「最好，今天要不是你們跟隨強大的第六感，說不定我現在是在醫院幫妳接風洗塵了不是嗎？」

呃……這話說得也沒錯啦！這麼說來也是有好處的？

「姊，妳知道我小就怕感應到不好的，有時能閃就閃……但我跟他一接近，好事就算了，壞事感應得更加清楚。」連薰予緊抿著唇，「其實我好不容易學習怎麼利用這樣的直覺去幫助人，結果……他不願意。」

一直不想干預他人命運的他，好幾次都是被她硬拖著走的。

陸虹竹筷子抵著牙齒深思半天，不懷好意地瞄著她，「所以你們這一個月什麼進展都沒有喔！」

「姊！」

「枉費我讓你們待一個月，你們天天都在一起啊，到底做了些什麼啊！」陸虹竹簡直不可思議，「明明互相有感覺，到底在忍什麼啊！」

「姊！」連薰予紅了臉，「我就說我們之間不是妳想的那樣！」

「那妳臉紅幹嘛？」陸虹竹挑了嘴角，「小朋友，想逃過律師姊姊的眼睛有點蠢喔！」

……唔，連薰予找不出話來辯駁，反正跟姊辯論一定她輸啊，開什麼玩笑，職業等級差太多了！最好的方式就是行使緘默權！

「沒關係，反正有緣就會再見面！上天做好安排了！」陸虹竹不知道在輕鬆什麼，再夾塊蘿蔔進她碗裡。

「……什麼安排？」她不覺得上天有做什麼安排啊

蘇皓靖送她到樓下，禮貌地跟她說再也不見後就走了啊！

「你們不是撞到那個誰？」陸虹竹咧出一口白牙，「阿瑋？」

噢！

※　　※　　※

彭重明坐在書桌前，正振筆疾書的寫功課，喜歡黏著哥哥的妹妹就坐在他椅後的地上，抱著一堆芭比玩扮家家酒。

「走囉，我要去上班了。」她拿著正妹芭比，對著其他娃娃說道，「在家裡要乖喔！」妹妹手上的洋娃娃是媽媽，出門去上班，還很認真的揹了個皮包，其他便都是孩子，孩子們總有自己無限的想像力。

「希希，妳在做什麼？」媽媽的聲音在外面喊著，跟著開門探頭而入，「又來找哥哥囉，不可以吵哥哥喔！」

「我沒有啊！」女孩稚氣地說著，「我在陪哥哥寫功課。」

「好，很乖！媽媽要去做晚餐了！」媽媽瞥了一眼兒子，「阿明，肚子餓的話可以先吃點心喔。」

彭重明沒有應聲，只是點了點頭。

「媽媽，那個叔叔一直在吵哥哥寫功課！」希希抱著娃娃朝媽媽抱怨，「都不管哥哥要專心，一直吵一直吵。」

都要關上門的媽媽愣了一下，「哪個叔叔？」

希希朝著哥哥身邊一指，「那個叔叔啊。」

媽媽從門縫中看著坐在地板的小女兒，力求鎮靜……孩子們都有個想像的朋友，不要緊張，冷靜點。

「好，那個叔叔，不可以吵我家阿明寫功課喔！」媽媽配合地往裡頭喊了聲。

希希點點頭，繼續專注於她的扮家家酒遊戲，媽媽無奈地縮了縮頸子，輕聲地關上門……沒事，至少希希不是跑來說，她可不可以跟某個她瞧不見的小孩一起玩。

小謙小時候聽說就有過這樣的事，好像很多孩子都有這樣的「朋友」，讓爸媽嚇出一身冷汗。

轉身下樓準備煮飯，她下午去看過小謙了，狀況依然很糟，完全不想吃任何東西，全靠點滴維生，他媽媽短短幾天已經瘦了一大圈，看著孩子莫名生病卻尋不到病因，當母親的總是心痛如絞。

找了這麼多人，每間的師父都說他們是煞到了，目前小謙最為嚴重，她忘不了那天他在民宿裡吐出的黑色液體，那腐臭味真是令人作嘔！收集的液體已經拿去化驗，令人驚訝的是裡面一點食物殘渣都沒有，他們明明都才吃過晚餐。

師父說阿明也有煞到，但是退燒後阿明並沒有什麼異狀，她跟老公依然很留意孩子的狀況，但除了比較沒精神外，其他都還算正常。

夢遊的確令人在意，她還是希望能趕快化解孩子的煞，因為回來後他在半夜還是會重複那樣的舉動，抓著、搶著什麼東西，然後喊著好燙、抱怨搶得太慢。

一次的夢遊或惡夢可以當偶然，但是當每晚他都做一樣的夢，做一樣的動作時，她跟老公就明白不尋常了……他抓的是什麼，他們也心裡有數，只是慶幸狀況沒有小謙嚴重而已。

究竟發生什麼事？為什麼莫名其妙會被煞到？小謙他們有做什麼嗎？何以嚴重到都跑五間廟了，每一間都說無能為力？

「阿彌陀佛……」媽媽神桌前祈禱，「拜託佛祖幫忙，讓我家孩子度過這一劫！」她沉重地上完香，合十又拜了拜，便進廚房準備晚餐。

二樓房裡的男孩的筆早就停了，他坐在位子上，眼神空洞地看著前方，身後地板上的希希玩到一半回首，皺著眉看著哥哥。

「媽媽說不可以吵哥哥啦！」她像個小管家般，還扠著腰唸。

眼神呆滯的彭重明站了起身，眼睛的瞳仁往上吊，露出了大部分的眼白，挺直著身子推開椅子，轉身往房門外走去。

「唉，你會被媽媽罵喔！」希希嘟起小嘴，又繼續低首玩她的芭比。

彭重明打開房門，動作遲緩地站在門前一會兒，彷彿陌生人一樣在辨識方向，然後再轉向樓梯。

「要趕快……搶……我要搶……」他口中喃喃唸著，往樓下走去。

廚房的媽媽正忙碌著，洗菜備料，兩口爐上都在烹煮東西，一個是正在熱著的平底鍋，一個是湯，媽媽轉身打開冰箱，蹲下身子找著她的大蔥，她記得放在最裡面的。

抓到了一把長形的塑膠袋，媽媽將所需物品拿出，關上冰箱門——彭重明突然就站在門軸處，面無表情地看著她。

「哇啊！」媽媽嚇地失聲尖叫，「你做什麼！阿明！嚇死我了！」

彭重明沒吭聲，只是略收起下巴，眼珠子依然上吊地看著母親，透出一種詭異的陰森感。

「你這樣嚇媽媽很過份，也很危險！」媽媽趕緊機會教育，「萬一媽媽剛好是端著會破的東西呢？」

彭重明根本沒在理她，眼神往旁一瞥，繼續喃喃自語，「一直搶不到……不行，這樣真的不行……」

媽媽嘖了聲，拿著大蔥到水龍頭下沖洗，彭重明默默地從她身邊走過，站到了瓦斯爐前，雙眼看著那橘藍交錯的火燄。

「阿明，不要靠近瓦斯爐！」媽媽一回神看見他站在爐前相當緊張，一把就將他往後拉，「火很危險的！」

彭重明向後踉蹌，表情依然很陰鬱，「我要……那些是我的……」

「離開！功課寫好了嗎？先上樓去，媽媽煮好再叫你們！」媽媽催促著孩子離開，但彭重明無動於衷，只是抬頭看了她一眼。

然後衝向瓦斯爐，小手直接伸進了鍋子底下。

「啊啊啊啊——」彭重明燙得立刻縮手，「好燙！好燙……但是我要搶！」

「阿明！」媽媽簡直嚇得魂飛魄散，立刻扯過孩子的手往水龍頭下沖，「你在幹什麼！」

彭重明使勁掙扎，扳住流理台邊緣，死命地與媽媽拔河，「放開我！我要去搶！」

「你在說什麼……」搶？媽媽意識到了，跟他每晚夢遊的狀況一樣，「你睡著了嗎？」

她扳過孩子雙肩，看見的是眼白示人的彭重明，不客氣地往他臉上打去，希望可以這樣叫醒孩子。

「阿明！醒一醒，你是在做夢！」媽媽不敢打得太用力，一邊打一邊搖著，「阿明！」

「呃啊啊！」男孩暴吼一聲，以身體朝她撞過去，「不要妨礙我！妳這個死女人！」

媽媽被撞得向後倒去，背靠上了流理台上的砧板，刀子差點滑落！她吃驚地反手抵住流理台，看著眼前那個神情兇惡猙獰的，自己的兒子。

「滾！」男孩怒吼著，彭重明一扭身，毫不猶豫地將手又往鍋子底下伸進去。

「阿明——」

第四章

時近下班時間，恢復上班的連薰予將事情處理完畢，還幫加班的同仁訂妥便當跟飲料，接著把印好的文件分發到各單位後，她就要準備下班了。

「我真想念妳！」蔣逸文拿到資料誠心地說，「讓我們深深明白一位櫃檯的重要性！」

「說什麼呢，我不在的時候不是有找人代班嗎？」連薰予笑著回應，基本上是大家輪流分擔她的工作，蔣逸文這樣說豈不得罪一票人了？

「就是這樣才可怕啊，我們不知道妳工作這麼雜耶！」羅詠捷咬著筆起身，趴在OA板上搖啊搖，「工作是不繁重，但是太瑣碎了，我光接電話就快瘋了，一堆亂七八糟的電話啊！」

連薰予只是輕哂，她做熟練後倒是還好，但她的工作的確瑣碎事居多，還得應付隨時會有的突發狀況，對於本來就有工作在身的他們而言，自然會更顯吃重。

「好啦，我回來了，不必拍這種馬屁！」她旋了個身，朝公司裡的同事一欠身，「謝謝大家這一個月幫我COVER。」

「不會啦！小事！妳也是不得已的嘛！」

「對啊，所以家裡的事處理好了嗎？」

同事們都很關心，關於她的「請假理由」。

她當然不能說因為遇上凶案與厲鬼，所以被姊姊送進深山淨化清修，請假是以家中親人有重大變故為由，必須回去處理，因為不確定時間，所以爭取留職停薪一個月。

老闆倒很乾脆地答應，同事也願意分擔工作，知道實情的羅詠捷跟蔣逸文當然全力支持，因為發生事情的就是羅詠捷的樓上鄰居啊！

「都處理好了，謝謝大家關心。」連薰予總是這麼客客氣氣，對誰都很和善，也對每個人都有距離。

因為第六感比一般人強的關係，她不想輕易介入他人的事端，也不想跟誰深交，就怕感受到對方可能的意外，而不知道該怎麼辦，所以一直以來，她對誰都是淡然處之。

公司的櫃檯設在外頭，面對著電梯，連薰予回到櫃檯收拾東西，羅詠捷跟蔣逸文立刻跟了出來。

「真的沒事了嗎？」羅詠捷是熟知內情的人，自然問的是她的狀況。

「嗯，都沒事了。」她也同樣關切，「妳呢？沒打算搬家對吧？」

「又不是我家出事我搬什麼？」羅詠捷嘟囔著，「就算是我家，妳不是都解決了嗎？

欸，還在繳房貸誰捨得搬？謝先生都住回去了！」

謝茂一，是那棟鬧鬼屋子的屋主。

「什麼？他搬回去住啊？」連薰予有些意外，「我以為他會租人？」

「哎唷，謝先生在發生事情前就是鐵齒派的，即使發生那麼多事，他好像認為主要是自己妻子疑心病太重，才讓那些好兄弟有機可乘……然後妳姊不是介紹人去做法事？做完他就覺得沒事了。」羅詠捷覺得其實某方面來說，樓上鄰居也挺厲害的，「他認為屋子乾淨了，再怎樣也是自己存錢買的，所以……」

「他好像都沒自覺，一開始觸犯入厝禁忌的就是他耶……就因為他的不信。」蔣逸文覺得那一連串事故挺可怕的，「因為犯到了，才會觸怒屋子裡的亡者、影響到他老婆，別說她老婆還殺了其他住戶……」

「有的人很難溝通的，一直不認為跟入厝禁忌有什麼關係。」羅詠捷也很無奈，「我看他現在住得挺好的，他的青梅竹馬偶爾會過來看他一下。」

「他們並沒有他妻子想的曖昧，我第一眼就知道了。」連薰予覺得有些遺憾，「但情人眼裡容不得沙子，太太也是因為不信任自己與丈夫，才會導致最終的結果吧？」

「好像很難有人能接受吧？」蔣逸文歪了嘴，「不過我還真訝異，他們真的沒在一起。」

「不可能的，他們可是一輩子的朋友跟兄弟，但沒有那種男女之情。」連薰予將抽屜鎖好，拎起包包，「好啦，我週末去妳家時，我再去拜訪謝先生，順道幫他看看乾淨了沒。」

羅詠捷開心地笑了起來，「那就太好了，這樣子我住起來也安心！」

蔣逸文皺眉，「我看妳沒擔心過啊！不是說有什麼小薰姊姊的槌子？」

羅詠捷不客氣地直接一腳朝蔣逸文踩去，連薰予看著只有搖頭，她才好奇眼前這一對彼此有意思的男女，怎麼還沒在一起啊？

「你們慢慢加班吧，我要走了。」身為美編，羅詠捷他們不可能準時下班。

「欸，等等等等！」羅詠捷忙不迭地拉住她，「一個月都跟蘇帥哥在一起，你們進展到哪裡了？」

進展？連薰予笑容都垮了下來，「我們之間什麼也沒有，一下山他就挑明了說希望以後不要見面。」

「嗄？話沒必要說得那麼絕吧？」蔣逸文覺得不可思議，「一付要斷交的樣子，是怎麼了嗎？」

連薰予不想解釋，搖搖頭伸手要按下電梯——咦？

她的手停在半空中，按鈕前，忍不住一陣惡寒，立刻縮回手。

「怎麼了？」羅詠捷知道她那動作的意思，連忙抓她的手一起往後退，「有什麼事嗎？」

「有人來了。」她擰起眉，「不太好的傢伙……我不知道是誰，但就是會讓我不舒服……」

蔣逸文即刻一步上前，擋在兩個女孩面前，不管是誰，都先由他在前頭擋著吧。

叮，電梯果然抵達二十四樓，門緩緩開啟。

「咦？」阿瑋一開門就看到人先是愣了一下，但立刻越過蔣逸文看見了同學，「嘿！小薰！哈囉！你們也好！」

呃……蔣逸文認識阿瑋，上次羅詠捷鄰居事件時，他們超有緣的意外碰面咧！他是小薰同學，因為運勢一直都低落，容易發生衰事，蘇哥哥都叫他：移動神主牌，什麼能活到現在也是世界奇蹟的一位。

「阿瑋……」連薰予真是覺得心臟都揪緊了，「為什麼我看到你就渾身不舒服？」

「我們先進去囉，回家小、心。」羅詠捷哀傷地看著連薰予。

唉，連薰予搖搖頭，按下電梯鈕，無奈地看向阿瑋。

「說吧，有什麼事？」

「我前幾天遇到我同學，他家好像掃墓時被煞到，連去了五間廟都被拒絕耶！裡面的師父無能為力！」阿瑋是為彭重紹搬救星來的，「最糟的是，我介紹給他的高人，連面都不願意見。」

連薰予驚愕地看著他，這個例子怎麼聽……都很糟啊！糟到一種她覺得她也不該見的感覺？

「所以？你跑來找我是……」連薰予相當無言，「連你認識的高人都拒絕，你來找我也太看得起我了吧！」

「哎唷，妳很會啊我知道，至少看能不能有什麼直覺，讓他們解決這件事吧？」阿瑋還合掌拜託了，「我看過他們，真的非常糟，已經不只印堂發黑了，全家都被黑氣籠罩！」

電梯很快就下來，連薰予步入。「哇，這樣你還介紹給我，也太有同學愛了吧？」

「妳上次都幫別人的鄰居了！就看一眼？」阿瑋賣起乖來，「我們只看其中一個就好，至少看能不能告訴我同學該怎麼辦？」

不能碰。

連薰予的直覺這麼警告著，這種光聽阿瑋形容就知道大事不妙，但是連著幾間廟都無能為力，狀況非常糟糕啊……只是掃個墓，是能觸犯到什麼大事？

「我沒說不幫，但就一個。」她看著阿瑋，「還有，我不保證我能做些什麼，你知道我是跟著第六感走的。」

「沒問題，就只看一個。」阿瑋喜出望外，「天哪，我沒想到妳答應得這麼快！」

連薰予輕笑，她並不想。

這麼簡單的事，直覺都告訴她不可以碰，但她不想這麼逃避下去，這種感應如果跟著她一輩子，她就不能逃一輩子。

以前的躲避與畏縮並沒有讓她的人生更好過，她反而因為這樣更痛苦更恐懼，變得裹足不前，只想安全的生活在自己的舒適圈裡；讓她改變想法的是比她更不惹事的蘇皓靖，因為他們在一起時的強大感應，反而讓她覺得自己的力量其實很有力。

羅詠捷的鄰居，便是如此保下他的，雖然不能救下所有人，但怎樣都是一條命。

雖然蘇皓靖不希望再與她接觸，她的感應力也沒他那麼強大，但在有限的能力範圍內，她希望可以多做一點點事情，說不定這一件小事，就可以幫到他人。

一路上阿瑋把他知道的事情跟連薰予說了一遍，其實怎樣也是個大概而已，哨子麵自己都不知道自家人是犯了什麼煞，為什麼掃個墓會被煞到也莫名其妙。

「會不會觸犯到什麼禁忌了？」連薰予推敲著，「畢竟那是墳墓區，很難說的。」

「他自己也不清楚，我有問了一下，三點前就掃完了，也沒有喧譁啊！」阿瑋兩手一攤。

「但你不是說最嚴重的是小朋友嗎？小朋友不是都很難控制，有一直在眼皮子底下嗎？」連薰予聽見住院的才十歲就覺得不妙了，「萬一他們趁大人不注意到處亂跑，踩了人家墳頭怎麼辦？」

呃……阿瑋自己打了個顫，「踩墳頭這種事喔，萬萬不能做啊！」

「小朋友懂嗎？」連薰予與阿瑋一起走向就近的醫院，「等等進醫院前摘片葉子啊！」

「我知道，醫院旁的巷子就有！」阿瑋果然熟門熟路。

連薰予先傳訊息給姊姊表示她會晚點回家，接著與阿瑋兩個人加快腳步往前，阿瑋同時也聯絡彭重紹，說他要帶個人去醫院看看小謙。

「拜託你啦！我是真的不知道該怎麼辦了！」

嗯？聽見某間店裡傳來的聲音，讓阿瑋止了步。

這動作也讓連薰予愣住，但是她旋即感覺到了誰在附近——蘇皓靖？

「別煩我好嗎？你這是在讓我後悔做好事嗎？」蘇皓靖轉著筆，盯著桌上的彩券看著。

也就一百組號碼，他只要簡單挑個六個就行了……

「既然都幫我了，就幫到底嘛！就去看一眼就好，我堂弟就在這附近！」彭重紹苦苦哀求著，「不花你幾分鐘啊！」

「閉嘴一分鐘行不行？」蘇皓靖不耐煩地指著他，「就一分鐘。」

彭重紹立即噤聲，意思是一分鐘後，他就願意跟他走了嗎？

昨天他簡直是死裡逃生，原本他就有搶綠燈的習慣，那時都已經要催油門了，若不是這位先生叫住他，他分神一秒，車子早就出去了——然後跟那個喝到茫的駕駛撞成一團，說不定也被輾過去，跟旁邊那兩台機車一樣。

這才是高人吧！他早知道他會出事的，從他的反應他也感覺得到，後來更是明言說出他家一定有事……好不容易攀到的浮木豈有放掉之理？

畫完號碼，蘇皓靖到櫃檯結帳，獲得一張樂透彩券。

「唉！」將彩券收進皮夾的他重重嘆了口氣，沒有回頭去看彭重紹，而是朝門口望去。

阿瑋跟連薰予就站在彩券行門口，他剛剛就知道了，不知道是感應到阿瑋比較糟，還是連薰予。

「你會買樂透喔？」連薰予劈頭第一句是這個，「這樣對嗎？」

她自己不買，羅詠捷就算纏著她也不想買，就是因為知道自己太容易中，所以她能閃就閃，萬一填到特獎，總覺得生活會被大幅改變……而且用直覺去買樂透她就有作弊的感覺。

「為什麼不買？不買也太浪費了吧？」蘇皓靖一付理所當然，朝阿瑋瞥了眼，「修車費啊！」

「可是……你應該比我更準確吧？」連薰予含蓄地說著，「你每期都買嗎？」

「不一定，有缺就來，先盤算缺多少吧，沒人說要中頭獎啊！」蘇皓靖輕佻地笑著，「妳可以一萬兩萬地拿啊，傻子嗎？」

開什麼玩笑，這種第六感已經造成他生活上極大的困擾了，簽樂透才是小確幸好嗎？好歹要有點好的代價嘛！

「阿瑋，你怎麼在這裡？」彭重紹更是吃驚，「我跟你說，這位先生很厲害，他要幫我去看看小謙。」

「我沒答應。」蘇皓靖簡單一撂話，直接朝店門外走去。

「欸欸——」彭重紹可急了，趕緊追上去。

阿瑋看向連薰予，一付「妳怎麼不上」的態度。

「他不關我的事，他不喜歡管人閒事。」連薰予蹙著眉，嘴上這樣說，但她已經明白蘇皓靖心思。

阿瑋跟彭重紹衝上去成了左右護法，一左一右，就是纏著蘇皓靖不放，連薰予走在後頭也算穩當，這兩個傻子都沒注意到，蘇皓靖一開始就是朝著醫院的方向去。

「阿瑋，你去摘葉子吧。」快到醫院時，連薰予主動交代。「也帶你同學一起去。」

「嗄？可是——」阿瑋才想說什麼，卻突然發現他們在醫院對面準備過馬路了耶！

「喔，好！好，你們在前頭等我們。」

彭重紹還有點錯愕，就被阿瑋拉走了，連薰予順當地站到蘇皓靖身邊，淺淺一笑。

「就看一眼。」她溫柔地說。

「這一眼不知道要付出什麼代價。」蘇皓靖壓著胸口，「妳姊給我的護身符我可是帶著。」

連薰予也壓向胸口，「我也是。」

戴上阿瑋摘的葉子後，他們終於進入醫院，對於第六感強的人來說，墳墓與醫院是最令人厭惡的地方，在這裡可以感受到太多負面事物，像那個由老伴推著輪椅走的老婆婆，現在笑得如此開心，可能隔天就會離世。

或是陪爸爸來看醫生拿藥的年輕男子，應該這星期內就會意外身故。

各種不同的感應直襲而來，更因為他們兩個現在在一起而顯得更強烈；數分鐘後，由彭重紹引領來到五樓時，蘇皓靖白眼都快翻到後腦勺了。

「等一下。」他站在樓梯口問向連薰予，「妳確定？」

連薰予蹙緊眉心，絞著的雙手似乎代表一種後悔，「我……」

「妳也感覺到了吧？我的直覺告訴我不可以管這件事，立即離開這裡。」蘇皓靖深吸了一口氣，「妳的呢？」

連薰予沒回話，但是卻緊張地呼吸急促，雙腳微微顫抖。

「小薰！小薰！」阿瑋趕緊求情，「都到這裡了，病房就在前面！」

「救命恩人！你不幫忙沒關係，至少指引我們一個方向！」彭重紹嚇得趕緊繞到蘇皓靖身後去，就怕他轉身下樓。

蘇皓靖現在那張俊臉實在擠不出笑，他專注地看著連薰予，彷彿等待她的反應。

「就看一眼。」她重新抬起頭，望向蘇皓靖，「我們如果做不了，就像他說的，至少指個方向。」

蘇皓靖嚴肅地轉頭看向醫院走廊，眼前是太平梯的門，他知道這一眼要付出代價的。

「妳以前沒這麼勇敢的。」他說著笑了聲，連薰予微怔，聽不出來這是讚美還是生氣。

但是蘇皓靖就這麼走了進去，她緊握雙拳跟上，阿瑋回頭使著眼色，要彭重紹快點帶路啊！

不過他們哪需要帶路，蘇皓靖直接就站在彭重謙的病房門口，感受著雜亂片段的訊息，全是極度不祥。

側首看了連薰予一眼，她給予肯定地點頭。

彭重紹上前，推開了房門——

「啊啊啊啊——啊啊啊啊——」孩子的狂叫聲立即傳來

「小謙！不要這樣！」彭重謙的爸媽趕緊拉住孩子，「你怎麼了！你要說話啊！」

彭重紹緊張地衝進去，看見吊著點滴的男孩在病床上扭動著，「怎麼了！呼叫鈕！」

媽媽哭著趕緊按下呼叫鈕，「我兒子說他肚子痛！拜託你們快來看！」

「小謙！」彭重紹也上前看著男孩痛苦地在床上打滾，「怎麼會肚子痛？」

「啊啊——好痛！好痛——」小謙哭喊著，「媽咪！媽咪，有人在吃我的肚子！他們在吃我的肚子！」

「他剛剛喊餓了，說要吃餅乾，我就去去買餅乾給他吃……」父親嚇得魂不附體，「沒吃幾片突然就說肚子痛！」

「他幾天沒吃東西了，要進食要問過醫生啊！」彭重紹簡直不敢相信，「大伯父！你們在想什麼啊！」

「唔……」男孩突然鼓起腮幫子，一付作嘔的樣子，「唔——」

「他要吐了！垃圾桶！」彭重紹轉身喊著，阿瑋衝進旁邊的廁所要抱出垃圾桶！

「嘔——」

根本來不及，男孩攀著床欄，嘩啦地直接吐了出來。

護士快步走進病房，大吃一驚，「怎麼回事！為什麼會……我需要幫忙！」她一咬牙轉身出去喊救兵，「568 病房小孩的吐了！」

吐了。

站在通道的連薰予跟蘇皓靖看著小小的孩子伸著頸子不停地嘔吐，才幾片餅乾，卻可以泉湧不絕地吐出一大攤又一大攤的黑色液體，空氣中的腐臭味令走廊上的路人都跟著要吐了，那氣味堪比腐爛中的屍體。

而且，落在地四濺的黑水裡沒有一絲物渣，不是剛才吃下餅乾嗎？

為什麼在黑水裡的卻是無數蠕動的蟲呢？

※　※　※

病房裡兵荒馬亂，醫護人員連忙處理嘔吐到剛剛才停止的孩子，他吐太多詭異的液體，最後似乎連血都嘔了出來，除了先閃避嘔吐物、請家長跟親友出去後，便是一連串的急救。

孩子在裡面哭得無助，語焉不詳的也聽得出在喊媽媽。

小謙媽媽頹坐在椅子上哭得泣不成聲，爸爸更是難受，孩子住院都要五天了，什麼病因都查不出來，吃不下任何東西，連水也無法下嚥，各種X光或核磁共振都照不出什麼異狀，今早就說可能是精神方面的問題。

他們孩子是什麼個性豈會不知，才十歲的孩子哪會有什麼精神方面的問題啊？但是小謙無法說話是真的，醫生問他問題，他一開口就想吐，一句話都說不出來。

試過幾次飲食都是照吐不誤，每次都吐黑色的液體，醫生很緊張地擔心是內出血，但檢驗結果卻是健康的身體。

「沒事，沒事，大伯父，醫生在處理了。」彭重紹趕緊安撫，「只是你們真的不該隨便拿東西給他吃，他都五天沒進食了。」

「好不容易開口說話了，一開口就說想吃餅乾。」大伯母哽咽地說著，「我也知道不可以，所以只想讓他吃一小口，還想磨碎了給他……誰知道？」

「他餓太久了，一把搶過來就狼吞虎嚥吃了好幾片，我才把盒子抽走，他突然就捧著肚子叫痛了，」大伯父自責不已，「這到底是怎麼回事！」

怎麼回事？蘇皓靖跟連薰予雙雙站在彭重紹一家對面的牆邊，看著沉重的黑氣繚繞，不只是裡面那個孩子，那一家人都有問題。

「什麼餅乾？」蘇皓靖直接開口，開口要求吃東西一定有問題。

「OREO，」大伯父買的，「他指定要吃OREO。」

果然！連薰予一進病房就看見桌上的OREO，立刻覺得不對勁，而黑色的餅乾與黑色的水，也有幾分近似。

「怎麼了嗎？」阿瑋緊張的問著，「你們看那個小謙是發生什麼事了？」

「你應該問他們全家發生什麼事，」蘇皓靖瞄向彭重紹，「你們掃墓時到底觸犯到什麼了？」

咦？一家人面面相覷，錯愕不已，「也沒有啊，我們就照平常的方式，我們每年都會掃墓，熟門熟路了！」

「孩子都在眼皮底下嗎？」連薰予介意的這點，「從頭到尾，你們都看著那個小謙？」

「不、不可能都盯著，掃墓有很多事要忙，但他們都在附近，大一點的也會照顧……對吧，重紹？」大伯母趕緊看向彭重紹。

「是這樣說啦，但我也是要幫忙啊，只能確保小朋友都在附近沒走丟就是了。」彭重紹實話實說，「我那天覺得奇怪的是阿明，他往下走過一個墳丘，就著路邊坐在一個小石牆上，還有個石龕，我趕忙叫他跟人家道歉。」

蘇皓靖接連搖頭，「那個絕對也有問題。」

大伯父驚愕，「這什麼意思？你怎麼知道？」

「直覺。」蘇皓靖的答案向來簡單，光是聽他們的敘述，不必知道原因，都能感受到異狀。

這個答案倒令小謙父母不解，彭重紹趕緊解釋他昨晚差點遇上的車禍，阿瑋還上前保證這兩個第六感很準，他們不能驅魔或是解決事情，但至少可以告訴大家究竟怎麼回事。

病房門打開，醫護皺眉拿著一袋黑水離開，蘇皓靖盯著那袋子裡看，大量蠕動的蟲在裡面漫游著，量多到沒密集恐懼症的他都覺得噁心。

瞥了眼連薰予，她頷首表示看見了，真是令人渾身驚顫，那孩子體內哪兒這麼多的蟲，幾片餅乾不可能造成這種現象。

醫生步出，帶著擔憂與慍怒，先是責備父母為什麼擅自買吃的給多日未進食的孩子食用？完全沒有問過醫生？然後說了孩子打鎮定劑穩定下來了，止痛藥也在生效，他又擔心是內出血，等等還是要去照 CT。

清潔人員得到指令過來清掃病房，小謙爸媽聽著醫生的說法，只是更加無助而已。

「這情形我們也沒遇過，我們會再化驗他吐出來的東西。」醫生目前能做的就是這樣。

除了謝謝醫生跟道歉外，家長也無法做些什麼，連薰予看著那半開啟的病房，心底明白不進去不行。

「你叫彭重紹吧，我們等一下想進去看一下小孩。」蘇皓靖突然上前，「就我們三個。」

「啊？」阿瑋有點失落，「我不能進去喔？」

蘇皓靖厭煩地回頭，「你可以離我的生活遠一點嗎？」很遠啊！阿瑋超無辜，之前路上是偶遇，被撞的是他耶！而今天他找的是小薰，又不是找他！

連薰予不得不贊同蘇皓靖，但她會用漂亮的話術包裝，「阿瑋，你氣不好，醫院本來就不該來，現在又是晚上……」

阿瑋歪了嘴，「好啦！我知道了！」

萬一等等又招到什麼負面磁場，又要大凶到底了。

待清潔人員離開，彭重紹領著他們進去，父母雖憂心忡忡，但彭重紹請他們稍安勿躁，這是他好不容易遇到的高人，如果能幫助他們不是更好嗎？總是要試試。

藥效已經發作，孩子虛弱地躺在病床上，臉色發黃，印堂發黑，整間病房都瀰漫著那一時難以消除的腐敗氣味；一旁小桌上擺著開盒未闔妥的OREO，彭重紹繞過去時先拿起餅乾，想要把盒子推進……

「哇！」他嚇得鬆手，把餅乾丟回櫃子上。

「都長蟲了嗎？」蘇皓靖倒是從容，連薰予揪著心口，她不喜歡那盒餅乾，但無法看見是否生了蟲。

彭重紹相當詫異，「你、你怎麼知道……大伯怎會買這種都西給孩子吃！」

盒子裡爬滿了蛆蟲，連餅乾中間的奶油餡都沒放過。

「他買的是好的，問題不在餅乾上，」蘇皓靖望著那盒餅乾，眉頭深鎖，「把餅乾給我吧。」

「嗄？不要吧！」彭重紹可不覺得拿這盒餅乾會有好事。

「給他吧。」連薰予竟也贊同，然後看著蘇皓靖的側臉。

他沒回望，只是一隻手橫過病床上方，掌心朝上地要索拿餅乾盒，右手卻伸向了連薰予。

站在他右側的連薰予明白他的用意，兩個人的直覺感應不同，不如一口氣瞭解事情的來龍去脈吧！就算破碎，就算片段，也總比一個人來得強。

所以她的右手握住病床欄杆，左手遲疑的等待彭重紹戰戰兢兢地把餅乾盒推進去外包裝袋裡，然後小心地要放上蘇皓靖的手。

「我們沒出聲前不要跟我們說話，也不許讓任何人打斷我們。」蘇皓靖使眼色警告，「尤其是他。」

他，他挑動的眉眼指的竟然是彭重謙。

半信半疑，彭重紹還是用力點了頭，「好。」

喉頭緊窒地嚥了口口水，最終還是將餅乾盒放上了蘇皓靖的手——

『叫陳俊什麼的，這名字好好笑喔！』小朋友指著一塊墓碑唸著。

『這個人也喜歡吃 OREO 耶，阿明你看，好多盒喔！』

男孩子們站在人家墓埕裡指手畫腳。

『我要跟大伯說你踩人家圍牆喔！』

『你當什麼抓耙仔啦！』

一個瘦弱的男孩坐在轉角處的石牆處，那石塊離地不過三十公分，小男孩爬了上去。

他背後有個……像神龕的東西，但真是神龕嗎？

『彭重明，你坐在這裡做什麼？快跟人家道歉！』

女孩的笑聲不斷，兩個小女孩在各墳間輕快小跑，竊竊私語著，然後她們手裡握著彩紙。

最後是雜草叢生的崖旁，有棵芭蕉樹自岩壁生長而出，樹上結實纍纍，但每一根芭蕉的尖端都滲出鮮紅的血，一滴、一滴的往下滴落。

「啊啊——」彭重謙倏地坐起身，伸手直接朝蘇皓靖抓去。

小謙！彭重紹眼明手快，攀住床側欄，半身都彎到病床上，硬是攔下了他，「你幹嘛！」

嗯？外面的父母聽見兒子大叫，焦急地想進來，不料門竟早先被蘇皓靖用東西卡住了！

「我要吃掉這個小孩！沒家教！」彭重謙咧開的嘴竟也全部染黑，發出陣陣腐臭，「敢吃我的供品，我就要讓他生不如死！」

唔……彭重紹閉氣，這口氣也太臭了吧！他抓住小謙的雙手就往床上壓，「把我堂弟還給我！」

「做夢！你做夢，我好不容易有供品的！」彭重謙向上瞪著天花板，「活該，愛吃就讓他活活餓死！當我的供品！」

砰砰砰，外頭的敲門聲急促，「重紹，怎麼回事！小謙怎麼了！」

「那個我覺得鎖門有他們的道理，是不是不要吵他們比較好啊？」阿瑋趕緊在旁邊勸告，「第六感只是一種直覺，但要給他足夠的時……」

「走開！」小謙爸爸忿怒地甩開阿瑋，「你們這些外人不要亂！」

唰——門猛然被拉開，蘇皓靖正好臉就在門邊，看著正激動敲門的父母輕哂。

「放心，外人不打算亂，外人這就要走了。」他大步邁出，眼尾不忘朝阿瑋使眼色，「走了。」

啊？就這樣走了？阿瑋好生錯愕，但也只能尷尬地向彭重謙父母頷首，跟出來的連薰予也禮貌地道別，很為難地往前疾走，試圖追上蘇皓靖。

「小謙！」大伯母急忙衝進去，差點撞上同時衝出的彭重紹。「小謙怎麼了？」

「他被附身了啦！」彭重紹往門口一探，「咦？蘇先生呢？」

「走了！」大伯父根本懶得理，只顧著去看自己的孩子。

走……？彭重紹慌張的跑到門口，左右張望，完全不見蘇皓靖或是連薰予的身影，氣急敗壞地回頭，「你們把他氣走了是不是？我好不容易找到可以幫我們的人耶！」

「他們剛剛對小謙做了什麼！」在床邊的大伯母歇斯底里地抽起衛生紙，因為她兒子鼻孔滲出了血，「你找的人是在害我的小謙啊！」

「害你的——可惡！」彭重紹實在氣到說不出話，不想再多費唇舌，從來時路追了過去。

站在病床另一邊的大伯父看著安靜睡著的孩子，看著妻子顫抖的手握著的染血衛生紙……連鼻血都是黑色嗎？

剛剛重紹說的話他沒聽漏，小謙被附身了？

瞄到床尾放了那盒他買來讓孩子解饞的餅乾，剛剛那位男士……蘇先生也提到過餅乾，這盒餅乾怎麼了嗎？

彭重謙的爸爸疑惑地拿起餅乾，謹慎地打開來——喝！滿盒子蠕動的蛆蟲叫他嚇得丟了餅乾盒，下一秒心臟跟著一緊！

「唔！」小謙爸爸手即刻按上胸口，他的心臟好痛！

「爸爸……爸爸你怎麼了？」大伯母驚愕未明地看著突然倒下的丈夫，「怎麼……孩子的爸！你怎麼了！」

連薰予倒抽一口氣，回首看向醫院，蘇皓靖也緩下腳步，阿瑋可一點都不慢，兩手各推一個，剩三秒了是在斑馬線上演什麼慢動作啦！

「那個爸爸出事了吧？」連薰予緊揪著手，「我剛剛就覺得他早晚會倒下。」

「差不多，大人們也該陸續出事，但那個爸爸的臉色的確比較差。」蘇皓靖也早有感覺。

「是在說誰？剛剛那個爸爸嗎？」阿瑋可吃驚了，「他倒下了？」

「你少去跟人家碰面，說不定是你過大凶給別人的！」蘇皓靖半警告著，實是為阿瑋好。

「不可能啦，你不知道大凶這種運比較喜歡我，還沒有人像我吸引力這麼強大的！」阿瑋說這話倒挺有自信的，「別人過給我還比較實際，哪有我過給別人的道理。」

哇，連薰予尷尬地看著阿瑋。「我覺得這沒什麼好自豪的耶！」

「我這沒辦法的事啦！」阿瑋擺擺手，倒是挺泰然的，才想繼續說，卻瞥見對面的身影，「哨子麵！」

「等一下——請等一下！」隔著車陣，彭重紹在斑馬線的另一邊大喊著，「不管他們說什麼，我都跟你們說對不起！」

蘇皓靖倒真的沒走，連薰予仔細看著彭重紹，雖說這一家都犯了禁忌，但是阿瑋的同學卻跟他是相反的氣場啊……兩個人同時看向阿瑋，再看向彭重紹，一個衰運強大，一個卻是強運連連耶。

「他目前幾乎沒受什麼影響。」蘇皓靖揣摩著，「我看著他暫時不會有任何不祥。」

「昨天不是才差點車禍？」連薰予提醒著，「想不到你也會出手幫人耶！」

蘇皓靖聞言有些為難，「我只看到車禍跟碎片四散的，說不定他就算被撞到也不會有事……還有，昨晚是我一時失誤。」

連薰予嫣然一笑，彎著腰仰起臉，刻意瞅著他，「感覺還不錯吧！」

「喂！」蘇皓靖別過頭去，卻明顯得有些難為情。

嗯……站在一旁的阿瑋實在不知道該做什麼，有沒有人留意到他還在這邊啊？

終於等到綠燈，彭重紹趕緊衝來，模式都一樣，就是喜歡搶綠燈，黃燈才剛閃就直接衝出，幾台搶黃燈的機車差點撞上了他，都是差點……蘇皓靖幾次覺得心驚，但他依然平安抵達他們面前。

「對不起！不管我伯父伯母說了什麼，他們都只是因為擔心小謙而已，不是有意的——」

「那個男孩吃了別人的供品。」蘇皓靖打斷了他的話語，「還有一個孩子坐在別人的墓地上，但我不確定是什麼，總之不是好東西。」

「咦？」彭重紹瞠目結舌，「吃了別人的……」

「還有人移走別人墳上的彩紙，是女孩子，但我不確定模樣，只聽見笑聲，年紀很小。」連薰予邊說邊打了個哆嗦，「還有踩在墓岸上的腳……我看你們犯的禁忌可不少吧？」

彭重紹愣住了，他還在思考吃了他人供品這件事，蘇皓靖跟連薰予卻接連道出其他的狀況，他根本措手不及。

「哇、塞！」阿瑋忍不住擊了掌，「你們也太厲害了吧！去掃墓禁忌這麼多，你們專踩很嚴重的耶！」

要不是還挺瞭解阿瑋是個沒心機的人，彭重紹實在很想一拳尻下去，這種是需要讚嘆的狀況嗎？

「你自己做了什麼，應該也知道吧？」蘇皓靖眼色一沉，銳利地看向他。

「我……我？」彭重紹心虛地別開眼神，顯得有點心慌意亂，「那天早上喝太多水了，所以一時……但是我找的地方是個空地，只有雜草，我仔細檢查過沒有墳的啊！」

「有時不是要有墳，才有骨啊。」連薰予委婉地說，「公墓那種地方，亂葬均有，時代又如此久遠，有些無主墳、甚至是以前被亂葬在那兒的也不一定……」

彭重紹終於打了個寒顫，「……我尿在人家身上了？」

蘇皓靖跟連薰予不約而同點了點頭。

天哪！彭重紹雙手掩面，簡直不敢相信，他當時明明有檢查，再怎麼仔細，也查不到土下數尺的地方啊！

阿瑋默默地後退，他現在覺得哨子麵的「大凶」最好是不要過到他身上比較好，這太誇張了！

「哨子麵，你的事慢點想，吃人家供品這個太扯，還有拿彩紙的？」阿瑋比彭重紹還激動，「那些是壓在人家墳上的，還有人刻意挪開嗎？收集那個要幹嘛！」

「女孩子……我們家族有好幾個，但年紀小我大概知道你們說誰……但她們沒出事啊！」彭重紹揉著頭，全是小孩子，「半人家墳上的是阿明，我還特意叫他跟對方道歉……」

「沒被接受，他坐的那個地方很陰邪，不太對勁。」蘇皓靖做了個深呼吸，「是我們連感應都覺得非常糟糕的地方。」

「一片血腥……」連薰予幽幽地說著，那份壓力感太沉重了。

一片血腥……彭重紹忍不住開始發抖，事情好像沒這麼單純了，難怪那麼多間廟的師父都說無能為力，但這不是故意的啊！

「他們都是孩子，不是有意的……我們該怎麼去道歉？」彭重紹激動地上前，「我願意去道歉，燒香祭拜都可以，請你們告訴我，應該怎麼做！」

「我們只能告訴你這些，我們兩個都不是驅鬼的啊！」連薰予面有難色，「但至少知道原因，你的想法很對，需要先去道歉。」

「道歉有用的話，就不會這麼多人拒絕他們了……太邪。」蘇皓靖指向阿瑋，「你那個高人呢？能保你活到現在的不會是普通人啊！」

阿瑋沒好氣地扯著嘴角，「喂，我聽得懂喔！高人不願意見他啊，我能怎麼辦？」

「態度太差吧，再去一次。」蘇皓靖突然拿出手機瞥了眼，「哎呀，我要約會的，我得走了不然會遲到。」

約會？連薰予下意識瞄了他一眼，才剛回來就立刻有約會，速度好快啊。

「不是……蘇皓靖，現在情況很嚴重耶！」阿瑋趕緊上前，「現在是約會的時機點嗎？」

蘇皓靖蹙起眉上下打量著他，「先生，又不是我情況很嚴重，說好的我就看一眼，已經把感覺到的全說了，還想要什麼？」

呃……阿瑋頓了頓，說的也是。

所以他回首，用閃閃發光的雙眼看向連薰予。

「我力量比他弱，我更不知道能幹嘛——不過，不過……」連薰予趕緊勸說，「道歉跟供品還是需要，我姊認識很～多～廟，我可以幫你問問。」

彭重紹對蘇皓靖的態度有些煩躁，但得到這樣的幫助還是感激，認真的一鞠躬。

「謝謝！真的謝謝你們！」

手機響起，彭重紹如驚弓之鳥般嚇得趕緊探看手機，一看臉色更加蒼白，這不必什麼第六感，連阿瑋都知道出事了。

「小孩子嗎？」連薰予在他手機響起那瞬間，趕覺到了燒傷，「有人燒傷了。」

彭重紹倏地抬頭，真的佩服這種直覺，點了點頭。

「阿明……我最小的堂弟把手往火裡鍋底伸，現在燙傷送醫……我大伯剛倒下去，我得先回醫院了！」彭重紹趕緊拿出名片，「這是我電話，拜託有機會一定要打給我。」

他遞出名片，蘇皓靖不想動，連薰予不敢拿，皺著眉看向阿瑋。

「碰名片他們怕看到很多啦，我有你電話，我來轉達！」阿瑋在這邊拍胸脯，「你放心好了，我這裡也有人可以問！」

彭重紹嘆了口氣，實在不是不相信阿瑋，問題是他就吃了閉門羹啊！

「沒關係，你不必勉強。」

「欸，你這什麼態度，我真的有人的！」阿瑋可自豪了，「我室友一定會告訴我的啦！」

「室友？」彭重紹亮了雙眼，蘇皓靖忍不住狐疑。

「我等等回去就知道了，她說不定會生氣！」阿瑋聳了聳肩，「不過阿飄應該比較懂阿飄對吧，說不定真的能得到點線索呢。」

彭重紹頓了兩秒，有點難接上阿瑋說的話……阿飄比較懂阿飄？他室友？

「你室友是……」

天哪！蘇皓靖直接喚了連薰予，走了！別再待在這兒了。

「啊……好……」連薰予連忙跟上，卻憂心地回頭看著阿瑋，「阿瑋，你不可以太長時間跟那個共存吧？」

「她又不走我有什麼辦法？」阿瑋無奈極了，拍拍彭重紹的肩頭，「我室友是上次去醫院時跟回來的，人還不錯，我再幫你問問好了！」

「……不必了！」

※　　※　　※

轉動鑰匙後將門打開，手握在鑰匙上遲疑不已，總覺得屋裡的室友今天不會太開心。

輕而緩地拉開門，他住的小套房坪數很小，一開門左手邊就是廚房加方型餐桌，出門前總是關掉所有電源的習慣未改，但現在餐廳上方的燈卻是亮著的。

哎呀，餐桌是室友的地盤啊。

才準備踏入，舉起的腳說什麼就是沒敢放下來……因為門口的腳踏墊已經被滿滿的鹽巴取代了。

雪白一片，阿瑋簡直不敢相信這是不是用掉他所有的備用鹽了！

「大姐，我要吃飯的耶，妳該不會把鹽倒光了吧？」阿瑋對著餐桌哀號，是有必要做這種白亮亮的腳踏墊嗎？

背對爐具的那張椅子是斜開的，正面對著門口，阿瑋知道有人坐在那兒，面對他的質問與哀號不為所動。

「我朋友有難嘛！」阿瑋無奈地看著地板的鹽巴腳踏墊，「就這樣跨過去厚？」

他像自言自語一般說著，力持穩住重心，大步跨過鹽巴腳踏墊，簡直得用跳的才能到對面。

餐桌上擺了一杯水，連問都不必問，他直接上前端起水杯，對著正對面的椅子。

「喝？」作勢要喝下，他右手邊的椅子倏地被拉開，「好好好，沾，沾！」

以指尖蘸裡面的水，在額上身上都各點一下，才把杯子放下。

室內靜寂一片，表示他沒有做錯，先把包包放上椅子後，轉身要把大門關上……只是他一轉身就傻住了。

門口那雪白的鹽巴腳踏墊曾幾何時變成黑色的，而且如燒灼般正在冒煙。

「天哪……是醫院的問題還是……不，是哨子麵他們家的問題。」阿瑋趕緊拿出手機來，照下那無火卻燃燒中的鹽巴，「這也太扯了吧？有跟著我回來嗎？」

沒人答應，阿瑋站在那兒看著鹽巴盡數變黑，煙霧減少後，才探身要去把大門給拉上關妥。

拉起門後低頭一瞧，黑色的鹽不再是方型腳踏墊的形狀，而是一個字：「危」。

「可是那我同學耶！」阿瑋很為難地走回餐桌，「以前大學時他對我還不錯啊，但我也幫不了什麼忙，我最多就是找小薰他們而已。」

哎呀，連室友都覺得不高興了，用鹽驅邪還沒有過耶！

阿瑋先把包包拿到房間去，等他走出房間時，餐廳的燈已關上，椅子盡數靠整齊，只剩下桌上那杯水跟門庭前燒黑的鹽可以證實剛剛曾發生過的事。

阿瑋開燈，他買了麵回來吃，一邊拿出碗來斟倒，一邊檢查鹽巴還剩多少，他能感受得到屋子裡還有別人在。

不過沒有什麼威脅，反而還幫了他不少，就像用鹽驅邪，還有警告他哨子麵的事應該很危險。

「妳覺得我是不是不該管？」他掃著庭前的鹽巴時問了。

水龍頭忽然打開，水潺潺流下幾秒後關上。

「只幫一點點呢？」阿瑋真不知道自己為什麼要討價還價，但餘音未落餐廳的燈就關了。「哎呀，我做不到坐視不理啦！不然妳幫我嘛！」

啪，這下連客廳的燈都關掉了。

阿瑋站在黑漆漆的屋子，無奈地翻白眼看向天花板，這位室友不僅愛乾淨還很有個性，而且挺會照顧人，危險的事都會阻止他涉入。

漆黑的房裡只有窗外透進來的微光，所以阿瑋可以看到客廳沙發邊那模模糊糊的人影，雙手交叉地比了一個大叉。

「好啦，我看不見了！我要倒垃圾了！」

燈依序地開了，水龍頭再度流出水來，阿瑋已經知道這種默契，室友希望他把鹽倒進水槽裡；高舉起畚箕時，水龍頭的水自動停止了。

「那妳可不可以幫我啊？」阿瑋諂媚般地說著，「就幫我跟哨子麵那邊的亡靈聊聊天——啊！」

就近的單桌椅子咻地飛出，直往他膝蓋後方撞，害得他一陣腳軟，手裡的畚箕直接往水槽裡倒去，黑色的焦鹽唰啦啦全倒了進去。

水龍頭兀自開啟，水直接沖融鹽巴……

『哇啊——啊啊啊啊——』

可怕淒厲叫聲頓時從鹽巴……或是水裡傳來，跟著被沖進排水孔的鹽巴一起越來越遠……越來越遠。

曲著膝趴在洗手台邊的阿瑋錯愕地聽著慘叫聲遠去，整個人都傻了。

「好像……」他愣看著擊向他的那張椅子，「不是犯禁忌那麼簡單厚？」

啪啪啪，一轉眼，整間屋子裡的燈都亮了起來。

是。

※　※　※

禁忌，古今中外均有，因各地文化有所不同，或許是道聽塗說，或是以訛傳訛，但是只要裡面有一個是真的，觸犯到的就是忌諱，將會產生難以預料的後果！

而不管何種文化，在東方，與「墳墓」與「死亡」相扯的事，更是禁忌中的禁忌！

連薰予與蘇皓靖雖擁有強烈的第六感，但是並沒有解決魍魎鬼魅的能力……不過蘇皓靖有基本的概念，上次協助處理羅詠捷鄰居家的亡者時，也展現出了刻意練習的特殊技巧，但最最基本，還是需要依靠有效的法器或護身符。

而這個，就得請教專家了。

「吃供品？這是腦子燒壞了嗎？」女人看著妹妹列出的清單，簡直不敢相信，「幾歲啊？」

「十歲，都是小朋友啦！」連薰予渴望姊姊的幫助，「妳還有沒有像上次那個槌子那麼好用的東西？」

「我這裡每個東西都很好用啊！」陸虹竹驕傲地抬起下巴，「有的我還排七天才拿到耶！」

嗯……連薰予勉強擠出笑容，眼前這個精明幹練又亮眼的律師姊姊，在法庭上總是披荊斬棘銳不可當，但是私底下卻迷信到一種很誇張的地步，什麼廟都拜，什麼都信、有什麼符求什麼符……但是就是因為無差別迷信，所以總會她買到一些真的有力量的法器。

但真的不是每樣都有效啊，連薰予說不出口，不過以前她送羅詠捷的槌子紀念物卻相當厲害，緊急時發揮了作用！

「踩墳丘、坐墳頭……拿彩紙？哇塞，是沒教過這些小朋友嗎？基本尊重要有啊！」陸虹竹一邊碎碎唸，一邊朝她的「宮廟紀念品」倉庫走去，「所以住院那個是吃供品的喔！」

「是啊，拿了別人供上的餅乾，吃完就吐了……完全無法進食，我去看他的時候，他是附身狀態。」連薰予跟著在後頭，可以的話，她想親自感應哪些東西比較具實戰效果。「還說小朋友吃了他的供品，那就變成供品吧。」

「喔。陸虹竹隨手把清單放在一邊，準備來挖她的寶貝們，「我有人可以幫忙介紹啦，好多個宮廟的師父都超強！」

「所以才來問妳啊！但我跟蘇皓靖都需要點東西護身……還有阿瑋的同學。」連薰予站在門口，有點無奈地看著眼前被雜物塞到只剩一人寬的小道的路，「我說姊啊，這些收集是不是比上次多了！」

裡頭的陸虹竹倒沒答腔，反而停止動作後緩緩轉過來，「阿瑋？該不會大學時你們班有一個什麼衰事都會輪到他的那個阿瑋？」

「嗯。」律師姊姊的超強記憶力，她沒質疑過。

「天哪，妳怎會跟他聯繫的，離他遠一點吧！萬一受牽連怎麼辦！」這是連陸虹竹都聽過的大名，「他不是只衰自己那一種耶！」

「姊，我們會閃的嘛！」這就是直覺強的好處之一囉。

嘖嘖嘖，陸虹竹搖著頭嘖嘖出聲，那個阿瑋太有名了，總是一直發生事故，保險公司都已經不想幫他保了吧，根本賠啊。

「蘇皓靖怎麼沒陪妳回來？」沒五秒安靜，陸虹竹果然又提起他了。

「別說了，姊。」連薰予都回膩了，「他難得願意幫忙已經很棒了，只靠我一個人，我的感應力還沒那麼強大呢。」

陸虹竹搬過小梯挖寶，連薰予真怕姊會被自己的東西掩埋咧。

「妳也是啊，以前這種事一旦發生妳是拚了命閃的，最近居然主動幫忙還要幫人問宮廟呢！」陸虹竹哪不知道自己妹妹的改變，她是樂見這樣的改變。

畢竟誰都不可能逃一輩子。

小薰的苦她能瞭解，恐懼於失去、害怕感覺到朋友的意外，所以乾脆隔離自己，但事情總會找上她，當她身處其中時，就會明白擁有第六感並不會太糟，因為如此，才更能救人。

「那是因為有蘇皓靖吧……總覺得因為他，可以給我更強烈的信心！跟他在一起時，能感受得更透徹。」連薰予提起蘇皓靖，會略泛紅雙頰而不自知，「也因為這樣才有多一點點的勇氣。」

「是喔，但沒有他幫忙時，妳就不想幫阿瑋了嗎？」陸虹竹總算捧著一個鞋盒出來。

連薰予連忙搖頭，「沒啊，阿瑋來找我時，我從沒想過纏蘇皓靖的！我就是想能幫就幫——就看一眼！」

「來，我這邊有前兩天收集到的寶貝。」陸虹竹打開鞋盒，裡面有護身符、佛珠，還有吉祥鎖。

看那一眼……連薰予回想起那攤黑水裡蠕動的蟲，心涼了半截。

「哇……」連薰予看那盒子，連觸碰都沒有，就能感受到力量，「我全要了。」

「嘿！」陸虹竹可得意了，都快用下巴看人了，「就說厲害吧！不要一直說我迷信，我拜這些廟厚……」

「我知道我知道，都很靈驗！都很強！」她聽到耳朵都要長繭了，「上次那些很厲害的符紙呢？」

上次有一疊黑色不起眼的符紙，卻有制住厲鬼行動的能力，超級驚為天人……當然姊是拿了很多回來，絕大部分拿來當便條紙都嫌難寫。

「嗯？蘇先生都拿走啦！妳去跟他拿。」陸虹竹聳了聳肩，開始翻起她的手寫電話簿。

是的，在這個凡事依賴手機的年代，陸虹竹還是堅持用筆本記下所有的電話，一頁頁翻找，所以電話簿上有她蒼勁有力的字跡寫著：溫度電話簿。

「我等等抄幾個電話給妳，妳讓那家人過去看看。」陸虹竹扳著手指，像是在盤算介紹哪幾個。

「厲害一點的喔！」連薰予暗示著，雖然她知道姊姊接下來會說——

「每個都很厲害啊！」陸虹竹圓了雙眼，一臉小朋友懂什麼的表情，「喂，我這些都是……」

「知道，知道，妳快找。」連薰予連忙打斷，「不能 LINE 我嗎？我就不信妳背不起來！」

「我倒背如流啊，但我要練字。」陸虹竹根本沒在理她，「對了，妳說那個吐黑水的小朋友被附身時說了什麼？他吃了供品，所以他要讓小朋友變供品？」

「是，那時不是小朋友的臉，是一張扭曲的醜陋臉龐，咬牙切齒說的。」雖然那時她還站在那棵芭蕉樹旁看著滴血的芭蕉，可是依然看得見現實發生的事。

「這就奇怪了，犯禁忌是不應該啦，但不管是便溺、踩墳頭或是坐到人家地盤這些，我覺得並沒有到這麼嚴重！」陸虹竹回身去倉庫拿回那張清單，「再說了，公墓區多少土石崩落的無主墳，搞不好都在人來人往的路上，要這樣算帳算不完的！」

「但現實就是這樣，坐到人家地盤，吃供品的孩子都出事了！」

「我聽說的都是道歉，準備豐盛供品就好，有話好好說，哪有什麼把小孩當供品的。」陸虹竹的筆在清單上畫著，「這樣子，怎麼覺得有點像抓交替啊！」

咦？連薰予倏地抬頭，「抓交替？」

她的寒毛豎起，雞皮疙瘩顆顆立直，這種感覺是怎麼回事？

抓交替、抓交替是……

「對啊，像不像有人枉死，所以想找個替死鬼？」陸虹竹漫不經心地繞出餐桌，她要去拿便條紙來寫宮廟的聯絡方式。

望著姊姊的背影，連薰予不由得倒抽一口氣……這種感覺不會有錯，姊說的是對的！

就是抓交替！

第六章

右手三度灼傷的彭重明在醫院裡慘叫著，兩隻手都被紗布層層包住，二伯母說阿明發狂似地把手伸進瓦斯爐的火裡，但上面放著滾燙的湯鍋，所以手背被湯鍋燙得面目全非，掌心則被火燒灼。

不論她阻止幾次，總是扯開又被孩子撞開，孩子拚了命歇斯底里地喊著，他要搶、非搶到不可……最終是二伯母死扣住孩子，阿明恢復意識感受到燒傷的痛楚，才緊急送醫。

彭重紹拖著疲憊的步伐回家，他沒想到他出去找阿瑋他們時，大伯父居然高血壓暈了過去，接著阿明入院，大堂妹也跟著急性胃潰瘍被送了進來，家裡人連環出事，大病小病纏身，全都進了醫院。

他越來越信阿瑋跟蘇先生他們的話，他們全家在掃墓時都犯了禁忌……但應該只有他跟小朋友們觸犯，為什麼其他人也受到牽連？

究竟哪個環節出錯了？而且為什麼以這麼殘忍的方式？

「我回來了。」進入家門，他總會對著他養的倉鼠們報告返家。

一個人在外租屋，養了倉鼠相伴，去年有一對還生下一窩小倉鼠，個個花紋顏色均不同，很好辨認，為小寶貝們取上名字，他捨不得送，就留下來養著了。

一家子十幾口，好好的分隔，倒也健健康康。

「吱吱！」聽見他回來了，小倉鼠們嚷著要吃飯了。

「好，等一下，我先洗個手嘛！」知道自己回來晚了，也沒要虧待倉鼠的意思，趕著將包包放下，拿過飼料餵食。

等等還得每一隻抱起來摸摸親親，公平地讓每隻都撒嬌……有時也不知道是牠們從自己這邊得到安慰，抑或是自己從牠們身上得到了撫慰。

掀蓋餵食，小倉鼠們餓急了，個個搶食，彭重紹還得把凶悍的另外隔開，省得影響到其他溫馴派的用餐。

「嗯？小可？」終於留意到角落蜷成一球的倉鼠，「小可，小欣？」

一隻黃白相間、一隻棕紋直線，兩隻倉鼠都蜷縮著，動也不動。

彭重紹焦急地趕緊將牠們抱出來，卻發現已經是冰冷的身體！他急忙地檢查倉鼠身體，不見有任何外傷，但不管怎麼戳怎麼搖，倉鼠們都不再有回應了。

「好端端怎麼會這樣？小可，小欣！」彭重紹難受地看著兩隻才半歲的倉鼠，「昨天不是還跑摩天輪跑得很開心嗎？」

這是什麼世界啊！彭重紹忍不住掩面痛哭，家人連續出事已經很糟了，今晚他又來回奔波住院手續，大人們都在忙，很自然交給他這個大堂哥做，懸著一顆心打給爸媽，確認目前無事後，養的寵物卻又發生這種事！

「這應該跟阿瑋無關吧！怎麼會這麼衰！」他重重搥向牆壁，「到底還要發生多少事！」

突然間，他想起了自己在墳地裡犯的錯。

該不會……他看著死去的倉鼠們，是倉鼠幫他擋了煞嗎？

是這樣嗎？

「對不起！我真的不知道你在下面！」彭重紹立刻朝空中說話，「我如果知道我不會犯這種錯，我一定會去道歉，我會準備供品，還有很多很多錢賠禮！拜託你不要再傷害我的倉鼠了。」

用餐中的倉鼠們彷彿聽懂他的哀鳴，有幾隻還抬頭起來看著他。

彭重紹心疼地摸摸幾隻撒嬌的倉鼠後，便將箱子蓋上，走到桌邊用衛生紙包起兩隻倉鼠屍體，他決定把牠們埋在陽台上的花盆裡，至少不要讓牠們離家太遠。

「不要怕，很近，都在家裡。」彭重紹對著手上的倉鼠溫柔說著，準備好園藝的小圓鍬。

雖然一個人租屋不大，但他選了有陽台的房間，陽台只是美其名，不過是個凸出向外的鐵窗可供他種植盆景，每天細心澆水，看著植物們成長茁壯，一如照顧動物般令人喜悅。

他有三盆比較大且深的花盆，便決定讓小可小欣都有個新家。

推開窗戶的剎那，彭重紹當場愣住。

那一陽台本欣欣向榮，甚至還有幾盆已有含苞待放的盆栽，如今只有一片死寂。

每一盆的花草盡數枯萎，不只是枯掉而已，且是花葉俱黑，一絲色彩都無的垂掛在花盆邊緣。

彭重紹呆望著一整個陽台的死寂，再看向手裡的倉鼠……這種事絕不可能是偶然！是因為犯了忌，所以那些東西轉來攻擊他的動物嗎？

看著轉眼死去的動植物們，他想到小可跟小欣的確是這窩倉鼠中較弱小易生病的，所以從弱者開始嗎？

他不由得想到生病的堂弟們，轉身連滾帶爬地去拿擱在地上的手機，立刻聯繫親戚們！

小謙！連按手機的手都有些發抖，彭重紹這才知道什麼是失去的恐懼！

「大伯母！我是重紹！」好不容易接通，對面是疲憊的聲音，「小謙跟大伯父都還好嗎？沒事嗎？」

女人正頹然坐在床邊，醫院將父子兩人排在同一間病房，「目前很好，他們就是躺著，都很虛弱……怎麼了嗎？」

「沒什麼……我知道伯母辛苦了，但請無論如何要留意小謙。」彭重紹誠摯地說，「我會想辦法結束這一切的。」

大伯母握著手機的手微顫。「……真的是被什麼跟上了嗎？」

彭重紹沉重地嗯了一聲，「我……我打給二伯母，阿明的狀況也是要注意。」

大伯母嗚咽哭了起來，彭重紹也不知道能再說些什麼，說了聲保重，就掛上了電話。

這一切對他們家來說都顯得不可思議，尤其是媽媽們，自己的孩子平時生病都已經懸著一顆心了，更別說現在這種不合常理的狀態。

下一通話打給二伯母，聲音也是哽咽，阿明好不容易才睡去，右手嚴重燒傷，醫生不懂為什麼大人在，還會發生這種事。

「搶……我要搶啊！呼呼，好燙！燙死我了！」

二伯母站在床尾，無力地看著坐起的孩子，再度用裹著繃帶的雙手朝枕下抓取什麼，接著又用力甩手。

「阿明沒事，原本打鎮定劑後睡著了。」二伯母淒楚地說著，「只是現在又……又開始搶了，天哪……重紹，他是在搶冥紙對不對！」

「嗯，我想應該是。」彭重紹深吸了一口氣，「二伯母，看好他吧，阿明近火的話，會很危險。」

「放心，我跟你伯父會注意的。」二伯母頓了一頓，「不是道過歉嗎？你說讓他道了歉……」

「對方不接受也沒有辦法，是阿明的錯……我會盡量找我朋友幫忙的。」彭重紹終究只能這樣安慰，看著眼前的倉鼠屍體，又是心頭一緊，「對方很凶惡，一定要小心看好阿明！」

凶惡……二伯母咬著唇忍住哭泣，看著阿明突然又直直倒下去，她當然會守護自己的孩子，無論如何都會守住。

彭重紹接著每個親戚都打了一遍，也意識到大人身上跟著開始出現一些小病痛，有人胃開始發疼，也有人腸胃炎，總是聽不到一件好事；最嚴重的當然就是蘇先生說的犯忌者，實在想不通，小謙怎麼會去拿人家供品吃呢？

還有拿彩紙的，怎麼會拿壓在墳上的彩紙？那可是——彩紙？

「啊！」彭重紹緊張地抓起電話，「雙胞胎！」

他把小堂妹們忘得一乾二淨了，想說年紀這麼小又乖，應該不至於這麼皮啊！

「喂！」小伯母接起電話時，聲音較之於他人輕快許多。

彭重紹有點錯愕，這聲線聽來真是令人感動得輕揚啊，「小伯母，我是重紹。」

「喔，重紹啊……我聽說了，今晚辛苦你了！不愧是大堂哥，已經長大可以……」

「呃，那個小伯母，我先打斷您一下，請問雙胞胎她們還好嗎？」彭重紹掐緊手機，戰戰兢兢。

嗯？小伯母一怔，有點不解他問這什麼問題，「她們……很好啊？怎麼了嗎？」

「呃，都沒發生什麼事？」彭重紹有點詫異，「就是我們掃墓回來後，什麼狀況都沒有嗎？妳知道的，阿明跟小謙他們……」

「哎呀，呸呸呸，沒有，她們才幾歲，也沒這麼皮！我知道小謙吃了人家供品，夭壽喔，真的一秒沒注意什麼出頭都有！」小伯母邊說邊按著胸口，聽了都後怕，「我家雲雲，霓霓才幾歲？她們就只是愛唱歌跳舞而已，掃墓那天住民宿她們也好好的啊！」邊說，小伯母抬頭往樓上看，兩個小孩是該準備睡覺了。

「呼……」彭重紹重重鬆了一口氣，「所以真的沒事，幸好……真的沒有異狀厚？」

「沒有，也沒發燒生病。」小伯母起了身，「你等等，她們在樓上跟小醬玩，我讓她們親口跟你報平安！」

彭重紹莞爾一笑，小醬是小伯家養的博美，跟孩子很親，「好，我也想跟小雲，小霓她們說說話。」

這是一種聽到才放心的概念，因為他一直疏忽了拿彩紙的人，就是小姊妹啊！

小伯母緩步走上樓梯，先憂心地走到自己房間去，家裡有小孩的都知道，孩子如果安靜超過五分鐘，鐵定有狀況，她第一時間想到的是自己房間的口紅或乳液！

「雲雲，霓霓！」小伯母焦急地喊著，一進房間，呼……幸好沒事。「雲雲……」

「怎麼了嗎？」聽見叫聲，讓電話那頭的彭重紹又不安了。

「沒有啦，我怕她們玩我的化妝品或保養品。」小伯母從房間走出來，「醬醬，姊姊在哪裡？」

醬醬是小狗的小名，不過她沒看到小狗跑出來，倒是女兒蹦蹦跳跳地奔出了。

「媽咪媽咪！妳看！」雲雲跳了出來，像舞者一樣，「好不好看！」

妹妹霓霓也不穩地走出來，身上套上了小蓬裙，「換我玩了，姊姊！」

小伯母站在走廊上，看著自己兩個稚嫩的女兒開心地在她面前旋轉跳躍，學電視上的芭蕾舞伶舞動，頸子上還披掛著五顏六色的彩帶……但是她們兩個衣服上卻是血跡斑斑，臉上手上也全有血抹痕跡。

「咻！」雲雲兩隻手輕拎起彩帶，踮起腳尖原地轉了圈，小伯母看著頸子上的五彩彩帶……

咚！手機瞬間滑落，媽媽失控地衝了過去，「妳們怎麼了！這些血是怎麼回事！」

什麼？彭重紹聽見了她的叫聲，「喂！發生了什麼事了！小伯母！小伯母！」

媽媽慌張檢查錯愕的女兒全身上下，卻沒有看到傷口，但白淨的臉頰上全是抹血痕。

「這是什麼……」媽媽顫抖著手拉起彩帶，這麼近看，她才發現這彩帶是由一段、一段不同顏色的彩紙綁成的。

這個彩紙，好像……好像是……墳上的……

拉到尾端，掌心一陣濕熱，小伯母看著躺在掌心的紅色條狀物，如此新鮮熱騰，那是一條長長的腸子。

來自……她不由得越過無辜睜大眼睛的女兒，看向在她們房內那隻應該要活蹦亂跳的博美。

「彩帶太短了，我們只好跟醬醬借一下！」小女兒用手背抹了抹額上的汗，又是一道血痕。

「小伯母！喂——小伯母！」彭重紹怎麼喊都沒有人應，他可急了，開始起身準備衝出門，「有誰在那邊，回答我！」

媽媽狂奔般地衝進女孩們的房間，立刻把癱軟的狗兒翻過來——只見博美腹部早已被切開。

「醬醬！」媽媽失控地大喊，為什麼……為什麼會這麼殘忍……

她戰戰兢兢往狗狗附近張望，孩子們怎麼會下此毒手，而且她們是用……用什麼東西剖開醬醬的肚子？

女孩們輕快地從她身後走來，妹妹小小的手裡還有握著與她不成比例的刀子。

「媽咪。」霓霓勾起了天真爛漫的微笑，「我們覺得彩帶還是不夠長耶！」

小伯母瞪圓了雙眼，從孩子床尾的立鏡中，看見了鏡子裡的孩子，手裡高舉著染滿鮮血的刀子。

「哇呀——呀——」

彭重紹抓過了外套跟鑰匙，不顧一切地衝出了門——小伯母！

※　※　※

連薰予匆匆忙忙地奔出大樓，若不是剛銷假回來，不宜立刻請假，她早就跟阿瑋見面。

聽說彭重紹家人又出事了，什麼小孩子剖開小狗肚子拉出腸子當彩帶，嚇得家長魂飛魄散，媽媽直接驚嚇過度入院，連碰孩子都不願意，兩個小孩哭得可憐兮兮，但瞧見她們脖子上披掛著的「腸子彩帶」，任誰都會覺得毛骨悚然。

光是電話中聽阿瑋轉述，一股惡寒再度湧出，不祥的預感比之前強烈太多了。

衝出大樓後直接向左邊往捷運站去，沒走幾步連薰予突然停下，狐疑地向右後方回首，看向站在她辦公大樓前，人行道上的人。

蘇皓靖半倚在一台陌生的房車前，雙手抱胸看上去一點都不是很開心。

連薰予緩步折返，輕咬著唇有些緊張……看來不是他知道她要去幫彭重紹，就是知道那邊繼續出狀況了。

「為什麼非要管他人閒事？」蘇皓靖沒正眼瞧她，始終盯著地面，「我比較喜歡妳以前的原則。」

「我正在改變。」她擠出懇求的笑容，「你人都來了，就好人做到底嘛！」

「我從來沒想要幫他們，禁忌是他們自己觸碰的，這與妳與我都無關！」蘇皓靖終於嚴肅地看向她，「連薰予，我認真覺得這件事管不得，從來沒這麼強烈過！」

「我知道……但是，但是就是覺得太可怕，十幾口人的命啊！上次你幫羅詠捷鄰居時也沒顧慮這麼多啊！」連薰予已經主動繞到副駕駛座去了，「快點吧，阿瑋在等我們！」

「那是因為她鄰居是我朋友好嗎？而且妳們兩個一攪和，我是被逼上梁山的吧？」

蘇皓靖忍不住抱怨！

這件事非常不對勁，他的第六感就像童話故事裡的豌豆公主，隔著二十層床褥，依然可以感受到那一粒豌豆的存在。

他不插手別人的命運，就是怕改變了他人的命之後，命運齒輪會轉向不同的方向，進而反撲到自己身上，所以過去不管感受到什麼，他一律採取漠視。

照理說膽小的連薰予也應該是一樣的作風，尤其這次的危險性這麼高，結果莫名其妙地竟然把事情推到他身上？說什麼遇到他之後才想改變？有沒有搞錯啊，他遇見她之後，想的是怎麼樣避免接觸，希望能躲得越遠越好啊。

「他們是在墳區發生的事，妳明知道一旦被發現我們感應得到亡者，會發生什麼事！」蘇皓靖敲了一下車頂，「妳可別仗著有我，就想任意妄為。」

「我沒有仗著有你！」連薰予聞言一時氣不過，拉開車的手停了，再把門關上，「彭重紹沒交集以前也是同系，阿瑋是我難得還算有交情的同學，阿瑋運氣很背大家都知道，連他都這樣義無反顧了，我如果能用直覺阻止惡事發生，為什麼不做。」

「因為這是彭家該承受的。」蘇皓靖認真的凝視她的雙眼，「如果，他們家本該有此劫，妳去幫他們躲過這一劫，最後劫難會反撲到妳身上呢？」

咦？連薰予愣住了，劫難會反撲到她身上？

連薰予有些心慌，她本來就是個膽小的人，聽見這樣理論只會恐懼，「我、我現在沒辦法想這件事，你知道昨天發生什麼嗎？小孩子把自家小狗開腸剖肚，拖出腸子掛在脖子上當彩帶跳舞！」

蘇皓靖彷彿在瞬間聽見了狗兒的悲鳴，還有那染滿血的刀子一閃而過。

「哪個孩子？」蘇皓靖對這件事唯一不滿的地方，就是為什麼都扯小孩子，「吃OREO那個，還是隨便亂坐那個？」

「都不是，是才五歲的雙胞胎。」連薰予深吸了一口氣，「幫不幫？」

五歲？會不會太過份，這麼多大人可以整不是嗎？蘇皓靖最終解開了汽車鎖，什麼都沒說地上了車。

連薰予連忙也坐進車裡，拉過安全帶，她知道蘇皓靖會出手，不然他根本沒必要來。

「你車不是拿去修嗎？」跟阿瑋的車禍後雙雙送修。

「我人緣好，隨便都借得到。」蘇皓靖說得漫不經心。

連薰予光從車內的殘餘香氣，就能聞出這是女人的車，是啊，他女人緣超級好。

「阿瑋跟我們約在彭重紹家，因為他被禁止前往醫院。」連薰予話到此，略頓一下，「欸，你有沒有注意到阿瑋身上……」

「有，非常，不然為什麼我不喜歡接近他？」蘇皓靖重重嘆口氣，「就算對方不是壞的，跟一個阿飄當室友都不是好事……地址。」

連薰予連忙按下手機，立即出現導航的聲音，她早已設定好。

『前方三百公尺後，左轉。』

連薰予有點焦慮，心跳得好快，其實一顆心總是懸著，開始以大口換氣來平復心情。

「會怕還硬要管，妳個性也滿特別的。」蘇皓靖輕笑，帶著的不知道是嘲諷還是有趣。

「少說兩句吧！」她咬著唇，「我現在滿腦子都是孩子從狗狗肚子裡拿出腸子的畫面……」

「我是一直看見女孩的笑顏。」蘇皓靖幽幽出聲，「那是一種湧自心底的喜悅。」

連薰予點頭如搗蒜，「對……對！就是那種令人毛骨悚然的笑容，我全身都在發寒，那不該是五歲小孩子會有的感受吧！」

「基本上就算五十歲也不會剖開家裡小狗的肚子。」蘇皓靖擰起眉心，「這代表的是殘忍與殺戮。」

所以他才覺得這件事不該管。

但是他總會想起那個嘔吐不已的男孩，黑水裡蠕動的蟲子，那個把手放在鍋底爐裡的男孩，他在大人身上感受不到這麼嚴重的不祥，實在不該扯上孩子。

如果是孩子犯了忌……也不至此啊。

「對了，我姊提出了一個很妙的論點。」連薰予沒忘記重點對話，「你有想過抓交替這個可能嗎？」

軋——蘇皓靖踩了緊急煞車，在原本打算衝黃燈之際。

下一秒有台搶綠燈的車子呼嘯而過，時速快到驚人，如果有人硬趕黃燈，現在只怕撞成一團了。

但這種小狀況，蘇皓靖早已感應到，他煞車踩得用力是因為她出口的話。

「抓交替？」他看向連薰予，「陸姐怎麼會想到，也對，她在這方面比我們『專業』多了。」

身為一個職業迷信者，應該不管什麼的習俗迷信都一清二楚。

「她說一般掃墓，踩墳頭這些不該會這麼誇張，黑水男孩的事讓她覺得像是要置男孩於死地，記得小謙說的話嗎？」

蘇皓靖緩緩地點頭，「是啊，吃了他的供品，就讓他當供品，這的確像是一種……抓交替……」

「我等等也要問問阿瑋，再不然，他也有可以直接諮詢的對象吧？」連薰予緊張地絞著雙手，好歹是他室友嘛！

蘇皓靖無奈搖頭，過了幾個彎後，來到阿瑋說的地址。

車子才左轉進巷弄間，連薰予就挺直背脊，倒抽一口氣，兩眼發直地瞪著擋風玻璃外頭。

「停外面還是停神主牌站的地方？」蘇皓靖踩下煞車，隔壁的女人也已經感覺到不該進來了。

前方五公尺處的男人還開心地朝他們揮手，一副我幫你們先佔車位的興奮模樣，蘇皓靖有時都會很佩服阿瑋，他應該從小到大禍事不斷，到底是怎麼維持這份樂觀的？

「樓下。」連薰予不希望思考太多，「如果急著要走，我可不想再跑一段路出巷口！」

或許是這條巷弄間給人的感覺不太舒服，也可能是阿瑋本尊，總之這是個他們平常路過絕對不會考慮進來的地方。

「嘿，很快嘛！」阿瑋很開心地看著蘇皓靖，「我沒想到蘇先生會來耶！」

連薰予朝他使了眼色，人都到了，少說兩句吧！別惹得他不高興，說走就走也是他的特色啊！

關上車門的蘇皓靖抬頭往眼前整排的四樓公寓看去，指向了四樓左邊某戶，「該不會是那間嗎？左邊四樓頂樓。」

阿瑋睜圓雙眼，滿是驚愕，「哇塞！你通靈啊！」

「一看就知道啊，是個很令人不舒服的地方。」連薰予也跟著仰頭，「我們幾乎都看不見外圍了，覺得特別暗，有種被烏雲蓋住的矇矓感。」

「是……喔……」阿瑋抬頭愣愣地說，在他看起來就是個再普通不過的鐵窗屋子啊，而且今天天氣不錯，哪有什麼烏雲啊？

他聳了肩，帶著連薰予他們上樓，連走這區區四階梯都令人覺得寸步難行，壓力相當沉重，蘇皓靖覺得每次只要管閒事，都是往虎山行的自虐。

「為什麼約這裡？彭重紹呢？」走在最後面的蘇皓靖開口，因為他發現阿瑋是拿鑰匙開門，不是按電鈴。

「他不在，他託我幫他餵倉鼠，又說他家花盆怪怪的，我想說就順便請你們看一眼。」阿瑋的順便說得好愜意，連薰予不由得皺眉，又一眼？

「阿瑋，我不是通靈薰耶。」雖然以前被這樣叫過，但她真的不是通靈者啊！

「我知道啊，但差不多嘛！至少妳能感覺到可能發生過、或未來發生的事？」往上轉的阿瑋一派輕鬆，「哨子麵說他種了一堆盆栽，一夕之間全部枯死了！這個我也知道，一定有東西！」

「那你還找我們過來？」蘇皓靖翻了個白眼，「連薰予，妳同學很有愛。」

「到現場才能確定啊，我覺得哨子麵應該也有中，只是他不知道而已！」阿瑋說這話時倒是挺肯定的，「有什麼事正在暗中慢慢地進行……他最近也沒多好啊，跟我快有點比了！」

「你客氣了，要贏過你應該有難度。」蘇皓靖涼涼的回應著，連薰予回頭朝他比了個噓，幸好阿瑋根本不以為意。

抵達彭重紹家門口，連薰予舉步維艱，手無故地開始發顫，她極度不安的回頭看向蘇皓靖，他們是不是應該立刻離開啊？

「自己要管的，不要想跑。」蘇皓靖不客氣地抵著她的背，「感覺好差的屋子！」

「咦？會嗎？」阿瑋鑰匙轉了兩圈，「這屋子還不錯耶，我來過幾次——」

門一推開，一股令人反胃的腐臭味即刻從裡頭衝了出來！

『啊啊——』

一抹黑影隨著極高分貝的慘叫聲，直接衝出來！

「哇——」連薰予下意識直接回頭往蘇皓靖懷裡撲，他穩當地抱住她，兩個人在相擁的瞬間迸出淡淡紫光，形成一薄膜包圍住他們，擋去了那抹殺出的人影。

『啊啊——』影子如皮球般在樓梯間來回撞擊，被紫光屢次彈離後，向上衝出天花板後消失，徒留下淒厲的叫聲仍迴盪著。

貼著牆的阿瑋僵直身子，大概只差一步之距，他就要跟「那個」KISS了。

「哨子麵也有室友啊……」他這語帶讚嘆。

「室友個頭！」蘇皓靖緊抱著連薰予，「我看就是作怪的傢伙之一。」之一，是因為他不覺得同時讓四個小朋友變得怪異的因素，只有一位。

阿瑋抹了抹額，差點與好兄弟撞上，讓他嚇出一身冷汗，驚嚇這種事很難麻痺的！他熟門熟路地進門開燈，鑲在天花板上的LED燈亮起，但不知道為什麼似乎還是蒙上一層陰暗。

「花種在陽台那邊，你們去看一下。」阿瑋指著窗邊，「我來找飼料。」

連薰予依然緊偎著蘇皓靖，往窗邊瞄了一下，她才不要去開那扇窗戶咧！

「昨天究竟發生什麼事，然後我們可以快點餵完走人嗎？」連薰予咬著唇，開始後悔管閒事了。

「就拿腸子當彩帶的事啊，喔！」阿瑋彈了指，「那兩個小女生還把腸子跟其他的彩紙綁在一起，就是她們兩個拿了墳頭上壓著的彩紙！」

天哪！連薰予忍不住皺眉，這整件事都是小朋友在犯禁忌啊！

「掃墓時，這些小朋友都沒有大人管的嗎？」連薰予簡直不敢相信，「拿別人的供品吃、偷走墳上彩紙，或是坐在別人墓前……這些都是不該發生，去拿別人墳前的供品尤其誇張。」

「哨子麵他們家族人太多，大人忙著處理掃墓儀式，小朋友幾乎丟給大一點的人帶……哨子麵年紀相仿的堂弟妹也要幫忙啊，而且妳別說，哨子麵幾歲人了，還不是在那邊隨地大小便？」阿瑋一開窗，又是一抹淡淡的腐臭味傳來，「噢，拜託，哨子麵真的想把倉鼠埋在裡面喔？」

蘇皓靖瞥了一眼窗邊，死氣沉沉不說，還有著強烈的煞氣。

「關窗吧，鎖上，再留張字條叫他沒事別開窗。」蘇皓靖梭巡著整間屋子，陰暗慘澹，「你剛說他最近過得不好對吧？」

「嗯，小事不斷，都不是什麼嚴重的事，但就很不順！像跟女友吵架啦、被上司電啦，或是想買麵輪到他時就沒了。」阿瑋將窗戶關妥鎖上，這種盆栽已經救不活了吧？

「我只能跟他說放寬心，的確是有什麼在作祟，照理說那種生活是我在過的，哨子麵從以前就是個幸運星啊！」

幸運星啊……連薰予終於略鬆了身子，威脅感雖然在，但已經沒有令人這麼緊繃了。

「所以他本身就是個運氣極好的人，用我姊的說法可能是八字重或是氣場旺之輩，所以……」她幽幽看向窗邊，阿瑋這會兒真的在便條紙上寫字。

所以才會先攻擊這屋子裡較弱的一環，植栽是無法反抗的脆弱生命，自是首當其衝，然後是寵物，不是說前天有兩隻嬌弱的倉鼠先死了？她眼神落在角落的整理箱裡，現在裡頭充滿著血腥，一進門她就感應到了。

也或許是因為……她略握緊拳，抵著蘇皓靖的身子想分開，因為他們兩個接觸了，所以第六感會變得異常強大。

「好了！餵食！」阿瑋把便利貼貼在窗上，回身往左邊瞄了他們，「欸，你們怎麼都卡在門口不動啊！四處看看啊！」

「要跑方便。」蘇皓靖也沒在遮掩。

「哎唷，不必跑啦，哨子麵家裡沒東西！」阿瑋橫過他們面前，到另一頭的架子上找飼料，「我室友跟我說了，那個沒有附身，因為哨子麵氣太強，附不了！」

「哇……真令人羨慕的體質。」連薰予由衷說著，剛剛衝出來的傢伙可一點都不和善，這樣都可以上不了身？

「對啊，一樣犯禁忌，的確是只有他沒事，其他孩子們都變得怪異……」蘇皓靖看著他翻箱倒櫃，「不必找了，倉鼠不餓了。」

正在翻東西的阿瑋根本聽不見，「我託我室友給我一點提示，或是去溝通看看，結果滿糟糕的，對方沒有打算要放過他家人的意思。」

「為什麼？」連薰予緊揪著手，「都只是小孩子，不懂事……而且有些只是小事，有必要搞得這麼嚴重嗎？」

找到了！阿瑋這才發現飼料一直都擺在旁邊的架子上，抓握著轉回來，「如果在平常我也覺得是小事，準備東西去祭拜道個歉就好了，但是哨子麵他們家好像惹到了麻煩的好兄弟。」

「麻煩的好兄弟？」蘇皓靖試著去感受他的用詞，「請定義麻煩。」

「我室友沒說，我後來問選擇題也不回答，不過我猜、就單純用現在的情況猜……」阿瑋拿著飼料搖晃，沙沙聲響，「就像我們平常惹到神經病或流氓一樣，哨子麵他們家冒犯到凶惡的鬼了！」

連薰予打了個顫，身子突然發冷地緊閉上雙眼。

「抓交替。」她現在幾乎認定了這個推測，「姊說的搞不好沒錯，他們冒犯到惡鬼或是什麼孤魂野鬼，給了對方一個光明正大的機會，就想抓交替……抓交替是這樣進行的吧？」

「嗄？抓交替？」阿瑋困惑地皺起眉，「喂，抓交替那不是都是枉死的在幹的嗎？而且有墓怎麼會是孤魂野鬼？」

咦？蘇皓靖跟連薰予同時愣住了，他們立即眼神交會——枉死的人？

「吃飯囉！可愛的小朋友——」阿瑋愉悅地打開整理箱的蓋子，「哇——」

一箱子裡血跡斑斑，彭重紹養的十幾隻倉鼠屍橫遍野，屍塊遍佈，全都是咬囓傷，皮開肉綻、肚破腸流有全屍的已經很幸運了，一箱子裡四散的屍塊，根本都是……他留意到角落有塊毛球在蠕動。

還有一隻黃白混毛的倉鼠還活著，背對著他在角落裡像是啃囓著什麼……阿瑋不敢輕舉妄動，看著斷肢殘骸遍佈的整理箱，牠們在自相殘殺？沙，手裡的飼料瓶晃動，發出了聲響，角落裡的倉鼠倏地回——滿臉都是血，手裡還捧著同類的屍塊，那模樣真的一點都不可愛啊！

說時遲那時快，那倉鼠竟跳了出來，直直衝向蹲在整理箱外的阿瑋！

「哇啊——」阿瑋直接嚇得往後倒，屁股一蹬地，雙手及時向後撐住地面，看著那猙獰……對！

猙獰的倉鼠，張開滿是鮮血的利齒朝他撲上！

噗嘰！

右方橫空出現一隻手握住了飛撲而來的小倉鼠，準確地掐住了那吃同類吃得太撐的圓滾滾身子。

「吱——吱！」倉鼠張牙舞爪，牠只要再往前一點點，就可以咬上阿瑋的鼻頭了！

蘇皓靖從容地蹲在他右側，手裡握著那倉鼠，似笑非笑地望著驚恐的他。「我要不要放手啊，牠看起來很餓耶！」

「媽呀……哪有這麼可怕的倉鼠啦！」阿瑋嚷著，手腳併用地連連往後嚕，「蘇先生你看看牠的模樣，根本不像哈姆太郎！」

「哈姆太郎咧！」蘇皓靖笑著將倉鼠轉向自己，看看那發狂的眼神，尖牙裡還帶著臢肉，拚了命地想咬人。

再看看一窩的屍體，看來每隻倉鼠都經過激戰啊。

「好可怕……」連薰予也走近前察看，「牠也被影響了嗎？」

「這些動植物是在替彭重紹擋煞。如果能不直接傷害到他，就從他身邊弱小處下手，再讓他的運勢不順，一點一滴地削弱他。」蘇皓靖望著齜牙咧嘴的倉鼠，「直到終能把他扳倒的那天。」

癱坐在地上的阿瑋嚥了口口水，「只是不小心尿在屍骨身上，有必要這麼趕盡殺絕嗎？」

「說不定正是個無主墳……或是枉死的。」蘇皓靖一點也沒客氣地使勁把倉鼠往整理箱裡扔回去，疾速蓋上蓋子，「只有這樣才符合抓交替的原則。」

啊……連薰予倒抽一口氣，「等等，彭重紹的便溺是一回事，小朋友們不都是在有主的墳墓邊犯的禁忌嗎？為什麼會無主……不！不是無主。」

的。

她與蘇皓靖同時回頭看向了坐在地上還在那邊抹汗的阿瑋，他剛剛說的啊，是枉死

「墳裡有枉死之徒，反正就是厲鬼或惡鬼，也可能有什麼願望未了，就像上次在裝飾柱裡那幾個傢伙一樣。」蘇皓靖將整理箱扣緊，「喂，那碗哨子麵呢？跑哪裡去了？」

阿瑋轉著眼珠子，從剛剛聽到現在，他覺得有點……不太妥當。

「這些動物是幫他擋煞，擋墳區的……惡鬼們對吧？」阿瑋嚥了口口水，「那個，如果我說……他今天跑去公墓的話，會怎麼樣？」

「什麼？」這拉高的吼聲是異口同聲的。

這才叫真的明知山有虎，偏向虎山行吧！居然還親自送上門！

連薰予又打了個寒顫，心跳加速，「現在都七點了！快問他在哪裡！」

「不好，不對勁！」蘇皓靖也知道大事不妙，立即看向連薰予，伸出了手。「神主牌，你快點打電話給他！」

連薰予看著伸來的手，沒有一絲猶豫，直接牽了上去——

第七章

儘管一年一次，掃墓也是從小到大的家族活動，彭重紹深知路線，他在山下採買了豐盛的供品、紙錢與相關物品，直接招計程車上山；因為最近精神不好，加上家裡人連續出事，搞得他精神緊繃、睡眠也不足，開車絕對不是明智之舉。

小伯母的精神才恢復，好不容易跟雙胞胎和好，卻緊接著血壓偏低，腹痛如絞，連出院手續都沒辦就又入了院；早上大堂弟也暈倒送醫，爸爸也說胃痛，家人們一個接一個的倒下，都不是致死的重症，但卻每個都飽受折磨。

如果是阿明坐上他人的墳、小謙吃了他人的供品、女孩們偷拿彩紙，他們四個的狀況他都能理解，不敬、無禮、犯忌，但是其他家人怎麼說？

他們冒犯到的好兄弟，針對的是他們全家人啊！

艾草洗淨全身、符水化解、護身符什麼該做的都做過了，情況卻越來越嚴重，昨天看著雙胞胎堂妹們哭著說不可以拿走她們的「腸子彩帶」時，他就覺得情況真的非常糟了！

他不知道小堂妹們是著了什麼魔，在她們眼裡，那血淋淋的東西是彩帶而不是腸子嗎？還是說她們即使知道那是狗狗的腸子，卻也還能笑得這麼開心？這就更令人發寒了。

離開醫院後接到店長的簡訊，因為他最近太多事導致一直請假，所以直接叫他不必去了，因為排班的工作真的不能讓他這樣亂請，搞亂其他同事節奏，這點他理虧，他沒有什麼好抱怨的。

雖然阿瑋認真的在幫忙，他找到的朋友也不是什麼厲害的師父，不過至少確認了是他們掃墓時觸犯禁忌，所以他立即決定今天到墓地來，備好歉禮，鄭重地跟被冒犯的好兄弟道歉。

拎著一大堆東西走上坡路，雖過清明，還是有人避開了人潮這時才來，零星的路人與他擦身而過。

「先生。」中年男子突然回身叫住了他。

嗯？彭重紹困惑的回頭，看來的確是在叫他，「是？」

「你臉色看起來很差，不該來的。」男人挺嚴肅的，「掃完就快走吧。」

「啊……是嗎？我沒事啦，就這幾天沒睡好。」彭重紹覺得很窩心，「謝謝喔！」

「我是說你印堂發黑。」男人直白地說，「墓地極陰，你這種狀況來這裡只會雪上加霜，但既然都來了，一定要記得在三點之前走。」

「我印堂……」彭重紹下意識摀上前額，「是，我就是因為這樣一定得來一趟……先生是高人嗎？是不是……」

「稍微敏感一點的人都看得出來，這不必是什麼師父。」男人擰著眉，「不耽誤你時間，記得速戰速決。」

「謝謝！」彭重紹禮貌地鞠躬，幾近九十度。

男人偕同妻子一同離去，彭重紹也知道無緣無故到墓地不好，但他今天是來道歉的，拜託大家放他們家族一馬啊！

匆匆先找到了他便溺之處，紙錢與供品準備妥當，誠摯地朗聲道歉，甚至跪下磕頭；緊接著再到阿明坐的那塊石牆前，仔細看，他後面那的確不是神龕，而是某個人的墓碑吧？

會猜不準是因為墓碑受損嚴重，別說字看不清了，連外角都已經缺角裂開，彭重紹看著那石碑，想著替對方好好修補不知道能不能套點關係？

而小謙拿供品的墓就好找多了，他跟阿明都在一起玩，一定在附近，而且現在拜完不拿供品的人也不多，輕易就能找到；彭重紹站在墳前，看著依然堆疊在碑前的供品，小謙真的太皮，怎麼會去偷拿這種東西吃呢？

「對不起，真的不是故意的，他才十歲！」彭重紹誠懇地拜託著，「個性就是皮，看見喜歡的餅乾就拿了，他沒想這麼多的，不是故意冒犯……求您放他一馬！」

一拜再拜，紙錢供品加量，卻只感到身子越來越寒。

重新站起時，彭重紹竟一時腳軟，跌了個踉蹌。

「怎麼回事……」他倒在別人墓埕前，四肢發冷，「總不會中暑了吧？」

二十一度是中什麼暑啦？他抬頭看著晴空萬里，春天的太陽會騙人，風還是很寒啊，但他一向不怕冷，怎麼現在竟覺得全身都在發冷？

重新站起身，還有一種腳軟很虛的感覺，撫上前額，該不會感冒了吧？

「唉。」嘆著氣，左顧右盼，接下來……雙胞胎拿的彩紙是哪座墳的？

他也只能用她們玩樂的位置去判斷，一週過去，彩紙都已經褪色斑駁，不過還是看得出哪些墳最近有人掃過。

「少年吔！」

才準備離開，有個人遠遠地喊他。

乾瘦的男人一身衣衫襤褸，全身沾滿泥土，戴著斗笠，背著一台除草機由遠方朝他走來。

「您好。」彭重紹打著招呼，該不會又說他印堂發黑吧？

他就剩彩紙的墓還沒道歉而已，現在才一點，來得及啦！

「歹勢啦，我忙到忘記處理你們的墳了！」男人一開口就是道歉，「因為沒長什麼草，我以為我清過了！」

「呃……什麼？」彭重紹聽不懂。

「這座啊，不是你家的墳嗎？」管理人指著供品墳，「半年前草就很長了，還有一株小荊棘斷不了根有沒有？但最近都沒長，我就以為清過了！」

彭重紹轉了轉眼珠子，恍然大悟，「不是我家的啦！我不認識這個人！」

「嗄？」男人嗄了好大聲，看著墓前還在焚燒的紙堆，再看看彭重紹，「不是你家的你拜三小？」

「啊就……說來話長啦，就是拜一下，多燒點錢給他啦！」彭重紹懶得解釋，隨口敷衍。

「系厚……我還以為是你們家的人咧，還想說之前來過自己清草壓土的，我回家看表才發現我漏了！」管理員終於正眼看向彭重紹，「啊你——一個人來唷？」

「是，拜完就要走了。」彭重紹尷尬笑著，被盯得不太舒服。

「你不太對啊！拜完快走啊！」管理人一眼就看出來了，「還一個人來，小心捏！」

「會啦！」一連被兩個人勸說，都不知道該怎麼想了。

管理員才轉過半身，立刻又回頭，「欸，你從哪邊上來？記住不要往下走啊！寧可往上坡越過老杉樹那個出口去。」

公墓還有出入口的啊？明明就四通八達！不過他都是走家族老路線，的確不是管理員說的下方，「好，我一般都是穿過老杉樹的，您放心。」

「下面不能去啊！」管理員越過他往下眺著，「你小心一點就是，這附近有一些阿哩不達的。」

「呃，大白天也會……」彭重紹又冷了起來。

「蝦咪啦！人啦！誰跟你說好兄弟啦，不乾淨的永遠是人！這公墓有住人的我跟你說！」管理員不耐煩地扯著嘴角，「你一個人不要被搶喔！那些人吸毒吸到腦子都壞掉了，十塊錢他們都要搶咧！」

「住這裡？」彭重紹簡直不敢相信，「這哪裡啊？」

「啊大一點的墓有房間啊，不然有的地方是空的，土裡還冬暖夏涼耶！」管理員一臉長長見識的臉，「躲在這裡都不是什麼好東西啦，所以我出來都不帶錢，只帶這隻——」

管理員邊說，一邊啟動他的背包式除草機，銀色鐵板拼裝主機體如背包揹在被上，長管線連結著長桿在前，長桿末端的銳利葉片立刻轟轟轟地轉了起來。

哇，彭重紹連連後退，雖然看起來很鈍又鏽得很嚴重，但被割到應該還是會送醫的吧！

「好好好，我知道了！很危險很危險！」彭重紹趕緊請管理員關上除草機，真可怕。

「要小心喔！」管理員邊說，一邊折返往上走。

「謝謝！」彭重紹再三道謝。

他倒是沒想到真會有人睡在公墓！有水泥屋子那種他知道，的確是個遮風蔽雨的地方，只要翹開門就能進去了；至於土穴還冬暖夏涼是什麼鬼啦，他比較在意管理員說吸毒搶劫這件事，大家都知道那些吸毒者毒癮發時，真的是什麼事都幹得出來。

速戰速決，他謹記這四個字，在附近所有壓有彩紙的墓前都致歉，每座墳都燒大量紙錢，禮數做到最足，這已經是他所能做的最大極限了。

處理完最後一座時，還剩下好幾支紙錢，他決定回去OREO的供品墳那邊再燒一落，因為目前為止，小謙的狀況最嚴重。

「拜託了，這些錢再請您收下。」彭重紹對著墓碑誠心請求，「陳先生，您是好人，我相信您不會這樣為難一個孩子的！」

墓碑上的照片是個看起來笑顏常開的男人，彭重紹實在想不到這樣的男人會對小孩做出這麼狠的事情！

一拜、再拜，三拜抬首時，墓碑上的照片瞬間失去笑容，悲傷地看著他！

「哇啊——」那瞬間變臉如同現在流行的 GIF 照片，嚇得彭重紹魂飛魄散，向後跳了老遠！

剛剛那是什麼？彭重紹根本不敢再看一次，抓過籃子拔腿就跑——啊，不行！他都跑出去了又咬牙回頭，火還沒滅啊！

萬一搞出個失火，那只怕這裡的住戶都要不爽了。

「對不起！拜託你放過我們！沒有人是故意的！」彭重紹硬著頭皮轉回身，「或是你想要什麼，能不能找個辦法跟我說？只要是我能力所及，我一定設法弄給你……不能是傷天害理的事啦！」

他從籃子裡拿出礦泉水往燃燒的灰燼裡澆，繞到離墓碑最遠的角落撥動灰燼，好檢查確認有沒有餘火。

人真的是很奇怪的生物，越害怕，卻越會偷偷地瞄一眼。

墓碑上的照片已恢復正常，正如一開始那燦爛的笑容，沒有什麼悲傷的變臉。

彭重紹不敢確定是否眼花，畢竟已經發生這麼多事了。

「我有個朋友，他好像蠻容易遇到的，如果您沒辦法跟我說，說不定可以藉他轉達。」彭重紹想到了「朋友」，「他叫阿瑋，您是神通，應該很容易知道。」

再雙掌合十拜了拜，彭重紹起身離開，卻一點都沒有如釋重負的感覺。

循著平時的路線走，來到在崖邊的五姑婆墓前，順道請祖先好好保佑他們，讓全家都能度過這個劫難，再繞過這墓前往上坡路段走時，他卻突然止了步。

「咦？」倏地向左後回身，左邊這崖旁有著許多在逆境崖壁中長出的植物，但他不可能忘記那株在崖邊扎根的芭蕉樹啊！

因為那樹上竟又有一串豐碩的芭蕉了。

「是有沒有長這麼快？那天只有一串啊！」他詫異地看著那串肥短的芭蕉，雖然不是他親自割下，但原本是交給他割，後來是因為搆不著才變成他扯樹幹往前彎，由小伯父割下的。

要是有兩串的話，也不必最後一根分成多段，大家分著吃了啊！

不尋常。

平常他不會在意的情況現在卻叫他毛了起來，他縮手不敢再碰芭蕉，快點離開這裡，印堂發黑關乎運勢，不能在這裡久留！

轉身就走，不忘注意時間，錶上居然才一點半？他還以為已經快三點了咧！

往熟悉的路前行，這邊許多階梯已經崩壞，總是要小步往下，然後再繞個小彎，接著往上爬，只要繞過上頭最高處的老杉後頭……就可以往下一路走出，再從柏油路繞回停車處。

彭重紹看著老杉，氣喘吁吁地來到了樹邊，風越來強勁，這杉樹是這附近的最高處，不管如何張望，總是一回頭就可以看見滿坑滿谷的墓園。

這一次，他卻不知道該不該回頭。

因為，這是他第三次走到這衫樹邊了，無論怎麼走，都會走回這兒。

他迷路了。

※　※　※

天色不知何時變得陰暗，彭重紹遠望著灰藍色的天空，一樣萬里無雲，卻像是夕陽西沉即將進入夜晚時的那數分鐘的陰鬱窒悶；來到衫樹下，他始終沒敢回頭，因為後方窸窣聲響，此起彼落。

他當然知道這是怎麼回事，墓區路再亂，他也有不會迷路的自信，別說來過幾次了，最近的一次距離不到六天啊！況且從芭蕉樹崖邊那兒過來的路一點都不複雜，更別說以老杉為標的，根本不可能走錯。

這大概就是所謂的鬼擋牆吧？這裡的好兄弟應該不少，擋一座、兩座牆也不意外了。

只是，他才剛道完歉啊！難不成現在是要直接找他談了嗎？

嚓……沙沙，聲音不斷，彭重紹冷汗直冒，別說身後的那墓園了，他眼前也是一大片公墓啊，不知道自己是虛脫還是疲憊，總覺得那一個個墓碑旁似乎都冒著青光，甚至還微微震動。

卡在老杉邊的他進退維谷，哪兒也不敢去啊！

「我不是有意冒犯大家的！拜託你們！」他情急地大喊著，「我真的不知道該怎麼做才能讓你們消氣！」

再一揚睫，卻見下方的墓園裡竟多了好幾個人影，都站在墓旁，或瞅著他，或低著頭，外表像是人，但是那氛圍、那姿態或是眼神，誰都看得出來不是人！

「啊啊……這區我沒犯啊！」他慌張地看著那些歪斜著頭看向他的人，緊張地再往樹邊躲了躲。

這些都是好兄弟們嗎？他全身抖得厲害，現下就只有他一個人，他能怎麼辦！

阿瑋啊！忍不住在心裡吶喊，彭重紹戰戰兢兢的還是回過了身，看著自己的來時路……那滿坑滿谷的墓地，現在真的是滿坑滿「骨」了！幾十幾百個人都在自己墳邊，或衣衫不整、或衣著光鮮，有人甚至沒有頭顱，有的人則是瘸著腿，都用空洞的眼神看向他。

他以前也算是個風雲人物，自認習慣了被看著的生活——但第一次被這麼多「好兄弟」注視，他一點都不喜歡！

「大家有話好好說……我們沒惡意的，供品給了，錢也燒了，你們還想要什麼？」他都快哭出來了，拜託他們千萬不要移動啊！

手機呢？這種情況他要報警嗎？有用嗎！

彭重紹眼神下意識往自己的九點鐘、十點鐘方向眺去，那是他剛剛道歉祭拜的方向，也就是堂弟們犯忌的地方……矛盾地一邊想著裡面的「前輩」不要現身，一邊又想看見他們。

才不是！他一點都不想看見那些被他冒犯的人，他就是怕看見他們，所以才要多分心去觀察！大部分的「人」都是站著的，但九點鐘方向真的有大動作的影子！

「咦？等……」彭重紹可驚住了，他看著滿臉是血……頭缺一角的人拐著腳卻俐落地走來，甚至粗暴地推開了其他看起來很無辜的在地居民，每一步都像是可以跨兩公尺一般地直接朝他迅速逼近！

剛剛崖邊的長草小樹甚至是芭蕉樹，竟全染成了鮮紅色，彷彿也有意識一般，全朝著他那裡舞動著枝葉，甚至地面的土壤也在顫動龜裂，有什麼東西要從裡面出……來——唰！

才想著一隻手倏地從崖下攀上，彭重紹連思考都沒有，轉頭就跑！

就算鬼打牆可能讓他再跑回原點，他也不可能站在那邊等死吧！這簡直太扯了！他是誠心來道歉的耶，一點輕慢的意思都沒有，人家不是說心誠則靈嗎？什麼只要有誠意都能被諒解，這些鬼話是說給誰聽的啊！

轉過身，高處老杉的另一面自然是下坡段，雖然也是公墓，但沒有他們冒犯的那些，彭重紹莫名其妙地感到心安——並沒有！他只是覺得身後追來的可能更可怕，他準確地踩在小路上，不敢接近任何一座墳，或是任何一位原居民，連對上眼都不要，因為他根本不敢看他們的模樣！

阿瑋說過，平常他如果感應到有什麼，絕對不要讓對方知道他看得見他們……現在情況可能有一點點不一樣，因為這些好兄弟就是希望他看見他們啊！

踉蹌下坡，一個女人家突然伸手抓住他的衣服！

「哇啦啦！不是我，妳找錯人了！」彭重紹死命地扯開衣服，「你們不要找我啦，我不認識你們！」

這裡之後要右轉，然後明明筆直就可以通道柏油路區了啊！

一轉彎，彭重紹看見的又是遠遠矗立在上方的老杉！「不要開玩笑了！我要出去！」

「喊這麼大聲也出不去吧？」

左後方驀地有人開口，那聲音完全是看熱鬧的嘲諷，嚇得彭重紹跳了起來！

男人坐在某人的墓碑上，彭重紹斷定不是他家，是因為墓的主人站在墓碑後方，死魚眼瞪著地面。

「你……你……」

「年輕人體力真好，這樣一直繞圈都不會累！」男人看上去年逾五十，沒有頭髮，也沒有腐爛或是鮮血淋漓，穿著米黃色的綿衣加背心，「你這樣跑一百遍都跑不出去的，你知道嗎？」

彭重紹往下看，有腳，還穿鞋，可是他無法斷定這是鬼還是人啊！

「我……我……」

「沒聽人家說嗎？要掃墓當天看一下鏡子，印堂都這麼黑了還來？」男人搖了搖頭，「再說剛剛是不是有人提醒過了，下午三點前一定要走？」

「我三點前啊！」彭重紹喊冤，舉起手錶一看：一點半。

嗯？為什麼還是在一點半？他瞪大雙眼湊近一瞧，看見不動的秒針，象徵本日起手錶停工。

嗚哇啊啊！為什麼挑今天沒電！

「跟我走吧！」男人一臉無奈地跳下別人家的墓碑，腳上踩著的是涼鞋，往後折返。

「等……等等，現在往回走不是就會遇到那個……有個感覺很凶啊！」彭重紹根本動不了了，他腳好軟啊！

「你往前走不是也遇得到？」男人倒很乾脆，「跟我走就對了，你沒我熟悉這裡。」

嗚……聽起來很像是厚，問題是大哥你哪位？

「大哥，我、我有……冒犯到您嗎？」彭重紹依然無法動彈，雙手合十啪地就跪下了，「我跟你磕頭，我對不起你，我——」

「站起來——」男人驀然回首，臉部扭曲且怒不可遏，一秒眼珠爆凸，咆哮的嘴大到可以一口吞下他的頭顱！

彭重紹根本完全嚇傻，仰著頭瞠目結舌地石化在原地，別說站起了，他現在連眼睛都不敢眨啊！

說時遲那時快，他跪地腳邊的土裡竟竄出了許多隻手，直接勾住他的小腿，再直接往土裡拖！

「哇啊啊哇——」彭重紹嚇得措手不及，整個人因小腿被向下拖而往後倒去！

『就叫你站起來了！』男人趨前一手拉住彭重紹的臂膀，抬起腳往他小腿邊的眾多枯手踩上去，『鬆開！滾！走開！』

同時一拉一踩，加上彭重紹的掙扎，終於及時被男人拉站而起，踉蹌驚恐得不知道該怎麼辦。

『走啦！』男人傳他往前推，『快點，你沒多少時間了！』

嗚……彭重紹聽了真是絕望，什麼叫沒多少時間啊！

「我究竟該怎麼做啊！還有我的堂弟妹們，最大的不超過十歲啊！」彭重紹突然一頓，慌亂地左顧右盼，「他們該不會也在這裡吧？被帶來這裡了！」

『別看了！快走！』男人粗暴地推著他的後背，『那幾個孩子是快了啦，這只是算他們衰！』

彭重紹止步，不可思議的回頭，「衰？衰？這代價未免也太大了吧！」

『就你們偏偏去犯到不對的墓啊！』男人兩手一攤，『世界上不是每個人都像我這麼好的啊！』

「不對的墓……」彭重紹滿腦子混亂，腳步因腿軟而不穩，總是不停絆倒，還虧得上臂那隻冰冷的手攙著他，才不至於又跌上土壤。

『人呢——把錢給我——』後頭突然傳來令人膽寒的咆哮聲，『我要錢！』

咦？彭重紹驚恐回頭，才回一半，就被冰冷的手給打回去。

『沒時間回頭了，快點走走走！』男人真的推著彭重紹跑，他一片混亂，只能跟著這位好兄弟大哥的指示往前奔！

他現在走到哪裡他也不知道，他的籃子掉了，紙錢跟供品都在裡面……要燒也無法燒給那個怒吼的人，想賄賂也是於事無補，他現在孓然一身，什麼都沒……

左前方有個渾身通紅的人站在崖邊邊上，她赤裸的腳後跟根本懸空在崖外，全身深紅的像剛從油漆桶爬出來一般，渾身都在滴血，身上被一堆崖邊的荒煙蔓草到處亂纏。路向右彎，左上臂的力量也推著他往右，但彭重紹看著那滴血的人……不，是她身後那一樣血淋淋的芭蕉樹——是他們採摘的那棵嗎？彭重紹慌亂地張望，那五姑婆的墳在哪裡？為什麼這裡也有一個懸崖！

『重紹啊，快走！』遠遠的左方有個老人家指著路往下，『快點跑！你為什麼會在這裡！』

咦？彭重紹一怔，懸崖對面的墓，那是五姑婆的——後腦勺被人打了一下，男人又推了他一把。

『不要回應！有夠白痴的！是想讓大家都知道你名字嗎！』男人低吼著，『跑！跑起來，往上跑！』

不能被知道名字嗎？彭重紹開始上坡，緊張地眺著前方，就怕又看到老杉，但這次居然沒有？他意外地邁開大步快跑，兩旁的好兄弟們只是轉過來瞥他一眼，有的還露出嫌惡神情。

『帶我走——』那吼叫聲突然拉近了距離似的，連推著彭重紹的男人都嘖嘖出聲。

「他在哪裡！」彭重紹哭喊著，「大哥，你覺得我跟他面對面好好說有用嗎？」

『又不是你跟他有過節，你跟他說有屁用？』男人突然拉住他。『站在這裡不要妄動！』

彭重紹自是聽話豈敢動彈，天色變得更暗了，但是透出一種詭異的藍光，往下望去好兄弟數量比剛剛多出很多，還開始有人在移動漫步，有人到別人家裡聊天，紛紛朝他投以目光，他就是今夜的話題。

『我等等會把你推下去……』

什麼？彭重紹驚恐地看著男人，但是左臂又被緊緊箝住，「你那什麼臉？推下去才有機會出去好嗎？」

推……彭重紹轉身往後看，也不過是平常的下坡路段沒錯，但這裡不是碎石子就是石階，要是不小心又滾到別人墓旁，該不會又犯一次禁忌啊？

「陳、陳先生！小謙他不是故意的，求你放過他吧？」彭重紹突然誠懇地望著男人，這光溜溜的頭，就是陳先生的碑上的照片啊，「那個在生氣的是誰？彩紙還是阿明坐上的墳嗎？您能不能幫幫——」

『誰姓陳啊！莫名其妙！我姓李！我叫李耀宗，你記住啊！』男人不高興地皺起眉。

「咦？可是……你不是陳先生嗎？」彭重紹其實也不敢保證，他只是看見光頭就……

『現在那個在鬼吼鬼叫的才是從姓陳的墓裡爬出來的，但就算他從那邊爬出來也不姓陳！』男人接著一愣，『他姓什麼我倒是不知道！』

「在說什麼啊，我可能認錯了，但如果現在那很生氣的是陳先生的話——」

『小子，你是聽不懂喔，是誰告訴你墓裡埋的會跟墓碑上寫的同一個人啦！』

李先生突然伸手就是一推，『我叫李耀宗，記得我喔！是我救了你——』

什麼？彭重紹瞪圓雙眼，完全沒有一點心理準備，不管這裡有多高，把人從正面向後推是不必先通知一下的嗎？

「哇啊啊啊——」彭重紹什麼都沒得拉，直接狼狽地向後滾。

『敢吃我的供品，你給再多都沒有用——那是我的！』遠遠的，他聽見了聲嘶力竭的咆哮聲，『我會吃了那小子！』

小謙？

手機鈴聲突然劃破寧靜，彭重紹在地上滾了好幾圈，根本不知道滾到哪兒方才停下，臉在沙礫地上摩擦，趴在土壤上的他不敢停止，就怕伸出那些殘肉臢骨的手，要是掩住他口鼻往下拖就死了！

他一躍而起，趕緊從外套口袋裡摸出響個不停的手機：「阿瑋！」

「喂！阿瑋！阿瑋！」彭重紹看見來電激動不已。「阿瑋啊！」

阿瑋掌心上放著電話，他按下擴音，有點好笑，「不必這麼感動吧！居然這麼想我！」

蘇皓靖白了他一眼，「正常人在正常狀況下絕對不會想你，我想彭先生是遇上不尋常的事了吧？」

「對，我、我——」彭重紹慢慢靜下來，四周一片靜寂與徹底的黑，「我的天哪，天黑了！」

「現在已經八點多了，你在哪裡？」連薰予知道他在哪，想確認的是他是否在真的墓地裡。

「八點？我的天哪……我錶停了！我不知道我在裡面繞這麼久，不是只有一下下嗎？」彭重紹看見了近在咫尺的柏油路，「我剛剛……說來話長，總之我走出來了。」

蘇皓靖嘴角輕揚，「應該是破了。」

「你剛鬼打牆喔？哇塞！」阿瑋直接驚嘆，「我跟你說，蘇先生跟小薰感覺到你遇到麻煩，還說你在墳墓裡走不出來，叫我打電話給你耶！有夠準！」

「阿瑋！少說兩句！」連薰予嘖了一聲，「彭重紹，你快回來，不要再待在那裡了。」

「我知道，我會立刻下山。」彭重紹頹然地往前，也懶得在意身上的擦傷了，「幫我看看我家人好嗎？我來這邊道歉了感覺沒有用，一定要幫我留意小謙，那個人非常生氣！」

「不想，」蘇皓靖即刻轉頭離開手機邊，「都泥菩薩了，還有空管別人。」

「好！我會注意！」阿瑋故意放大音量，蓋過了蘇皓靖的聲音。

「呼。」彭重紹掛上手機，有種暫時鬆一口氣的感覺，這才發現腳踝施力會痛，走路一拐一拐的，等他走到柏油路，再往前到土地公廟那邊，就可以打電話叫計程車上山……

「先生，」突然間幾個人影從旁跳了出來，擋住他的去向。「這麼晚逛墓園喔！」

什麼？彭重紹一怔，留意到身後也有影子逼近，回身一看，他竟被人包圍了。

「不是，我來掃墓的！」彭重紹在原地轉著圈，五個人？這五個人包圍他是什麼意思啊！

『要小心啊，這裡不乾淨……誰跟你說好兄弟啦，不乾淨的永遠是人！』

『有幾個吸毒的藏在這裡，為了要錢買毒，什麼事都幹得出來喔！』為首的男人眼窩凹陷，相當的瘦，朝他伸出了手，「手機拿來。」

「錢包呢？」

「等等，這樣我要怎麼叫車下山？」彭重紹嚇得把手機往口袋裡放，「我有要緊的事，必須立刻——」

啪！後腦勺一陣劇痛，彭重紹話都沒說完，眼前瞬間一黑。

第八章

遠在兩小時路程外的連薰予整個人驀地往前撲，右手及時拉住彭重紹家的大門，才沒有整個人跪倒在地。

蘇皓靖及時摟住她的腰際，也感受到了棍棒。

「怎麼了？」阿瑋丈二金剛摸不著頭腦，他們準備要走了，小薰怎麼踉蹌？

連薰予緩緩摸向後腦勺，緊張地看向蘇皓靖，「好像出事了！」

「嗯，有誰被打的樣子。」蘇皓靖將她扶穩，「不過應該沒有什麼大礙！」

沒有……連薰予看著自己潛意識握住的手，她剛剛跌倒之際同時也握住他伸來的手。

是啊，有攻擊也有受傷，但直覺告訴他們沒有嚴重的危險性。

「誰？誰？誰被打？哨子麵嗎？」後面的傢伙吱吱喳喳。

「不知道！」蘇皓靖不耐煩回頭，「這是第六感不是天眼通是要我講幾次，說不定是你啊，等等出去就被揍！」

「喂！」阿瑋可激動了，「幹嘛咒我啦！我人生還不夠麻煩嗎？」

「啊不是習慣了？」蘇皓靖一聳肩，拉著連薰予出門。

連薰予輕笑，一邊輕輕用手肘抵著蘇皓靖，別老愛整阿瑋啊，他是個很好的人，運勢不好又不是他能選的是吧？

突然換她手機響起，連薰予如驚弓之鳥，「糟糕！我姊！」

蘇皓靖略挑了眉，「妳忘記跟她說要管人閒事了？」

嘖！連薰予用手肘頂他，很煩耶！拿著手機匆匆下樓，掩著嘴想低聲說話，無奈樓梯間都是回音。

「對不起啦，我忘記說了！對，因為阿瑋他那個朋友有事……嗯嗯，好！對！」

蘇皓靖放慢腳步，等待阿瑋鎖門，順便讓自己有一個人的清靜空間，好好把感覺放空。

這裡很糟糕，剛剛那個從彭重紹家衝出來的東西不是在附身，就是在削弱那碗哨子麵的力量……剛剛他們感受到被攻擊的應該是彭重紹，運勢逐漸降低，藉由外力慢慢逼他，看他家裡活著的東西差不多都被殺光，也該輪到他了。

不過他沒有難受的壓力感，應該沒什麼大礙，回首看著走來的阿瑋，這兩個同學南轅北轍，一個強運一個衰運，卻都過得挺快活的。

「什麼？」

一樓傳來驚呼聲，蘇皓靖聽不清楚連薰予在說什麼，只是催著阿瑋趕快。

等走出一樓，蘇皓靖急著想離開這是非之地，卻看著連薰予拿著手機發呆。

「被罵了？」蘇皓靖關切地問，但是她看手機有點出神。

「姊今天提早下班，煮了一桌菜沒等到我在發飆……後來聽見我來找阿瑋，就更生氣了。」她為難地瞄了阿瑋一眼。

「非常同意，陸姐生氣是應該的。」蘇皓靖點頭如搗蒜。

「喂！我還在這裡耶！」阿瑋很委屈，「跟陸姐說這是盡己所能地幫人！她應該懂啊！」

「為什麼我姊會懂？她是信仰廣泛，跟你不一樣啦！」連薰予不明白阿瑋在想什麼，姊也不是那種熱心助人的類型，她但凡有空都是跑宮廟。「總之，她不許我進醫院。」

「放心好了，我沒有要去。」蘇皓靖直接否決，「我九點跟妹有約，妳要去醫院的話，你們兩個自己搭計程車去吧！」

大爺解開中控鎖，準備上車。

「嗯……姊說如果我很擔心，只好由她出馬了。」連薰予輕聲地說出未竟之語。

蹙起眉，滿腦子問號地看向阿瑋，

車子邊的兩個男人先是呆了幾秒，緊接著「嗄」了好大一聲。

「她叫你到醫院門口等她。」

「對厚，她是迷信掛的，她應該是想去看看對方是何方神聖吧！」蘇皓靖一擊掌，轉身向阿瑋，「你加油！」

「不是……我跟妳姊又不熟，她為什麼要來啊？這樣我感覺很害怕耶！」阿瑋一團亂，莫名其妙跑出個小薰的姊姊？

「放心好了，她姊有很～多奇妙的法器跟護身符，說不定還能救你一命！」

「不是……啊你們兩個不去嗎？」阿瑋慌亂地趨前，誰讓蘇皓靖已經坐進車裡了。

「沒有，就是姊不讓我去，她才代替我去關心的！」

她覺得怪異，該不會姊聽到了什麼傳聞吧？還是跟什麼案子有關嗎？畢竟姊是律師，說不定真的發現相關事件？

不對啊，她若真想調查，那也是檢察官在做的不是嗎？

「快快快！」司機拍著車門，「不管怎樣，反正我九點有約妹，我可不想遲到！連薰予，妳要不要回家？我可以順路送妳，過了就沒這個機會了喔！」

「等我！」連薰予趕緊拉開車門，她知道蘇皓靖真的會把她扔下來，這裡離她家可遠了。「阿瑋，你快去醫院！」

「喂！喂——」阿瑋簡直莫名其妙，為什麼這麼突然！「我不記得妳姊長怎樣啦！」

「放心，你一眼就會知道！」蘇皓靖朗聲大笑，笑得阿瑋反而一個冷顫。

沒五秒蘇皓靖便發動引擎驅車離去，真的是揮一揮衣袖不帶走一絲雲彩地乾脆俐落，看著車子轉出巷口，徒留阿瑋一個人在夜風裡呆站著……

哎唷，又不是只有小薰有門禁跟姊姊！他雙手用力搓著頭髮，搓成一堆鳥巢！

「我室友也叫我不許九點後到家啊！」

※　※　※

走下計程車的女人穿著一襲黑色風衣，一頭長捲髮在肩上輕彈，她甚至沒有帶皮包，手上僅握著一只手機。

跟小薰一點都不像的超強氣勢，還有那薄施脂粉卻銳利的大眼，以及端正的五官，怎麼看都是個美人啊！

「阿瑋？」陸虹竹準確地站到他面前。

「……是。」阿瑋嚇了一跳，「您怎麼認出我的好厲害喔！」這門口一堆人啊！

「觀察啊，落單又看起來一臉衰樣，應該就是你了。」陸虹竹說得直白，朝他伸出手，「葉子呢？」

「啊啊，有！」進醫院前，阿瑋又跑去隔壁巷子裡摘榕樹葉了，規矩地放上兩片在陸虹竹掌心。

「謝了，你——」她由上到下打量一圈，「小薰說你有沒有護身符都沒什麼差，所以我們就不要浪費了你覺得如何？」

……小薰，話有必要這樣說嗎？嗚！

阿瑋無奈地點點頭，別看他這樣，他身上可也帶了五串佛珠，十六個護身符好嗎，不然哪能這樣恣意活動是吧？反正有帶有保佑，帶著心安也好嘛。

陸虹竹講求效率，走路速度超快，反而還是阿瑋跟在後面，他們才靠近五樓，就感受到叫聲與一陣忙亂，醫護人員跑上跑下，還有緊急的呼救聲。

「不會吧？」阿瑋喃喃唸著，「又出事了嗎？」

他握著手機，這時間彭重紹還在路上啊！

「小心不要妨礙到醫護人員。」陸虹竹淡淡說著，探頭往走廊看去。

五樓簡直兵荒馬亂，其他病房的病人都出來看熱鬧，家屬也在走廊上往前眺，不遠處有叫聲也有哭聲，陸虹竹收緊下顎，緊繃著身子讓家屬靠邊，至少中間要讓出一條走道……給她走啊。

「小謙！不要吃……不要再吃了！」大伯母歇斯底里地哭著，「你不要這樣！求求你放過我孩子啊啊……」

女人痛苦地跪在地上，無力地趴下。

這是垃圾處理室，內外有醫生、護士、還有彭重謙的父母跟還能動的親人，而小小的男孩躲在最角落裡，死死抱著那餿水桶，如品嚐美味般地以手盛食，狼吞虎嚥著。

「滾開！我好餓——」吃到一半還抬頭用不是孩子的聲音嘶吼，「肚子餓就是要吃飯啊，哈哈哈哈！」

「那東西不能吃！小謙！」大伯父根本不知所措，「到底為什麼會這樣！你想對我的孩子怎麼樣！」

「他喜歡吃東西，就讓他吃到爽啊！哈哈哈，哈哈哈！」小謙嘴裡塞滿酸敗的食物大笑著，「愛吃——呃！」

彭重謙突然向後梗住，雙眼瞪大臉色漲紅。

「糟！他噎到了！」醫生立即判斷，即刻要上前。

「不——」小謙伸長右手，一付警告的模樣，緊接著突然一陣反胃，同時護理師緊張地拉住醫生！

「他要吐了！」護理站的人都知道，那孩子會吐出可怕的東西！

就見小謙扭曲的臉，捧著肚子鼓起腮幫子，嘴裡像塞滿什麼似的，他掩著嘴彷彿想阻止自己的嘔吐，眼尾瞄向父母的眼神卻又充滿了嘲諷。

陸虹竹跟阿瑋擠了過來，一看見餿水桶便蹙起眉頭，再看見小謙那模樣更是不舒服。

「幹嘛跟一個小孩過不去啊！」她從口袋裡拿出一小尊觀音像，紅繩繫在中指，佛像躺掌心，突然對著裡面的小謙大喝，「不管你是什麼東西，滾出來！」

這威風凜凜到所有人不由得看向她，大伯母更是滿頭霧水，這位黑衣美女是哪裡來的？架式十足，但是小謙看起來沒有吃她那套啊！

「哈哈——」彭重謙笑了起來，才一秒鐘嘴裡立刻噴出了大家熟悉的黑色嘔吐物，誇張地噴濺得到處都是！

「哇啊！」陸虹竹超快地奔出垃圾處理室，「那是什麼東西啦！」

阿瑋還來不及解釋，他們就被人拉開，彭重謙的父母也被請出來，可怕的惡臭飄出，看熱鬧的人迅速走避，而醫生屏住呼吸也趕緊上前，要救治趴在地上嘔吐不已的男孩。

進出的醫師甚多，阿瑋連忙將陸虹竹拉到較遠的地方去，陸姐剛剛不是才說不要妨礙人家做事？陸虹竹忍不住掩鼻，這股惡臭也太噁爛了吧？這哪是什麼嘔吐的味道，這根本……

「這是死老鼠的味道吧？」她咬著牙問。

「腐爛味。」阿瑋壓低聲音，陸姐如果可以小聲一點就更好了，她跟小薰真是大相逕庭的姊妹啊。「很像屍體。」

「讓開，讓開——」擔架飛快地從垃圾處理室推出，男孩躺在擔架上抽搐，父母一看見孩子的慘狀，又淒厲地哭著追上去。

唉，剩下的醫護人員只能留下來清理現場，長嘆一聲後再折返。

「怎麼讓他離開病房的？」

「總不能一直綁著吧？家屬會說話的，而且那小孩沒有攻擊行為！」

「又吐這些噁心的東西，不知道驗出來了沒？」醫生顯得很懊惱，「總是得先知道是什麼病啊！」

「驗出來了！」一旁的護理師驚呼出聲，「剛拿到我還來不及說，那男孩又跑到這裡來了……他沒有胃出血，臟器也沒事，但是吐出來的都是腐敗的血液！」

「嗄？可是沒有胃出血？」這讓醫師丈二金剛摸不著頭腦。

「都沒有，連他爸說給他吃的餅乾都沒有，可吐出來的全都是血，而且是氧化腐爛很久的，還驗出一堆蛆蟲！」

「夠了！好噁！」其他護理師緊皺著眉，「所以才會這麼臭嗎……可是這樣是什麼病？」

「妳快去跟主治醫生說！」其他人催促著，「總得要知道怎麼下手治啊！」

陸虹竹一見到護理師奔出，連忙跟上，阿瑋根本措手不及，這陸姐說風就是雨的啊！

他們一路跟到彭重謙的病房外，裡頭自然兵荒馬亂，連門邊都靠近不了，年長威嚴的護理師站在外頭，力阻其他家屬——包括彭重謙的父母。

「請給醫生時間，他在救治孩子，誰都不許進去。」護理長嚴肅說著，「你們自己知道孩子的狀況不尋常，就不要再妨礙醫療行為了！」

「那可以不要綁著他嗎？」大伯母還在哭，「我不想他跟阿明一樣！」

阿明？阿瑋一怔，「阿明怎麼了嗎？」

一瞬間，所有人都轉了頭，部分的親人對阿瑋是陌生的，不明白一個陌生人為什麼會關心起他們家孩子。

「啊，重紹的同學！」大伯母看過他，激動地轉身，「重紹呢？他一整天都不見人……」

「他……快到了。」想了一下，阿瑋決定不解釋，多解釋多麻煩的。

陸虹竹看著聚集的家屬，每個人身上幾乎都穿著醫院病服，還有人是推著點滴架出來的，這一家人都陸續進醫院了啊。

「啊啊——我要活下去！我想活啊！」病房裡傳來聲嘶力竭的聲音，卻不是小孩的聲音。

彭重謙在病床上掙扎，力大無窮，動用數個男性醫護人員才能把他壓住，開始束縛。

「不……不要綁我家孩子！」大伯母一見到激動地大喊，「他會痛的！」

護理長才要開口，一道黑色身影直接閃進。「有完沒完啊！妳家孩子一看就知道有問題，不綁他難道讓他繼續製造麻煩嗎？」

咦？大伯母淚眼汪汪，看著眼前的女人……這是誰？

「他說不定會傷害醫護人員，然後再跑去吃餿水，又吐了一屋子叫別人掃，妳會比較開心嗎？」陸虹竹雙手抱胸，說話一點都不客氣，「還是妳要去清掃？去啊，既然這麼閒，妳孩子惹出來的事本來妳就該善後對吧？」

「我……」大伯母瞬間啞口無言，被這氣勢嚇著了。

「妳是誰啊，她不是這個意思，她就是看孩子受苦覺得心疼！」大伯父護著愛妻，這陌生女子說話也太咄咄逼人了吧？

「心疼，為什麼不心疼一下醫護人員？心疼一下現在在清理那些嘔吐物的人？」陸虹竹忽地轉身，手上不知何時已經捏了名片，掛著微笑，禮貌地遞給護理長，「妳好，我是律師，今天這些我都看在眼裡，院方如果要對這些家屬求償可以找我，我一定打折！」

哎呀！阿瑋站在人群外瞠目結舌，陸姐是在搞哪齣啊？他是來幫哨子麵看顧他家人，不是來亂的啊！

一聽見律師，彭家更是莫名其妙了，無緣無故怎麼會出現一個律師？她說的的確沒錯，但大伯母就只是心疼孩子，說實在的……哨子麵的媽媽也覺得小謙是該綁住比較好！

「小謙媽，這位律師說得也沒錯，小謙如果一有機會就去吃東西，這樣對他也不好，妳沒看見他吐了什麼？」彭重紹的媽媽勸慰著，「我們現在……在……」

她話說到一半，突然打了個寒顫，手直往腹部壓去，下一秒便直接腳軟跪地！

「芬！」老公沒攙扶到妻子，跟著蹲下，「妳怎麼了？」

「我的肚子……好痛！我的肚子——」彭重紹的媽媽咬著牙，冷汗在幾秒內全部迸出來，「哇啊——我的肚子好痛！」

「醫生！這邊有病人腹部劇痛！」阿瑋已經先一步衝往護理站了，「救命！救救人！」

陸虹竹趕緊跳到一邊，護理長就近地即刻處理，喊疼的女人並沒有穿醫院病服，而是一般的洋裝，她原本是僅存幾個健康的人啊！

「我來幫忙！」陸虹竹即刻上前，協助將女人抬上了擔架。

醫生簡直疲於奔命，這一家子真的是每小時都有事，彭媽媽痛得慘叫，那聲音淒厲地在走廊上迴盪著。

阿瑋看著擔架從自己眼前飛奔而去，趕緊拿起手機打給彭重紹，他的道歉看起來完全沒奏效啊！

「請問……阿明怎麼嗎？」阿瑋跟著家屬後面走，抓準機會找到一個人問。

「唉，他早上想放火燒東西被發現了，現在也被束縛在床上！」男人一臉難受，「依然想搶什麼，不停掙扎說這樣他什麼都搶不到……」

話到一半，淚水就這樣滑落，好歹是自己的寶貝兒子，看著孩子被折磨得人不人鬼不鬼卻無能為力，真的是心力交瘁。

手機又響了一輪，哨子麵沒接電話，這反而讓阿瑋一顆心又七上八下的，總不會出事了吧？他想到離開他家時，小薰說過誰被打？該不會是他吧！趕緊連續再撥號，也沒忘記跟著……啊咧，陸姐呢？

陸虹竹跟著進入病房，現場大混亂，伴隨著女人的慘叫聲，醫生趕緊要進行檢查。

「壓住她，太太，我必須先檢查是哪邊有問題！」護理師們不得不把蜷縮成一團的女人壓住，迫使她正面躺下。

上衣一揭開，壓著彭媽媽的護理師忍不住尖叫鬆手——「哇！」

要觸診的醫生也都凝結住，手擱置在腹部上空，還縮遠了些。

因為彭媽媽的肚皮「裡」有一隻手。

一隻從裡面鑽出來的手，清清楚楚的是大人的手掌，正在她的肚皮裡努力地想撐破衝出。

「這是什麼……」醫生都傻了，「太太妳懷孕了嗎？」

「那是大人的手啊！」護理師開始發抖，「天哪，他們、他們是中邪吧？」

「噓！閉嘴！」醫生低斥著，但是擔架上的病患還在慘叫，雙腳踢個不停，而她肚皮裡那隻手，眼看著就快要突破肚皮了。

唰，一個小護身符突然擱上光裸的肚皮，那隻手瞬間就消失……或縮了進去，不再頂著薄薄的肚皮。

「我看一人一個好了。」陸虹竹打開風衣，內袋裡竟拿出一大串護身符，就近朝醫生身上掛去，「有帶有平安厚，來，一人一個，不要搶，我帶很多來。」

女人沒再尖叫，她全身虛軟無力地躺在病床擔架上，淚水不停地流，陸虹竹一一將護身符為醫護人員戴上後，再回頭看向女人。

「這個開刀應該也沒用，這只是暫時鎮著。」她再從另一邊的口袋裡拿出夾鏈袋，「這個——」

明眼人一看就知道她那是廟裡的香灰，醫生一凜，即刻搖頭。「我們還是要檢查，不過……那個符可以就這樣留在肚子上嗎？」

「可以，要是我還會拿膠帶黏起來。」餘音未落，後頭傳來撕膠帶的聲音，護理師們已經用透氣膠帶把那護身符牢牢地黏在彭媽媽的肚皮上了。

陸虹竹再瞄了眼那護身符，悄悄摸一下，喃喃唸著那間廟的有效啊……

「謝謝……」有護理師都快哭出來了，誠摯道歉，「不過可能還是要請您出去。」

不必他們說，陸虹竹很快地步出，記得小薰說過，這家子人有的高血壓、有的心臟病，有好幾個肚子痛，感覺這家子犯的禁忌跟肚子很有關係呢。

「就是你媽！她剛被推進去……吧，陸姐！」好不容易接通電話的阿瑋一看見陸虹竹拚命招手，「哨子麵的媽媽怎麼了？」

「肚子痛，她肚子裡有一隻成人的手，從裡面抵著她肚皮想鑽出來。」陸虹竹一付讚嘆自己的模樣，「多虧我帶對了護身符，暫時鎮住了！」

阿瑋還以為自己聽錯，愣了半天才續續講電話，「那個你媽……」

『我聽見了！我快到了！其他人呢？』

「不好啊，你不是去道歉嗎？我看你道歉道得很鳥啊！」身為朋友，阿瑋說話也沒拐彎，「我看你這種狀況不只犯了禁忌，對方好像還是非常非常非常生氣耶！」

『但我該做的都做了啊！』在計程車上的彭重紹心急如焚！

他真的不知道該怎麼辦了，只是去掃個墓而已，為什麼會變成這樣！

陸虹竹走到一旁去探視彭家人，順便瞭解一下情況，小薰跟她的視角不同，說不定能問出一些有用線索；小孩子不懂事沒錯，但禁忌就是不該碰，只是這麼厲害有點不對勁，不像是普通的好兄弟吧？

而且從剛剛阿瑋的話聽出，那個男生今天回墳地去道歉，想必供品紙錢該有的禮數都沒少啊，這樣還不行？

非得要人死嗎？這不是抓交替就是惹到厲鬼，如果是厲鬼，又分成有執念或是冤死的……哎呀，陸虹竹職業病又犯，乾脆問了公墓是哪兒的墓，有沒有編號，她來託人查查看最近有什麼案件好了。

阿瑋講完電話後要求去看看阿明，結果只看見一個八歲的男孩被綁在床上，右手還有重重紗布包紮，源於之前的燙傷；因為鎮定劑的關係無法劇烈掙扎，淌著淚看向天花板，哀求著放開他。

「我這樣搶不到的，我一定得搶啊……啊啊……」他哭得好可憐，「搶不到我怎麼活啊，沒有人會拜我的，真的沒有人會拜我……」

「為什麼？」陸虹竹直接對談。

「給我，給我錢……給我……」阿明沒回答她，而是繼續自說自話。

一旁的媽媽泣不成聲，她也不希望孩子這樣，但醫生說這是精神狀況有問題，阿明全身上下都沒有狀況。

「您也要保重，臉色不太好。」陸虹竹客氣地請阿明媽媽留意身體。

二伯母點點頭，說著她去求神拜佛都沒用，連擲筊要求個解法，得到的籤詩都是自作孽自己擔。

「哥哥的朋友很可憐的。」坐在對面椅上的妹妹突然開口，「他沒有錢買衣服。」

阿瑋倏地覺得背脊發涼，緩緩回頭看向那抱著娃娃的女孩。

「希希！」二伯母警告著，「不要亂說話。」

「哥哥的朋友？誰？」陸虹竹伸手示意媽媽不要插話，客氣地問著女孩。

小女孩自然地聳肩，直接指向了阿明，「就在哥哥身上啊！」

阿瑋看著那團黑壓壓的影子，立即行禮說打擾了，然後跟逃命似地逃出病房！

難怪陸姐不讓小薰他們來！今天打從進醫院起就感受到令人喘不過氣的壓力，還有一堆若有似無的黑影，應該、應該、應該都是——

「喂，你怎麼了，跟逃命似的！」陸虹竹從容走了出來，跟鞋噠噠。「嚇著人家了！」

「我九點應該要回家的。」阿瑋看著時間，已經過太久，「我該不會今天要用鹽巴洗澡吧！」

「說什麼啊……」陸虹竹嘖了一聲，看著他揮汗如雨，直接也塞給他一個護身符，「喏，不要說姊姊沒照顧你！」

一掌往阿瑋身上擊，力量大到他差點沒把肺給咳出來，彎身曲了腰趕緊接住陸虹竹鬆手後掉下來的護身符，連聲道謝還一邊撫著胸口。

「姊姊，妳氣力也太大了吧？有在練身體喔！」看著手上的黃色護身符，阿瑋依然是二話不說地戴上。

「廢話，我——」

「阿瑋——」遠遠地，傳來上氣不接下氣地叫聲，「大家！」

「醫院不要奔跑喧譁！」

彭重紹都還沒喊完，即刻被護理師告誡，他急忙止步道歉，匆匆疾步朝聚集的家人來；阿瑋看著狼狽的彭重紹，大家關心著他為什麼身上弄這麼髒，頭上竟還有傷？但彭重紹只在意家人們的安危。

眼淚凝在眼角，滿是恐懼與慌亂，他都親自去了一趟墳地，為什麼還是不能得到原諒呢？

「好糟……」阿瑋喃喃說著，看著被家人包圍著的彭重紹，他身上散發出前所未見的氣息。

跟每天鏡子裡的他有八九分像啊。

印堂發黑；臉色疲憊，而且整張臉不再開朗或是意氣風發，多的是憔悴與苦痛。

「阿瑋，謝謝你！」彭重紹終於轉身看向他，「還煩你去餵倉鼠，又來幫我看我家人。」

「我幫不了什麼啦，你打通電話就能知道情況的，我知道你是希望小薰他們來……」

阿瑋為難地往陸虹竹瞥了眼，「她是小薰的姊姊，她不許小薰到醫院來。」

呃……彭重紹一愣，連忙向陸虹竹打招呼，「連姊姊好。」

「誰姓連，我姓陸。」陸虹竹高昂起下巴，「麻煩一下自己惹的事自己扛，不要想利用我妹妹！」

一丁點也不客氣，陸虹竹直接說中事件核心，說穿了的確就是「利用」。

彭重紹啞口無言，他根本無從辯駁。

「對不起，但是我是真的、真的……」

「你們一堆人都腹痛，還有拉腸子出來的，在墳地裡除了觸犯禁忌的四個孩子外，絕對還有發生什麼事！」陸虹竹專業到連錄音筆都拿出來了，「看什麼？我認識的宮廟全都拒絕處理你們的事耶！」

「就真的只有那幾件事而已啊，而小朋友觸犯時我們都不知情，這種無心之過——」

阿瑋邊說邊張望，突然頓了一頓，「等等，小伯父，雙胞胎呢？」

正在跟親人們說話的男人一怔，驚恐地往腳邊左顧右盼，「啊！雲雲跟霓霓呢？剛剛還在這裡的啊！」

※　※　※

女人迷迷糊糊睡著，感覺到有人爬上了床，有人壓著她的身體、肩膀，然後推了推她。

「媽咪！媽咪……」

嗯？她緩緩睜眼，赫見孩子爬上了病床，坐在她大腿上。

「妳嚇到我了，雲雲！」媽媽蹙著眉撫向心口，朝旁看去，霓霓乖乖地在病床邊站著，「……怎麼了嗎？肚子餓了嗎？去找爸爸，乖！」

「小謙哥哥又吐了，一直大叫，醫生也把他綁起來了！」妹妹指向外面，「然後還有人突然肚子好痛，尖叫得好~大聲！」

什麼？「肚子痛？誰？」女人半撐起身子。

「嬸嬸！」姊姊嘟起嘴，「大家都在外面講話，爸爸也去了。」

「天哪……」女人栽回枕上，「佛祖保佑，怎麼會出這樣的事，孩子們不是有心的啊……」睜開淚眼，心疼地撫著女兒的臉，「妳們沒事吧？有那邊不舒服嗎？要說喔！」

兩個女孩同時搖了搖頭。

那就好，那就好……媽媽鬆了一口氣，現在健康的人剩不到幾個！

「媽咪！」姊姊趨前，用一種曖昧不明的眼神看著她。

媽媽一看，就知道這是有要求的撒嬌表情，無奈地笑著，「妳想吃什麼去找爸爸，媽媽現在不能離開醫院呢。」

「媽媽，我們想跳彩帶舞。」床邊的妹妹用稚嫩的童音說著，黏在了床緣，小手揪住她的被子。

媽媽打了個哆嗦，背部一僵，「什……什麼……」

又是彩帶舞？她腦子裡浮現她們把小狗的腸子與彩紙綁在一起，披在肩上的那條彩帶！

「可是啊……」坐在她腿上的姊姊往前挪了點，小手貼上她的肚子，「彩帶還是不夠長耶……」

那可愛天真的臉龐衝著她笑，姊姊右肩下傾，從女人腿邊的被子上握起了一把水果刀，女人瞪大雙眼，床右方的妹妹瞇起眼，笑了起來。

「媽媽，妳可以借我們彩帶嗎？」

「哇啊——哇呀——」

盤子從手中滑落，連接都來不及，蘇皓靖飛快地將連薰予拉開，免得她被迸破的碎片刺傷。

蘇皓靖從後摟著她，將她挪到牆邊，一地碎片，連薰予還望著自己的手。

「我手滑了。」她看著地板碎片，感到一股惡寒，「出事了。」

「嗯，感覺不太妙。」蘇皓靖將她往旁邊挪，逕自往前去取掃把，「不過那我們管不了了。」

「阿瑋跟姊不是在那邊嗎？」連薰予試著握了握拳，寒冷直逼指尖，「有重大傷亡……我得打個電話。」

「不是他們吧？我感覺是彭家人。」蘇皓靖阻止她撥電話，「妳不要急，如果真的出事的話，妳現在打去也只是徒增他們麻煩。」

唉，說得也是。連薰予放下手機，「整件事都纏著我，沒比上次羅詠捷的鄰居好到哪裡去，更不祥也更邪。」

「所以我不想插手太深，尤其根本搞不清楚他們到底犯到了什麼！」蘇皓靖拿起掃具要動手，連薰予連忙上前要接過。

「我來吧，這我家的東西我比較會用。」

蘇皓靖也沒客氣，直接交給她，他家有掃地機器人會負責掃除，他不需要會這些玩意兒。

蘇皓靖是送她回來，但也順便上了樓，因為陸虹竹早先傳了簡訊給他，說晚餐備妥在桌上，請他留下來吃飯；所以他說的「九點跟正妹有約」，是在說連薰予。

姊也真是的，居然私下跟他說，卻沒通知她這個妹妹？

一道進門時，牆上的鐘不偏不倚顯示九點，連薰予這時就很佩服蘇皓靖的直覺。

「我發現在妳家第六感也會變鈍！」蘇皓靖轉身繼續洗碗，「我還挺喜歡的！」

「我家堆了那麼多廟裡的東西，一定會有能阻隔的物品吧？」連薰予仔細地將碎片掃畢，「姊都是為了我。」

「這也不錯，少些煩惱。」蘇皓靖嘴上這麼說，但是連他都知道，在這該是安寧的環境下，如果他們都能感受到事關人命的不祥，那表示事態非常嚴重。

陸虹竹留了一桌菜，吃完後蘇皓靖提議由他洗碗，於是連薰予自然擔起了擦碗盤的工作，兩個人刻意不提彭重紹的事，只希望吃飯時能輕鬆些，不要被惱人的窒悶感困住。

這便是直覺強烈者的悲歌，好事感染力永遠低於壞事，情緒處理變成他們人生重要課題之一。

所以過去她選擇躲藏與強忍，蘇皓靖選擇視而不見與冷處理。

「姊也有準備一些點心，今天應該是黑糖桂圓湯。」連薰予從容走出廚房，但並沒有要開冰箱的意思。

「我對加符水的甜點實在沒什麼興趣。」蘇皓靖冷冷一笑，菜餚就算了，味道重一點還能勉強蓋過。

「我可是靠這些長大的呢！呵……」她領他到玄關，取過鞋拔，「要送你下去嗎？」

「不必，妳好好待在這裡，省得又去胡思亂想。」蘇皓靖以鞋拔套穿上鞋子，再將其還給她。

鞋拔擱在她掌心上時，他們凝視著彼此。

時光彷彿凝結，相視著的他們各懷有不同的心思，看著眼前這輕易能令人側目的男人，她好想開口求他留下……但是她卻不敢承接可能有的答案。

「至少別阻止我，」她幽幽說著，眼眸低垂，「我的良心有承載限度，我沒辦法坐視不管了。」

「我們該做妳能力所及之事。即使妳試圖去幫忙，結果觸犯禁忌的人還是得自食其果怎麼辦？」蘇皓靖驀地扳住她的下巴，不讓她逃避眼神。

「至少我試過了，」連薰予回應地略帶顫抖，「我如果不去做，就不知道能不能成功，說不定能救一個是一個。」

蘇皓靖擰眉，眼神往下略移，盯上她的唇。「妳這種性格不適合擁有太過強大的第六感。」

感受到唇上的指腹輕撫，連薰予突然緊繃起身子，略顫地想要後退，卻驀地被蘇皓靖一把摟過後腰，直接攬進懷裡。

「啊……」她可嚇得滿臉通紅，「蘇皓靖！」

「總是要知己知彼吧？」他緊緊圈著她，「不搞清楚他們到底犯到了什麼，妳能幫上什麼忙？」

連薰予幾乎貼著他的身體，仰首就能瞧見近在咫尺的唇，還有低首笑看她的好看臉龐……只是這時的笑，會讓她燃起一股無名火，彷彿在嘲弄她似的。

「搞清楚就搞清楚。」她不知道自己整張臉都漲紅了，「問題是……在家裡的感受力會比較低，也不一定能完全察覺到關鍵所在，要不要我們去——」

「犯不著這麼麻煩。」蘇皓靖無所謂的俯頸。「加深接觸不就好了。」

咦？連薰予不是不知道他要幹嘛，但是她還沒做好心理準備——等等，她可能永遠都無法做好準備吧！

越深入的接觸，他們不僅能夠有產生對抗惡鬼的力量，更能夠讓第六感增幅到最大——深吻！

片段的畫面即刻飛來……歡樂的一家人，提著大包小包的物品，冥紙漫天飛舞，長草處處，一座座墳丘與上次見到的一樣，只是這一次從墳丘中間開始湧出鮮血，鮮紅色的血自中心點噴出，伴隨著而出的是一隻隻血淋淋的手穿土而出！

那角落的石牆上的石龕墓碑劇烈搖晃著，上面缺的一角上也是血跡斑斑，碎石飛出，尖吼聲開始此起彼落。

『啊啊啊——』慘叫聲迴盪在這個墓地上，聲音不只來自一處，像是各座墳場都有吶喊聲在呼應。

墳丘上流下的鮮血匯集，在墓與墓之間串流成河，它們一路往低處流去，往附近一片類似陡坡或懸崖處流去，那兒有眾多長草植物，還有通紅的芭蕉樹，芭蕉樹樹莖裡也滲著血，全株紅到發亮，閃爍著一種令人膽寒的光澤。

血液繼續往下流，連薰予想再追去看，蘇皓靖卻一把拉住她。

『不可以再追下去了！』

可是……連薰予回過身子，卻嚇見一具腐爛的骷髏正抓著她的手——啊！

「連薰予！」溫熱的大掌捧著她的臉，蘇皓靖緊拽她差點要彈離的身體，「我在這裡！」

啊……啊……連薰予大口喘著氣，看著眼前的男人，不是那可怕的腐爛屍體。

「天哪，我聽見你的聲音，我以為抓住我的是你！」她直接偎上他的肩頭，「可是我一回身，卻看見一具屍體！」

「我知道，我被擠掉了。」蘇皓靖輕撫額頭，給予最大的安慰，「不過我們都看見了吧，滿地的鮮血，還有芭蕉樹。」

「嗯！」連薰予點點頭，感受到全身發寒，這才緩緩睜眼，「我——」

趴在蘇皓靖肩頭上的連薰予一怔，因為她的角度恰巧對著門口，門邊曾幾何時站著手握在門把上的陸虹竹，大姐她眉挑得可高了。

「現在是當我不在是不是？」陸虹竹嘖嘖出聲，「蘇皓靖！」

咦咦咦？蘇皓靖嚇得鬆手，雙手還舉起做投降狀，發生什麼事了嗎？連薰予也尷尬的趕緊向後退進客廳，掩不去緋紅臉色，一時手足無措。

「我們只是……」蘇皓靖也懶得解決了，雙手一攤，「就這樣！」

「什麼時候發展成這樣的？」陸虹竹向連薰予一瞪，「什麼叫只是朋友？還兩個人沒關係？」

「啊啊那個……」連薰予慌亂的解釋，「真的只是朋友啊！對吧，蘇皓靖！」

嗯，蘇皓靖抓了抓頰畔，這不好說吧。

「朋友之間舌頭伸那麼裡面是什麼意思？我站在這裡多久了，你們吻到忘我耶！」

陸虹竹大門一關，直接脫鞋進屋，「小薰，柳枝！」

舌……天哪！連薰予臉都發紅了，這真的是最尷尬的狀況啊！她撫額轉身進屋裡，拿起樓梯下始終擱在符水盆裡的楊柳枝條，她家進門一定要這樣，驅邪必備，姊沒撒鹽就不錯了。

陸虹竹雙手抱胸看著站在玄關的蘇皓靖，他就一付痞子樣，不是不想走，是陸姐這態勢並不打算讓他離開的樣子。

「我是很想解釋，但我不知道連薰予樂不樂意說？」蘇皓靖試探性地拉高嗓門，誰曉得連薰予有沒有把他們接觸會增幅的事告訴她姊啊！

陸虹竹從鼻孔哼氣，嗯哼兩聲，沒應話，連薰予恭敬地遞上柳枝條，只見她熟練地在自己身上點了點，然後一拋枝，逕往蘇皓靖身上也硬揮了一堆水珠。

唉唉，蘇皓靖只得伸手擋，又不敢擋得太明顯。

「我在醫院累得要死，你們倒好，在這裡快活喔！」陸虹竹將柳葉枝扔給蘇皓靖，「你拿進去插好！」

「我？」蘇皓靖可錯愕了，朝連薰予看了眼，她想接但不敢接，只能擠眉弄眼，姊叫他拿去，他就拿去吧。

蘇皓靖無奈至極，只能脫了鞋再循著連薰予的指引去把柳枝插好，上次來是擱在門口，今天卻放在樓梯下一個……蘇皓靖哇了聲，真是煞有其事，真有一個白瓷淨水瓶耶。

「過來吃點心吧。」

才插進瓶裡，蘇皓靖忍不住翻了白眼，回頭朝連薰予喃喃抱怨，不是不想吃嗎？唉，但不必用直覺他也知道最好不要惹陸虹竹，便乖乖依言坐在餐桌邊，看著陸虹竹熱心地盛上一碗又一碗的符水黑糖桂圓湯，完全不知道該說些什麼。

「誰死了嗎？」蘇皓靖倒也乾脆，直接問。

「那對雙胞胎的媽媽，她們說彩帶不夠長，所以跟媽媽借。」陸虹竹大口灌下了甜湯，「我可是親眼看見兩個小女孩渾身是血，披著腸子當彩帶，跳得可開心了！」

對面兩個人手拿著湯匙，這誰還喝得下啊！光聽著陸虹竹轉述，他們同時都有了畫面，原來那瞬間的刀影是小女孩？

「比較可怕的是她們還開心得很吧？」蘇皓靖沒好氣地扔下湯匙，「我一直聽見那個天真無邪的笑聲。」

「對！對耶！好厲害！」陸虹竹亮了雙眼，「她們根本不覺得有什麼，那個彭重紹趕到時，媽媽腹腔被剖開地躺在病床上，血流得到處都是，其他臟器也被拿出來扔得到處都是，卻沒人聽到尖叫聲。」

連薰予聽了發寒，「我記得那兩個女孩才五歲？」

「再一個月六歲。」身為律師什麼都得準確，「母親一定是活生生被開腹的，她老公當場就暈過去了，兩個孩子被安置時還一臉懵然不知，我看了真想把她們立刻關起來！」

「可能跟小謙一樣，也被附身了。」連薰予極度不安，「孩子無心之失，會到附身的境地嗎？」

啪！陸虹竹猛然一擊桌子，嚇得蘇皓靖都差點大叫。

「說得好！我也這麼想，阿瑋那個同學更是不可思議，他一直覺得事情沒這麼嚴重。到底惹到了什麼東西！結果那小子也脫力癱軟，沒辦法再協助家人處理事情了，虧他還去拜過。」陸虹竹指尖在桌上敲著，噠啦噠啦，「我拜託的宮廟沒人要收，這更證實了我說的抓交替，那裡是不是發生什麼我們不知道的事情呢？」

蘇皓靖頓時一驚，「陸姐的意思是？」

「抓交替是枉死，所以墓裡的人枉死了嗎？還是那邊發生過玄奇的事？有孤魂野鬼在作怪？」陸虹竹亮了雙眸，「再用現實面來想，就是可能有命案發生！」

陸虹竹餘音未落，連薰予便見一片血紅，淒厲的慘叫，還有什麼東西敲下了石龕一角……她緊張地趨前握住蘇皓靖同時也擱在桌上的手，她知道他也感覺到了。

「說不定真的是！所以那些亡者不只是生氣，他們只是利用人們犯禁忌之便！」蘇皓靖反手緊握住連薰予，「陸姐，妳能動用什麼關係嗎？我至少知道其中一個墓的名字。」

「說。」陸虹竹即刻拿出手機來登記。

「小謙那孩子不只吃人家供品，還指著別人墓碑唸名字，叫陳俊鑫。」連薰予記很清楚，「對方當然可以因此生氣，但是不是有別的內幕能探查。」

「好，我已經有公墓地址跟編號，不過有名字更方便了！」陸虹竹早盤算好了，「我會找當地檢察官，查查最近那一區有沒有奇怪的案子！」

「姊，拜託妳了！」連薰予有些安心，總覺得這步是對的，有種快看見曙光的感覺。只見陸虹竹挑高了眉，托著腮瞅著他們倆，「嗯哼，手是要牽到什麼時候呢？」

蘇皓靖瞬間放開，兩個人不約而同的低頭趕緊喝掉充滿燒焦味的甜湯，蘇皓靖發誓他是閉著氣把湯喝光的。

「那我告辭了。」

總算，他再度站在玄關前，正式道別。

「小心點。」連薰予溫柔地說著，有些依依不捨地看著他。

她決定要去。

明天就去一趟公墓，親自去才能知道問題在哪裡。

但是這不能跟姊說，姊很在意她的安危，這種以身試險的事絕對不會允許；蘇皓靖不想沾惹這件事，因為到墳墓區，對他們這種第六感強的人簡直是危險地帶又是種折磨，他早知道很危險，才一直不想幫阿瑋或彭重紹。

沒關係，她早就決定不能如此退縮下去，也不該仗著有蘇皓靖才敢邁開步伐。

她得靠自己，既然有這份能力，多少就要試著看能否幫助人。

再危險，她也要試試，

送他出了門，連薰予看著下樓的他，連身材都這麼這麼頎長健美，她覺得自己似乎……越來越喜歡這男人了。

緩緩關上鐵門，就再多看一眼。

喀，蘇皓靖止步，回首突然往上看……連薰予嚇得心跳漏了幾拍，一時之間不知道該趕緊關門還是避開眼神。

「明天早上七點半，我來接妳上班。」

——咦？

※　※　※

懷抱著絕對誠意的彭重紹儘管親自跑去公墓道歉與祭拜，結果小伯母依然慘死、自己媽媽的內部腸子撕裂、雙胞胎父親受驚嚇暈倒、大伯父瀕危，阿明為了掙脫束縛不惜以頭撞牆……這些一整晚層出不窮的事件，不說親人難以承受，連醫護人員都疲於奔命。

而彭重紹一夜未歸，他被阿瑋接到他家去住，因為阿瑋不想讓他知道倉鼠們的自相殘殺，也覺得回那個家不好。

只是回家也沒多痛快，「室友」不希望他進門，是阿瑋死求活求，室友超級不高興地從廚櫃中推出一整包鹽，蓮蓬頭自動開啟，這表示不僅家裡要撒鹽、他們還得喝鹽水漱口，還要泡鹽巴澡。

平時的彭重紹應該會瞠目結舌，嚇到不知道該說什麼，但歷經了這麼多事件，在墳地鬼打牆、看著小伯母被自己的孩子開腸剖肚橫死後，他已經不知道該做什麼反應了。

只有一個最大的感想：阿瑋居然能跟好兄弟同住，真是由衷令人欽佩。

「哎唷，世界上有很多事是不得已的，不是你講怎樣就怎樣啊，她要跟我也沒辦法啊？」阿瑋還拍拍彭重紹，「我跟你說，放寬心是不二法門，糾結一點用處都沒有！」

「……是喔。」彭重紹眼窩凹陷，掛著兩個黑眼圈與血輪眼，實在無奈至極，「所以我現在？」

「放寬心啊！不然你能怎麼辦？你要把不順遂當成正常，要是有很幸運的事情發生，你還會開心一整天呢！」

彭重紹看著正付錢拿早餐的阿瑋，他同學是認真的，這份認真為什麼讓他有種悲涼感……他無法達到這種境地啊！

而且他的親人死了啊！這已經超過了不順遂這麼簡單的地步了。

「蘇先生他們真的不必我們幫他們買早餐耶！」阿瑋拎過早餐，上班會經過的豆漿店早餐實惠好吃，「快走吧，等等遲到會被唸死的。」

「他們……那個蘇先生怎麼突然說要去公墓？」彭重紹其實身心俱疲，「我昨天才……唉。」

「不要問為什麼了，蘇先生願意幫忙就很好了，你不知道他一般都不插手的，你很幸運了！」阿瑋推著彭重紹疾步朝地鐵站走去，「其實以前小薰也是，他們這種直覺強的人越能感覺，就越不會出手。」

「為什麼？明知道別人有難，出手相幫很困難嗎？」彭重紹略微激動，他心底掩不去怪罪之心，如果、如果那兩個人能夠更積極地幫助他們，是否小伯母不會死？

阿瑋戛然止步，用一種不可思議的眼神看著他。

「我的天哪，你怎麼會有這種要不得的想法？」緊接著，阿瑋的眼神變成一種責難了，「你覺得蘇先生理所當然要幫你嗎？」

「不是……他們知道的不是嗎？就算你說他們不會驅邪，但他們能感覺出危險、能感應到是哪邊出了狀況！」彭重紹越說越激動，「他為什麼不能告訴我該怎麼做？或是讓我小心雙胞胎……」

「喂，彭重紹，你這人是怎樣！蘇先生或小薰不對任何人有義務吧？他們有第六感是他們的事，憑什麼要他們分享這份能力；憑什麼要求他們必須助人？」阿瑋皺起眉頭，「那這樣，你家這麼有錢，為什麼不拿個十萬來分我？」

「嗄？」彭重紹一愣，「為什麼我要拿錢給你？那我家的錢啊！」

「對啊，直覺是別人的啊，為什麼要分享給你啊？你不能有所求就覺得別人應該幫你吧？助人這種事是自發性的，不是權利義務！」阿瑋滿臉是嫌惡，「你就是好日子過太久了，才會是自私鬼！」

一句話惹怒彭重紹，他不爽地甩開阿瑋，「什麼叫我自私！那他們就不自私嗎？只顧自己安全不管他人！你沒看見我家發生了什麼事嗎？我家人都莫名病倒了，還有人死於非命，小孩披著媽媽的腸子翩然起舞……這種情況——」

「那你家的事啊。」阿瑋沉下了眼色，「那不是我的事、也不是蘇先生或小薰的事，自己的事就得自己處理，你有權尋求幫忙，但大家也有權拒絕你不是嗎？還是說——你該不會也覺得我應該要幫你吧？」

糟糕，阿瑋突然覺得心裡不暢快起來了。

彭重紹瞬間理解到自己說錯話了，眼看著阿瑋居然旋過腳跟，一付要離開的樣子，焦急的他立即拉住同學。

「阿瑋！對不起！」彭重紹連忙道歉，「我不是故意的，我沒有那個意思，我只是一時口誤——」

阿瑋抿緊唇，側首睨著他，「為什麼我覺得這個歉意是假的，你只是怕沒人幫你，所以才跟我道歉？心裡不是這麼想的？」

「我沒有！我、我真的沒有……」彭重紹抓緊阿瑋的衣袖，「我的確是心情不好，但你說得對，沒人有義務幫我，我不該那樣去想蘇先生他們——」

「你喔，你的想法也是自然，人都是自私的啊，但是真的不該把別人的協助視作理所當然的。」阿瑋終於轉回來，「如果我像你那樣想，那是不是全世界都應該分擔我的不順？」

那是你的事。彭重紹腦海裡閃過的直覺答案是這個。

是啊，如果今天發生在別人身上，他也會覺得那根本是對方的事，不關他的事啊！

既然如此，易地而處，又憑什麼來要求他人？

「他不是真心懺悔的，內心對我們還是有怨懟。」身後突然傳來清澈且帶著嘲諷的聲音，彭重紹緊張的回身，看見不知何時早已抵達的蘇皓靖，車子臨停路邊，人甚至還下了車。

「不，不……」他趕緊回身辯解。

「不必對我們扯謊，第六感告訴我們你就是在假。」蘇皓靖一點面子也沒留，「但是我心情好，已經答應要去墳地一探究竟，我就是會做，上車吧。」

他一甩頭，俊逸的笑容裡一絲笑意也無的進入駕駛座。

彭重紹跟阿瑋看見坐在副駕駛座上的連薰予，她略蹙著眉，也不太愉快地看著彭重紹。

「你話也不必說得這麼直，自私是人之常情。」她溫柔的勸說，「不是早該習慣？」

「想利用我時我就不能忍受。」蘇皓靖繫上安全帶，「妳這個一直逃躲的傢伙少說話，妳敢說妳不是怕這種狀況才躲事的嗎？」

「那是以前——」她很想為自己辯駁，但其實很虛，「好，我到現在還是會在意，但我會很小心挑選事件跟對象的。」

後座坐入了兩個尷尬的男人，彭重紹根本是硬著頭皮坐進來的，有求於人就不該造次。

「看看妳這次挑了誰。」蘇皓靖趁調整照後鏡時淡淡地說著，「千挑萬選還是挑了個覺得我們幫忙是理所當然的傢伙。」

唔，彭重紹握緊飽拳，一陣惱羞之餘甚至起了奪門而出的念頭。

「哎唷，蘇先生，就別怪他了！」阿瑋趕緊塞到兩個座椅中間，「哨子麵家裡發生的事給他很大的打擊嘛，而且人情急時說出的話不經大腦。」

他不是不經大腦，而是發自內心這麼認為。

連薰予心裡很清楚彭重紹的想法，一如世人，她總不明白為什麼有些人會用一些高道德去要求他人？究竟憑的是什麼？

某人有難大家就該幫助他、誰有憂鬱症親友就「必須」聆聽協助？甚至有人自殺身亡，都可以有人說是「共業」、「每個人都有責任」。

到底陌生人該負的責任是什麼呢？人生的路都是自己選的，困難時自然可以掙扎求救，伸出的手渴求的是救援，但不該是「別人應該要拉我一把」；要不要伸出手，不也該是自由的嗎？

甚或有些人並未求救、或不懂得求救，旁人也必須「理所當然」地伸手救援，否則會被冠上罪該萬死的罪名？

何以變成不願伸手的人就要被譴責？尤其在這個網路世代，甚至可以集體霸凌？「自由意志」居然會被攻擊，必須迎合他人的意願才行？那還能叫做自由意志嗎？她跟蘇皓靖這樣的人，面對這種現象只會更加保守，她不僅害怕被牽連、更害怕後面來的「責任」、莫名被冠上的「義務」；蘇皓靖彷彿早已看穿，因為他明白伸不伸手是他的自由，但今日一旦出手，就會被人視為應當。

就像彭重紹的心態，他象徵的是一般人的想法，只有要求與理所當然，不再存有感激。

「我希望他到最後觀念可以改一下，要不然……」蘇皓靖回眸聳了聳肩，「我隨時可以抽手不管的。」

而他一旦抽手，誰也攔不著他。

彭重紹緊抿著唇低頭，卻無法壓制內心的不滿，有能力的人不是就該多付出一點嗎？更何況他們有的是能救人一命的能力耶！憑什麼擁有而不分享？某人自殺，枕邊人沒注意都該罵了，更何況這是事關人命的事，他們怎麼能袖手旁觀？那上天給他們這份能力要幹嘛？

「哨子麵！」阿瑋推了推他，看得出他繃緊著身體與緊握的拳，「你別這樣！」

彭重紹緊閉起雙眼，拉過安全帶別過頭看向窗外，阿瑋的話他也不是沒聽進去，他是不是理所當然認為大家該幫他？

不是，也不該這麼想。

但是他就是無法克制那種心態！一種明知道對他們不是義務卻覺得他們該幫，另一種情緒是極度感恩，如此掙扎，連他自己都迷糊了！

其實現在充斥在他腦海裡更多的是恐懼，萬一蘇先生跟連小姐撒手不管的話，他真的就不知道該怎麼辦了！

有求於人的狀況下，他就不該再堅持己見啊！

阿瑋默默地把早餐分給彭重紹，車內的氣氛真是糟糕透頂，他得想個話題岔開這一切的不愉快對吧？

「欸，哨子麵昨天在墳地有奇遇記耶，除了鬼擋牆外，還遇到搶劫喔！」阿瑋輕快地開口，彭重紹幽幽轉過去，為什麼他覺得慘到家的事從阿瑋口中講起來會這麼愉快啊？

「搶劫？」連薰予閃神略過一絲光芒，昨晚被打的果然是他！「在墓裡會有人搶劫？」

阿瑋默默地戳了彭重紹一下，給他機會開口還不快說！

「呃……對，是很離譜，但我昨天遇到墓園管理者時就被警告了，有些人無家可歸睡在墓地裡，還有些是吸毒者……」

那天管理者說的話他不是沒聽進去，只是沒想到自己會遇到而已。

從小山坡上滾下後是一身泥土，慌亂感恩地接了阿瑋打來的電話，看著熟悉的柏油路就在前方，回首看去是寂靜到令人發毛的墳區，遠遠地可以看見迷你老杉依然矗立在山丘上。

請阿瑋去醫院看看他的親友，是因為他擔心大家身體狀況不允許接聽，然後他就被包圍了，才剛被好兄弟嚇得魂不附體，看到突然出現的人影當然會嚇慘，結果不是人，根本是拿著棍棒的毒犯。

五個人堵住他的路，直接開口向他要錢，連藉口都沒找，還拿球棒打他，就是要他交出身上的錢，彭重紹沒敢反抗，一對五是傻了才會反抗。

把錢交給對方還不夠，為首的男人粗暴地搶過他皮夾，仔細翻找內外夾層，確定沒有偷留鈔票，就把皮夾隨手往地上扔，然後身後的人動手要搶他的手機。

「我是機警掙扎才沒讓他們拿走手機的，要是被搶走我怎麼聯絡？該怎麼下山？」彭重紹現在想起來會害怕，「他們手裡拿的是一種長尖刺的荊棘樹幹，我又不能惹火他們，只能求情，說我必須要有手機下山，而且我的手機有定位，警方會很容易找到他們！」

「說得通嗎？」連薰予蹙起眉，「如果都是毒癮犯的話……」

「我昨天帶了不少錢，他們應該是看到錢夠就作罷了，而且也不想被抓吧？」彭重紹手裡把玩著免洗筷，「說實在的，重點要不是那時墳墓那邊有怪聲，他們應該會想辦法搶走手機或是再搜我身的。」

「要是被那個樹幹敲到大概就掰了吧？」阿瑋知道那種樹幹，根本凶器好嗎？

「你剛說墳區有什麼動靜？」蘇皓靖在意的是這點。

「可能是幫我逃出鬼打牆那個男人做的吧，有樹枝折斷的聲響，還有類似腳步聲，所以那些人很明顯覺得有人，立刻就閃了。」彭重紹重重嘆了口氣，「我最後就剩下手機，跟放在手機殼裡的一張千元鈔票，狼狽地下山。」

連薰予聞之不解，「誰幫你逃出鬼打牆的？不是應該是阿瑋嗎？我們感覺出你在公墓有危險，才讓阿瑋打給你試試的。」

「……是嗎？我以為——」彭重紹一臉懵懵，「我以為是巧合。」

「哼。」前座的蘇皓靖冷哼一聲，別人相幫都是巧合。

連薰予眼尾朝他瞟了眼，別這樣，不知者無罪嘛！

「真的鬼打牆時，打電話你不一定接得到的啦，我總共打了十幾通耶，你是不是只接到一通？」阿瑋趕緊說明，「是蘇先生讓我拿一張黑色符紙，壓在手機上打的！」

「所以其實是你們幫我的嗎？」彭重紹一臉恍然大悟，「我還以為是李先生帶我走正確的路，再把我推下去破解的！」

蘇皓靖同時與連薰予互看一眼，吃驚的連薰予即刻回身，「李先生？」

「嗯，我那時一直鬼擋牆，平常我走的路都是繞過一個懸崖邊，然後往上走到個小山丘，那是最高處有棵老杉樹，照理說再經過老杉後往下走沒多久就會到大路！但我昨天怎麼走都像在一個碗形凹地裡來回，一直走回老杉邊，是一位李先生幫我的！」

「他說那個人蠻好的，先是罵他印堂發黑，唸一唸就帶他往別條路走，結果真的閃過鬼打牆……啊，你沒說聽見有人在怒吼！就是小謙冒犯到的人！」阿瑋催促著。

「對方很凶，一直在怒吼，那時我就知道道歉根本沒效，對方咬牙切齒，就是要置小謙於死地，不停地說要拿他當供品。」彭重紹思及此沉下了臉色，「我原本以為帶我破鬼打牆的，便是那位陳先生，央求他原諒小謙，並且去跟其他人求情，但是他說他姓李，還說我們犯到了很難惹的傢伙！」

「所以也是好兄弟出面救你的？」連薰予好訝異。「你還看見什麼？能說清楚就說！」

彭重紹得做個深呼吸，才能回答不堪回首的一切。

從陰暗、停止的錶開始，乃至於坐在各家墓上的逝者，還有那咆哮不已的惡鬼，聽不出一絲一毫可以談判的空間，供品與紙錢都收了，卻依然不打算放過小謙。

「有的亡者平靜，唯一忿怒咆哮的就是我們觸犯到的那幾位吧……我真的不知道該怎麼樣做才能平息他們的忿怒。」彭重紹低沉地搖頭，「還有芭蕉樹都紅到發亮……」

「芭蕉？你也知道芭蕉樹？」蘇皓靖感受到了奇妙的連結。

「當然知道，那就長在我五姑婆的墓旁，我們就是繞過那懸崖再往旁走的，我也是穿過那兒後，才發生鬼擋牆，對了！」彭重紹攀著前座椅肩的手微顫，「芭蕉長成要多久啊？幾天內有可能從無到有的結果嗎？」

軋——蘇皓靖這會兒可真的煞車了，他停到路邊去，好轉過身仔細看著彭重紹。

彭重紹被他突如其來的舉動嚇得往後緊貼椅背，不安地看向阿瑋，現在是怎麼樣。

「你們掃墓那天有看過芭蕉樹，那天有什麼異狀嗎？」蘇皓靖沉著聲仔細問著。

「沒……就芭蕉樹而已，上面有一串熟了的芭蕉，我們就摘下來分食了。」彭重紹越說越虛弱，「所以我昨天看見又長一串就覺得不對勁，那天明明就只有一串，不夠我們全家族的人吃，所以我還跟其他堂弟分著……」

阿瑋的嘴都快掉下來了，呈現很誇張的姿態，「你們在墓地摘水果吃？」

「就只是果樹啊！」彭重紹吃驚地抽口氣，「這也是禁忌嗎？」

「不，不算是，但就怕你們吃到不該吃的東西……因為我們感受到那棵芭蕉樹全部都是血。」連薰予喃喃唸著，即刻正首拿出手機，「我聯絡我姊。」

蘇皓靖點頭，瞅著彭重紹又嘆口氣，「還有什麼你覺得奇怪的，多小的事都麻煩想一下。」

「我遇到鬼擋牆還不夠奇怪嗎？不過搶劫更可怕，那些人的眼神……好好，對不起，是說奇怪的事。」彭重紹緊蹙著眉頭，他覺得掃墓之後發生的所有事都令人覺得怪異啊！「一直有人跟我說印堂發黑，昨天一大早遇到的路人就說了。」

「那個連我都看得出來。」阿瑋中肯。

「鬼擋牆……啊，芭蕉樹邊也有亡者，樹根還有草纏住，然後像泡過油漆站起來一樣，全身都是血，血多到在墳墓前那個凹槽都能成小河。」

一樣，蘇皓靖幾乎已經確定那芭蕉樹有問題了。

「是男是女？」

「女的吧？頭髮很長……」彭重紹比了一下肚子，「頭低垂著，頭髮還能長到這裡。」

長髮……他忍不住發顫，想到那棵芭蕉樹，就能令人如此渾身不適。

不該去，他現在的第六感這麼警告著他，不該去那裡。

「還有呢？」

「那個李先生應該也不是人吧，但他人很好……啊。」彭重紹忽地驚覺，「他說了一句很奇怪的話！在我誤認為他是陳先生時，他一付不以為然。」

連薰予倏地回眸，「他說什麼？」她興起預感，那是關鍵字句。

「他說『誰告訴你墓裡埋的會跟墓碑上寫的是同一個人！』」彭重紹完全混亂，「他到底是不是陳先生？但他又堅持他姓李，還說我欠他。」

墓裡埋的會跟墓碑上寫的不是同一個人嗎？

蘇皓靖不再言語，重新坐回駕駛座，默默地繫上安全帶，隔壁的連薰予放下手機，彭重紹本想再說些什麼，阿瑋立即阻止，用力搖了搖頭。

那些憑第六感做事的人，需要一點空間。

唉……蘇皓靖最後只是嘆氣，連薰予立即伸長左手，趨前握住了他的手。

兩人什麼話都不再說，十指交扣反覆牽握，然後他才發動車子，在下個路口右轉。

「咦？應該直走才對吧，要上國道啊！」彭重紹自然清楚路線。

「國道會塞車。」連薰予回首輕笑，「那時間走平面替代道路快得多。」

怎麼會？彭重紹內心混惑不已，如果走平面道路，足足比國道要多出一小時啊，塞車也不可能塞這麼久吧？看了看時間，就算是上班時間，只要過了尖峰時間的交流道後，就該一路順暢，因為他們是南下不是北上啊！

身邊的阿瑋拍拍他，叫他快點趁熱吃早餐，反正聽小薰他們的就對了。

「可是？」他想問。

「小薰說會塞車就會塞車啦！」阿瑋很夠意思地給了十足的信任，「你還是快點吃早餐，靜下心，等等說不定會有一場硬仗咧。」

「什麼硬仗，聽了就煩。」蘇皓靖忍不住從後照鏡瞪向阿瑋。

「哎唷，今天一定會解決啊！我室友說，今天再不解決，哨子麵他家人今晚就不知道要掛幾個了！」阿瑋說得很自然，「第七天嘛！」

彭重紹瞬間腦袋一片空白，他看著插吸管的阿瑋，阿瑋剛剛說了什麼！

唉，連薰予完全不想插嘴，阿瑋話也說得太直白了吧！

「我家人今晚會出事？」彭重紹激動上前，一把揪過阿瑋的衣服，「我要下車……不行，我不能在這裡！」

「你冷靜一點啦！你下車有屁用，你在醫院也沒用啊，你能救小謙嗎？能阻止阿明嗎？可以解決你媽的肚子痛嗎？」阿瑋一臉不以為然，「你當然要在出事之前，快點把事情解決掉對吧？來！早餐！」

阿瑋將蛋餅遞給阿瑋，還笑得人畜無害。

這是怎麼養成的樂觀啊啊啊啊！

第十章

穿著淺灰俐落套裝的陸虹竹紮起長捲髮，在挑高的大廳中等待，這裡氣溫極低，連大理石地板都一起迸發出某種寒冷。

「陸律師！」好不容易，上頭傳來了熱絡的聲音，人匆匆地自樓梯走下，「怎麼說來就來，也不先說聲。」

「我來辦事又不是找你吃飯的！」陸虹竹昂首挑眉。「託你查的東西呢？有嗎？」

「欸，還真的有，不過資訊還不明確，那邊的檢察官還需要一點時間找找。」男人有些意外，「妳現在案子接到外縣市去了啊？居然連那邊的失蹤人口都知道？」

「不是我的案子啦，就偶然輾轉聽到一些事，覺得有點可疑。」她四兩撥千斤，「所以呢？」

看著男人手上的文件，她不客氣地伸出手。

「這態度也太明顯了，好歹陪我喝杯咖啡吧？」檢察官往外頭一瞟，「樓下就有咖啡廳，邊喝邊等詳盡資料如何？」

陸虹竹冷豔一笑，逕自抽過了文件夾，「隨便！」

她急忙地打開來瞧，這是她託熟人去問公墓那帶的檢察官，看看最近是否有失蹤人口或是離奇命案；未破案的案子是不少，但離奇還找不到，失蹤人口就一串了。

她把「毒品」跟公墓地段一併報出去，加上這些關鍵字，過濾起來的資料會更少吧。文件裡意外的有多達五人以上的資料，全都是毒品、竊盜搶劫前科，這些算是同根生，為了吸毒買毒，這些毒君子什麼事都幹得出來。

「在逃……躲藏……假釋未回。」陸虹竹一個個唸著，「這些都是失蹤人口嗎？」

「算是。不過有些檢方其實已掌握行蹤，但全是都是在逃的，失蹤的在最下面，他們說最近還有幾個找不到，等等確認後會發過來。」檢察官從容地步入咖啡廳，遠遠地就比了個二，「欸，話我先說在前頭，這小忙我沒關係，但妳自己要想清楚。」

嗯？陸虹竹瞥了他一眼，「想清楚什麼？」

「妳去哪知道這些線索的？輾轉是從哪邊聽的？」檢察官將她帶到一張椅子邊，主動紳士地為其拉開椅子，「妳該不會以為對方檢察官會這麼容易放過妳吧？」

「噢……」陸虹竹婀娜地坐下，「這是不難啦，所以他們有想找的人啊！」

「全都是毒品相關犯人，怎麼可能不想找？現在在查的那幾個還有販毒，不只是持有而已，本來是跟著他們的妻小，結果對方一個聲東擊西，把孩子都接走，警方就斷了線索。」檢察官坐到她對面，從背後翻開了文件，指向一個綽號叫冬瓜的人。

相由心生雖不是百分之百，但是當律師這麼多年，陸虹竹覺得這還是有八成準確，別的不說，光看眼神就知道這個人有多殘虐。

「那後面這個大尾的也是嗎？」陸虹竹翻開下一頁，也是個一臉死魚表情的人，秋仔。

「對，他們是同夥的，現在全都銷聲匿跡，道上有人傳說他們死了，有人說逃出國了。」檢察官嘆了口氣，「不過對方檢察官堅信他們在國內，所以他很快會來找妳的！」

「沒關係……說不定我還能幫上點忙。」陸虹竹開始仔細一張一張地翻閱，小薰剛剛提到，藏匿在墳地裡的吸毒犯，以及匯集的鮮血、失蹤的人。

服務人員送上咖啡，陸虹竹也無心飲用，她只是查看著每一張資料後，將那些名單略微分類。

「咖啡趁熱喝吧。」

「能不能幫我問那邊的人，這些應該都是同夥或連帶關係，說不定他們有在追查暗盤交易？」陸虹竹抬起頭，對著男人巧笑倩兮，「還有，他們最後掌握到的疑犯行蹤，是什麼時候？」

男人無奈地搖搖頭，「我看啊，我直接讓你們通話好了。」

「那再好不過囉！」她終於端起咖啡輕飲，「說不定啊，我還能幫他破件案子呢！」

※　※　※

連薰予連打了好幾個寒顫，手都還放在車門上，現在就想坐回去了。

「後悔了吧？」雙手插在褲袋裡的蘇皓靖回首睨了她一眼，「想仗義就不要臨陣退縮啊！」

「嗚……」連薰予連呼吸都困難，好可怕……她手不聽使喚狂抖，回去！她應該立刻回去的！

「小薰，妳沒事吧，怎麼了！」阿瑋相當擔心，「蘇先生！」

「因為這裡不該來，我們打從心底感到恐懼，直覺告訴我們應該立刻離開這裡，」蘇皓靖嘴上這麼說，但已經大步跨了進去，「彭重紹，帶路！」

天哪，好可怕！連薰予完全無法克制顫抖，她是打從心底感到害怕！

別說進去了，連站在這裡她都覺得危險！

「蘇皓靖！」她大聲喊著。

蘇皓靖回身，卻只是朝他伸出手。

「還是妳在這裡等我們……啊咧，不對啊，妳要進去比較知道吧？」阿瑋想安撫連薰予，但這事情沒她不行吧？

彭重紹焦急心慌地看著臉色發白的連薰予，她的模樣讓他很不安，歷經昨天的事件，要他再踏入公墓的確很勉強；但就阿瑋所說，如果今天是最後一天了……是啊，一星期前他們來這裡掃墓，過了今天，只怕他家人都會因為觸犯禁忌而死於非命啊！

所以咬著牙，為了家人他硬著頭皮也得去！

「拜託妳！」他也跑到連薰予的另一邊，「拜託妳幫忙。」

他很相信連小姐可以助他們家度過劫難啊！就在抵達前他聽到廣播，他們原本要走的國道發生事故，這就是他們選擇走平面道路的原因，這種直覺怎麼能質疑呢？

深呼吸，連薰予……深呼吸……她緊緊握著拳，這是她做的決定，如果想幫人就要幫到底，而且現在連蘇皓靖都被她拖下水了，真的沒有發起人想逃的道理啊！

連薰予！一切繫之在己，只要自己想要突破，就沒有人能阻攔！

不要怕。她咬緊牙關，離開車邊，繞開了阿瑋，筆直走向蘇皓靖，他現在就像是童話故事裡的翩翩……只有姿態像，朝她伸出修長的手，只待她搭上。

只是他們要前往的不是什麼浪漫的舞會，而是死者的居所。

人不能逃避一輩子的！

連薰予不再猶豫地伸手向前，緊緊握住。

第六感瞬間增幅，在這滿佈死者的公墓中，連薰予清清楚楚地感受到扎人的視線，隱藏的敵意，甚至是……

「殺氣，」蘇皓靖小心地張望四周，「有人挺不爽我們的樣子。」

「我們才剛到耶！」連薰予虛弱地說著，什麼都還沒開始啊！

「喂，你們！」蘇皓靖回頭喊著還在車邊的兩個人，「帶路啊！」

彭重紹他們又重新買了紙錢跟供品，一人提一籃，趕緊跟上前去；阿瑋肩上揹的包包裡塞滿了他所有的護身符，總是做最好的準備是吧。

「阿彌陀佛阿彌陀佛……」邊走阿瑋不忘一邊喃喃唸著，「南無觀世音菩薩，南無觀世音菩薩……」

「有點吵，」蘇皓靖嫌惡地說著，「要唸唸小聲一點。」

「我姊說唸就有效，有保佑。」連薰予站在阿瑋那邊。

「最好等等墳墓裡的傢伙把妳拖下去時，唸這個也有效！」蘇皓靖可一點都不以為然，「彭重紹，左邊。」

「啊——哇！」彭重紹還沒看清楚咧，左腳絆到東西，差點撲在人家墳丘上，是蘇皓靖伸手拉住他外套的。

阿瑋趕緊上前穩住他，彭重紹這一嚇衣服都濕了。

「那邊吧？」連薰予突然指向了西北方，「好多人在那邊吵過架……」

驚魂甫定的彭重紹詫異地看著不須他帶路，便往西北直行的男女，他們真的很厲害，方向完全無誤；阿瑋不安地左顧右盼，揮汗如雨，這裡是他最怕的地方啊，運勢很低的他根本不該來啊。

走到阿明坐的那石牆轉角，阿瑋都還沒開口，前頭兩個人便已停下，連薰予彎身看著那近似神龜的石龜，上頭的字幾乎都已經看不見了。

「從這裡開始的，然後……」蘇皓靖直起身體，朝十一點鐘遠方望去，「那邊有一個區塊。」

「對……」彭重紹緩緩點頭，「你們怎麼知道的？」

「直覺。」蘇皓靖跟沒回答都一樣，但確實如此。

走到這邊就覺得該停下去看看，他們兩人依然十指緊扣，連薰予望著石龜左上角的缺口，那上頭染過血。

「誰知道事情發生多久了？肉眼看不到什麼跡證吧？」蘇皓靖大膽地撫上那缺角，連薰予跟著一顫，眼前一片通紅！

「哇！」她吃驚地瞪圓雙眼，又湊前細看，「還看得到血嗎？」

「如果有下雨早被沖掉了吧？真糟糕！」蘇皓靖搖了搖頭，「我覺得那邊更令人不舒服！」

連薰予自然也是這樣感覺，他們現在牽起聯繫，感受自然放大，尤其在公墓區，不只是這些令人不快的墳墓，還有許多……像是呼喚或是悲鳴。

終於來到陳俊鑫的墓前，蘇皓靖連一步都不肯跨進去，只從外頭土徑上看著碑前的供品與燒毀的紙錢殘骸，是昨天彭重紹的誠意。

「全部都買 OREO？」連薰予皺起眉，「用看的我都膩了，一打耶！」

「我想說小謙吃了人家一盒……」彭重紹想法也真直接。

「重點不是吃什麼好嗎？重點是為什麼要吃人家供品。」蘇皓靖蹲低身子，好認真的平視著墓碑上的照片，「我光蹲在這裡就寒毛直豎了。」

撩起袖子，寒毛果然根根站起。

連薰予也不遑多讓，掌心指尖冰凍得很，這座墳的確是令人腳底發麻的地方。

儘管照片上的人看起來似乎笑得燦爛開朗，但是天曉得實際上是怎麼回事？

「我昨天在這裡還被誤認為陳先生的子孫，還有……那照片會動。」彭重紹這才想起在這兒致歉的異狀，畢竟較之於後來發生的事，這點小事自然就被忽略了。

「被誰誤認？」阿瑋才覺得好笑，「在這裡還可以遇到熟人喔……」

「哎唷，這裡也是有別人會掃墓的好嗎？不是每個人都擠在清明節來！除了叫我三點前要快點走的人之外，就墓園管理員啊，他在這裡提醒我要小心那些吸毒犯。」

連薰予認真的看向他，「他誤認妳是陳先生的子孫，是要收錢嗎？為什麼特地過來說話？」

「啊，他說他忘了清理這個墓，不小心漏掉了，結果發現時已經有供品、也被清掃壓土什麼的，所以來道歉。」也因此後來才告訴他留心吸毒犯的細節，算是一種補償吧？

連薰予即刻繞出去，繞著墳墓外圍朝上走，仔細觀察著那墳丘，緊接著不安地看向正下方的蘇皓靖。

「妳認真的？」他雙手交叉胸前，相當不爽，「我就討厭這樣！」

「都來了，要相信自己的直覺啊！」連薰予嚷嚷著，「把所有想法排空，讓第六感去跑就好了！」

蘇皓靖莫可奈何還是來到她身邊，但卻分心地頻頻往遠方看，因為有種感應催促他去那兒，那邊似乎才是該解決的源頭。

「等等再去，我也知道最終不在這裡。」連薰予輕聲說著，然後看向下方的彭重紹，「芭蕉樹在那個方向對吧？」

她伸手指向西方，彭重紹倒抽一口氣，點了點頭。

「讓直覺跑嗎？」蘇皓靖動手摟過了她，再抓握住她的手，兩個人同時淨空著思緒。

不摻和主觀想法或臆測，讓第六感去反應一切吧。

手貼著手，壓下了墳丘。

『哇啊啊啊——』

男人的頭顱撞上了剛剛轉角石龕的左上角，硬被撞掉一小塊，而頭顱脆弱地以卵擊石，瞬間頭破血流，直接旁邊倒去；幾道影子毫不留情地由後攻擊趴倒在地的男人，血花濺得四處都是，卻沒有要停手的意味。

下一秒他們手壓著的這座墳被刨開，那是個極深的墓穴，鏟子敲到棺木的聲音沉重且令人膽寒，接著一個人就這樣被扔下去，重摔在棺木之上。

幾鏟土迅速地往裡倒，而原本以為已斷氣的男人瞬間睜眼，驚恐地往上看。

『哇啊啊——啊——』他慘叫地伸長手，看著一抔又一抔的土淋下，撒上他的臉他的嘴、來不及撥盡又一坏，最後蓋滿了他的身體，灌進他的眼耳口鼻！

『放我出去——這不是我的墳！不是我的！』男人怒吼咆哮，染滿血的臉龐猙獰且恨意綿綿，『我要我的墳！』

『救命——』

喝！蘇皓靖與連薰予突然顫了身子，收回手的同時倏地向右方瞧去，好沙啞但驚恐的尖叫聲。

下方的彭重紹跟阿瑋惴惴不安，他才剛把手放在人家墳上沒五秒，怎麼突然像被什麼嚇到似地停止，還朝……芭蕉樹的方向看呢？

「誰說墓穴裡埋的跟墓碑同一個啊……那位李先生真是風趣。」蘇皓靖順道將連薰予拉了起身，「這土一看就知道被動過了，墓園管理員才會以為是家屬清理過他忘記清理的墓。」

「什麼意思？」彭重紹緊張地嚥了口口水，「這裡面不是陳先生？」

「是也不是，有兩個人。」連薰予回眸朝阿明坐過的石龕那兒望去，「到處都是血，從那邊到這兒……」

「不止一個人，有重疊的叫聲跟步伐。」蘇皓靖眉頭深鎖，越過阿瑋往下望，「我剛看到後面的地上還有隻腳。」

後面？阿瑋緊張的回頭瞧，不由得打了個寒顫。

「是……是雙胞胎拿人家彩紙的墳嗎？」

「看土就知道了。」蘇皓靖懶得下去，朝他們揮揮手，「你們去看，只要土有被翻動過就是了。」

「為什麼……」阿瑋哀號，他不想去啊！

唉，彭重紹心繫親人安全，逕自往他昨天拜過的所有墳頭上查看，阿瑋再不情願還是捏著一堆佛珠，也上前去幫忙。

「姊給我一堆東西叫我帶著，還有教戰守則。」連薰予忙不迭地從包包裡拿出一個大束口袋，「她剛傳訊來說，這裡曾有毒品交易失蹤案，要我們小心。」

蘇皓靖遠眺著芭蕉樹的方向，也不知道有沒有聽進去，幾秒後才不經意回頭瞥了她手上抱著的束口袋……

「喂，帶這麼多東西幹嘛？」他沒好氣地嘖聲，「不是說過帶有用的就好嗎？」

連薰予無奈地看向他，如果姊這麼好說話，她需要帶這麼多嗎？蘇皓靖忍不住輕笑，瞧她的神情真像可憐兮兮的小狗，忍不住戳了戳她的頭。

「好，妳過濾過，拿有用的出來就好。」蘇皓靖手裡也早捏了小槌子，「上次從妳姊那邊拿的黑色符紙我也帶著，但我希望不要用到……」

「我們確定情況後，報警就走對吧？」連薰予也是這樣盤算的，在公墓跟好兄弟對尬？傻子才會做這種事。

二十公尺外的兩個男孩突然有大動作，彷彿發現了端倪，他們兩個自然早知道大概是哪幾座墳，他們的確找到了！

「這裡！這裡！」彭重紹興奮的回頭交錯揮舞雙臂，「好明顯喔！土真的不一樣！」

「是找到寶藏了嗎？這麼興奮！」蘇皓靖笑著，頭往遠方一撇，「走了！去芭蕉樹那邊！」

彭重紹相當詫異地看著他昨天致歉過的其中一座墳，他從沒想過會有土被翻這件事，而且不相比較，也很難留意到墳丘上土壤的不同……但是，如果是常年在墓園的人呢？

墓園管理人，難道也看不出來土壤的差別嗎？

「那個……」走上來的彭重紹不由得心情沉重，「如果墓園管理人發現陳先生那座墳忘了清理，他過來察看時，會不知道土被翻動過嗎？」

連薰予勉強擠出苦笑，「我們不能保證，但是……」

「哨子麵還挺聰明的嘛！我也不認為他不知道。」蘇皓靖淡淡的回應，這個他剛剛就想到了。

其他的墳不提，光陳先生這座就大有問題，既然發現自己忘了清理、到現場時看見狀況，應該能分辨到底是親屬清理，還是有過更大的動靜，身為墓園管理者，說不知道太扯。

更遑論那被撞去的石龕一角，或是曾四濺的血跡。

彭重紹喉頭緊窒，「我問大伯看有沒有他的電話，但我們就不提發現的事，先把他叫出來再說。」

連薰予有些擔憂，拉了拉蘇皓靖的手，他倒是有些空白，現在的專注點都在芭蕉樹上。

「隨便。」總感受不到嚴重性，至少比芭蕉樹的情節輕了許多。

彭重紹替他接過了一籃供品，才在問不必拜嗎？可又不知道裡面的另一位住客叫什麼，能怎麼拜？再怎麼拜都是拜原住戶啊！

「想想這或許就是阿明搶金紙的關鍵？因為紙錢是子孫燒給先人的，並非燒給其他寄居者，所以那些無名亡者只能搶。」連薰予這時就很感激姊姊平日的灌輸，「嚴格說起來供品也是給陳先生，不是給他的。」

「那這樣為什麼他可以傷害小謙？」彭重紹激動地問。

「或許同穴、或許那是他唯一好不容易搶到的供品？也說不定只是個藉口！」蘇皓靖不想去深究，「像陸姐說的，這像是一場抓交替，只是利用小朋友觸犯禁忌，給了他們動手的機會。」

「所以害死我家人，他們能得到什麼嗎？」彭重紹完全不能接受，這是人命啊！「他又不能活！」

而且還讓孩子殺掉媽媽，這是什麼變態的想法啊！

「爽快。」

在後頭的阿瑋幽幽出聲。

彭重紹不可思議的回頭看著他，「你說什麼？」

「那些很難說的，如果原本就很凶惡很暴戾，或是帶著怨恨往生，像他們死後無墓無碑的，又遇到觸犯禁忌的人，根本不需要光明正大的理由。」阿瑋面有難色地拍拍彭重紹，「我知道你很難相信，但是這是沒辦法的事啊，是你們先有縫，人家才能插針的嘛！」

就像上次去醫院探病，也是有人先在醫院過份吵鬧，才喚醒亡者，否則他的同學們也不會一個個死於非命，前提就是不要犯忌就好了啊！

「或許如此吧！上次我同事的鄰居也是這種狀況，那些亡者原本就住在哪兒，但入厝時沒做好禮數，犯上了禁忌才會導致亡者覺得被人強佔屋子。」連薰予難受地看了彭重紹一眼，「怎麼說，都是你們家自己先犯的錯。」

「那總要給我彌補的機會吧？上次……你們之前遇到的最後情況怎麼樣？用什麼辦法解決的？」彭重紹焦急地問。

呃……阿瑋突然然眼神往旁瞟去，這問題問得真是太好，連薰予趕緊回身催促蘇皓靖往前走，這叫他們該怎麼回答？不是死於非命就是血流成河啊！被上身的鄰居還殺了一整層樓的無辜鄰人耶！

「大堂哥——」

稚嫩響亮的聲音傳來，蘇皓靖整個人瞬間僵住，他與連薰予雙雙不可思議的回首，竟瞧見蹦蹦跳跳的雙胞胎朝這裡衝過來。

「有沒——」蘇皓靖即刻拉走連薰予，「不要讓她們靠近我們！」

阿瑋連忙上前迎向女孩們，因為彭重紹傻住了啊！

接著後面是氣喘吁吁趕到的小伯父，彭重紹完全呆住，不明白為什麼雙胞胎跟小伯父會在這裡！

「小妹妹乖乖……」阿瑋攔住他們，「現在先不可以過去，大堂哥在辦事！」

「為什麼！」兩張一模一樣的臉異口同聲地問著。

「在辦重要的事啊！」阿瑋邊說，一邊打量著女孩，她們身上該不會有刀子吧？昨晚那滿臉是血，還披著媽媽腸子在走廊上轉圈漫舞的模樣，實在揮之不去。

「她們兩個說一定要來！小謙跟阿明也這麼說。」小伯父眉頭深鎖，「說你在這兒，她們不來的話做什麼都不會有結果。」

「她們說的？」彭重紹看著燦笑的女孩，從來沒想過面對五歲的小孩他會怕！「阿瑋，你去陪蘇先生他們吧，我來。」

阿瑋當然立刻溜之大吉，不然等等萬一她們也找他借「彩帶」豈不糟糕？

連薰予別過頭，她一點都不想看到那對天真爛漫的雙胞胎，會讓她打從心底發寒的女孩子，笑得越燦爛越可怕。

「她們是被附身嗎？好可怕的感覺。」連薰予揪著蘇皓靖的衣袖不放。

「嗯，不只被附身這麼簡單吧，有種同化的感覺……更糟。」蘇皓靖扭過身，「我們先去吧，一刻不見到芭蕉樹我就不安定。」

「嗯！」連薰予同意，反正他們也不需要彭重紹帶路。

直覺會告訴他們怎麼走的。

阿瑋兩難地站在中間，看著蘇皓靖的背影，不知道該不該跟，但是又擔心彭重紹無法應付那對詭異的雙胞胎。

「非來不可的理由是什麼？」彭重紹問著雙胞胎，不把她們當小堂妹看。

「又不是你犯的忌，你拜再多也沒用啊！」姊姊雲雲噘起嘴，「我們惹的事當然要我們自己來！」

咦？彭重紹愣住了……是這樣嗎？他犯到的是隨意便溺在他人屍骨上，但取供品、坐墳頭、拿彩帶的的確不是他啊！

「妳們這麼好心？」彭重紹連連搖頭，「那小謙跟阿明怎麼辦？」

「重紹，你在說什麼？」小伯父不滿地開口，「怎麼對她們這麼凶？我們是來幫忙解決問題的，小謙說你知道怎麼幫大家！」

「我不知道！是我朋友的朋……說來話長！」彭重紹朝下方一睨，「不如說妳們要怎樣才肯放過我們？難道讓雙胞胎道歉、再拜一拜就好了嗎？」

雙胞胎根本沒理他，兩人早已經朝遠方望去了，「大哥哥，大姊姊——他們先走了，我們快去吧！」

語畢兩個女孩蹦蹦跳跳地奔離，彭重紹根本措手不及，就見她們兩個追著阿瑋身後跑！

「等等！喂！」彭重紹回頭看向小伯父，「小伯父，你有沒有管理員電話，請他到五姑婆的墳這邊來！崖邊有芭蕉樹那座！」

「啊？」小伯父聞言雖覺得奇怪，但看著彭重紹的嚴肅，還是立刻拿出手機聯繫，同時跟著彭重紹往前走。

另一頭的蘇皓靖已經找到了那株芭蕉樹，遠遠地停在十公尺外，他感到全身彷彿濕透，而且雙腳也是濕的，空氣中充滿鐵鏽味般的血腥，他的腳浸在血河裡，血液從四面八風湧來，同時滑進了那崖緣。

「不可以不可以……」阿瑋在後面呈大字型攔著雙胞胎，「妳們不要去鬧他們。」

「為什麼，我們要找他們玩！」霓霓撒嬌地說著，「哥哥你讓開可以嗎？」

「不行，他們不喜歡別人吵！」阿瑋認真的阻擋。

「你不讓的話，等等我們可不保證會發生什麼事喔！」雲雲眼神轉為冰冷，「你就不要後悔……我不只會拉出你的腸子，我還要……」

停！阿瑋伸出手掌心直接往雲雲額上啪地打下，還順便貼住。

「不要隨便威脅長輩好嗎？」阿瑋嫌惡地唸著。

雲雲忽得瞪圓雙眼，歇斯底里地尖叫出聲，「哇呀——啊啊——啊呀！拿走！」

她驚恐向後，直接踉蹌坐倒在地，一旁的妹妹呆站在原地，後頭奔來的彭重紹也沒敢貿然上前，狐疑地看著躺在地上，不停抹額的雲雲。

「不可以欺負我姊姊！」霓霓一咬牙，凶狠地朝阿瑋撲去。

唰——阿瑋又抓住一把東西，直接往妹妹臉上抹去，「人小鬼大、人小鬼大……」

「哇啊！不！走開拿開！」霓霓也跟瘋了似的，在原地又轉又跳，揮去髮上額上的雪白粒子。

蘇皓靖看著他又從包包裡抓出一把東西，朝雙胞胎亂丟一通，女孩子高分貝地尖叫不止。

「怎麼！你們在幹什麼啊，怎麼在欺負她們！」小伯父一趕到，不知狀況地又護著雙胞胎。

「鹽巴？」蘇皓靖有些不可思議，「你帶鹽巴來？」

「嗯啊，出門前我餐桌上擺了四包，不帶的話門開不了。」阿瑋回身，萬般無奈，「我昨天才添購的耶。」

「鹽能袪邪，倒是不錯。」連薰予微笑，這室友真周到。

「喂！你們看看那芭蕉樹啊……」蘇皓靖望著眼前的樹，上頭還有串果實，「你們這樣也吃得下去？」

「欸？又有串芭蕉？」小伯父趨前一看，意外非常，「那天就只有一串啊，怎麼長這麼快……哇，好像差不多位子咧！」

「要不要仔細算算，說不定還同根數咧！」蘇皓靖不懷好意的建議。

「啊，好啊！」小伯父還真的上前，「重紹，來幫我！」

連薰予推了蘇皓靖一把，連忙上去阻止，都什麼時候了，這位伯父還真的想再摘吃一次？

「小伯父！那樹有問題啊！」彭重紹連忙將他拉回，「大家會腹痛，就是因為這芭蕉的關係！」

「什麼？」小伯父有些無法接受現實，彭重紹也實在沒心力解釋，只拜託他顧著雙胞胎，不讓她們離開他身邊。

連薰予勾過蘇皓靖的手，偎上他肩頭，靠上的那瞬間便看見芭蕉樹莖開始滲血，而崖邊的土地起伏，彷彿裡面有什麼東西爭先恐後地即要冒出。

低泣聲傳來，隱隱約約，似乎是彭重紹口中所說的那個長髮女子。

「就從芭蕉樹下手。」蘇皓靖做了決定，「那裡不是墳，也冒犯不到誰！」

「怎麼下手？」阿瑋上前聽見了，「要我倒鹽還是……」

連薰予忍不住笑出聲，「倒鹽幹嘛啦，只能動手開挖，芭蕉樹底下應該有東西。」

「挖？」阿瑋失聲喊著，「那是崖邊耶！」

「芭蕉樹是從崖壁長出來的，不是叫你跳崖，是從邊邊開始挖，根部一定在邊緣下方啊！」蘇皓靖略歪了頭，「而且我總覺得那不像懸崖……」

看起來是像崖邊緣，但說穿了都被樹與長草蓋住，這不像一般的深淵絕壁，一眼就看不到底啊……

「為什麼要挖？」彭重紹好不容易拜託小伯父制住了兩個掙扎的雙胞胎，她們嚷嚷著要去燒東西。「你們覺得這下面有什麼嗎？」

「挖挖看就知道了。」蘇皓靖摟著連薰予向旁邊退去，「請吧。」

請？彭重紹一怔，他手上什麼都沒有，要怎麼挖？

「不會……徒手吧？」阿瑋戰戰兢兢地開口。

「附近應該也有些石塊吧！」蘇皓靖朝旁張望，一定有工具可以用的。

「那不是重點吧！這下面有什麼都不知道，徒手挖多可怕！」阿瑋渾身都發抖了。

「你可以不必挖啊，本來也就不關你的事。」蘇皓靖眼神轉向彭重紹，「至於你，就自己選擇了。」

連薰予深吸了一口氣，「蘇皓靖……這樣直接挖不會有問題嗎？」

他凝視那芭蕉樹，搖了搖頭，「不知道，我無法確認。」

是啊，她也是。

連薰予知道樹下有東西，總覺得是屍體的機率很大，他們甚至不知道挖出來的意義在哪裡，而且報警不是選項，因為這無法解決觸犯禁忌一事。

直覺這麼告訴他們，必須要先把東西挖出來。

「挖吧，挖啊！」小女孩嘲弄的聲音傳來，「如果你們以為這樣就沒事的話，那就大錯特錯了，哈哈！」

小伯父扳過了妹妹的身體，「霓霓，妳在做什麼？」

「肚子痛啊，爸爸！」她拍了拍父親的臉頰，勾起殘虐的笑容，「你肚子不痛嗎？」

「我——」小伯父突然臉色刷白，一秒腹痛如絞地直接趴地跪滾，「哇啊……我的肚子！我的肚子！」

「嘻……哈哈哈！」女孩們同聲狂笑。

「小伯父！」

蘇皓靖頭疼地撫上太陽穴，好亂！聲音攪得他無法平靜。

他想離開，他開始朝旁邊走去，希望避開這慘叫聲、笑聲與哭聲攪和在一起的紛亂……哭聲？

連薰予慌張地尋找哭聲的方向，她雞皮疙瘩都竄起，為什麼除了哭泣聲外，她還覺得有種恐懼的壓力？那是一開始的殺氣，對——殺氣，不是源自雙胞胎、不是在芭蕉樹那兒，在其他地方潛伏！

她張開雙臂，二話不說正面環住了蘇皓靖，整個人貼在他胸前。

「不怕，不怕……」蘇皓靖回擁著她，「只要我們在一起，就沒什麼好怕的。」

「雙胞胎！」彭重紹的喊叫聲在後，背對著他們的蘇皓靖一點都不想回頭，他們現在不能被干擾，明知有危險，更要專心著重在直覺給他們的所有警告！

兩個女孩突然折返回來時路，為了顧著痛到臉色發白的小伯父，彭重紹根本不可能追上前，但是他又不可能讓阿瑋去追，這太危險了！

「啊啊！！」阿瑋大喊著，在附近抓過石塊就到崖邊鏟土，「哨子麵！過來挖，快把事情解決掉！」

彭重紹回頭看著已經開挖的阿瑋，不知何時已淚流滿面，他壓著小伯父的胸口，請他忍著點，因為他也無能為力……再抬首看著已經不見蹤影的雙胞胎，他也不知道該怎麼辦了！

現在唯一的做法，只有賭一把，相信蘇皓靖與連薰予！

彭重紹一咬牙，找到適合的石塊就到阿瑋身邊開挖，同學都挺他到這地步了，他沒道理自己還退縮！至於……蘇皓靖他們，他們至少給了方向，甚至願意陪他到公墓來，他還有什麼好抱怨的呢？

自己犯的禁忌，自己解決！

「喂——你們在幹嘛！」

第十一章

另一頭，也就是老杉方向那邊一個熟悉的身影急忙奔來，身上揹著龐然大物，連薰予下意識地往後閃躲，同時帶著蘇皓靖找其他地方站，不想於路徑上與之相遇。渾身散發死亡的氣息，無法言喻的不暢快。

「啊……管理員！墓園管理員！」彭重紹認出那背包式除草機。

「你們……」管理員走近，先遇上蘇皓靖他們，他們已經找條橫徑站開了，所以他逕自往下直行，「你們在幹嘛？咦？你不是昨天那個印堂很黑的小子嗎？你今天更嚴重了耶！」

已經跪在地上掘土的阿瑋點頭如搗蒜，他有什麼資格講人家啦！

「我有重要事情要做，我想挖開這裡！」彭重紹打量著管理者上下，「你的車在附近嗎？有沒有鏟子之類的？」

「啊啊——重紹！」小伯父突然哀鳴，引起管理人的注意。

「這又是怎樣？」管理人趕緊跑到小伯父身邊，蹲下檢查著，「夭壽喔！這個很嚴重耶！他臉色都發青了！」

「我小伯父肚子痛，都是因為……我們觸犯禁忌，吃了這棵芭蕉樹的芭蕉！」彭重紹來到管理人身邊，主動扳過他的身子，「大哥，這裡發生過什事你知道吧？」

管理人一怔，回首看著他，「你在說什麼？這樣不行，他要看醫生！」

「請等一下！」連薰予主動喊住了他，「在這裡進出的您，不可能不知道這些墓有問題吧？」

從懸崖邊開始，路面也是一路向上，因此連薰予現在站在高處喊著，管理人卻異常的沒有辯駁，而是持續察看小伯父的狀況。

「我先帶他下山好了，不然他這樣也不能走！」管理人自說自話，連彭重紹都覺得不對勁。

就在他動手要攙起小伯父之際，彭重紹扣住了他的手。

「大哥，你知道我們家多慘嗎？已經死人了。」彭重紹認真誠懇地看著管理人，「就是這幾座墳！別的不說，您不可能不知道陳先生的墓被動過手腳！」

「什麼手腳！我就只是個在這裡清理的人！」管理人不悅地揮開他的手，「你們很煩啊，你又不是那個陳先生的家屬！」

「你如果真的忘記清掃陳先生的墓，一定來察看過，你不可能看不出墳丘的土被動過，」連薰予拉高了分貝，「還有那邊的被撞裂的石龕，甚至是這芭蕉樹附近的異狀。」

管理人別過了頭，他選擇避開彭重紹請求的神情，阿瑋還在那兒挖著土，見這沉悶的一切，不必第六感他都知道，管理人啥都明白。

「大哥，我同學家真的很慘啦，他們不知道惹到了什麼……你等等會看到一對很可愛的雙胞胎女孩，才五歲喔，超可愛的，但昨天她們拿水果刀把自己的媽媽開腸剖肚，拖出腸子當彩帶，跳彩帶舞咧。」阿瑋語重心長，「你要是遇到她們也要小心，萬一她們突然想跳彩帶舞，說不定會跟你借腸子咧！」

蘇皓靖掩嘴輕笑，這是哪門子的勸說，阿瑋那叫威脅吧？

但是管理人卻切實地有所反應，他不可思議地看向阿瑋，臉色變得僵硬，「上身？」

「比上身慘，感覺還是天真爛漫的女生，而且她們不覺得剖開媽媽肚子有什麼。」阿瑋試著回想那畫面，「說不定在她們眼裡，那就是彩帶。」

「糟了，這已經來不及了！」管理人忽地撐著膝蓋起身，「這麼嚴重喔，我不知道這裡的……居然這麼凶……」

「您果然知道對吧？」連薰予明白他什麼都知道，「為什麼沒報警？」

「唉，報警？小姐，你們這些活在都市平靜生活的人根本不知道！有些事啊，睜一隻眼閉一隻眼才能活得比較久啦！」管理人搖著頭，用一付妳懂什麼的臉看著她，「我只要做我的工作就好了，其他什麼都沒看到、不知道，不想管。」

「但事情不是沒看見就沒發生啊，現在有人就被牽扯到了，」連薰予邊說，卻緊張地絞著雙手，「那些枉死之輩，正在折磨著無辜的人，小孩子！」

管理人顯得相當困擾，他比蘇皓靖還更不想管事，但是看著在地上痛到打滾的男人，臉色憔悴的彭重紹，這不必講他都知道是煞到了。

「唉，好啦，我先帶這個人去醫院，然後報警，行了吧？」管理人嘆口氣，「所以你昨天來拜拜的喔！」

彭重紹立即點頭，眼淚不自覺地奪眶而出，「但是沒有用，我小堂妹殺了她的媽媽。」

「這很凶，拜拜無效啦！你們要找師父、找廟、請神明來溝通！」管理人開始教導，「然後誰犯的誰要來道歉啊，」

「都是孩子！而且都已經在醫院爬不起來了，怎麼道歉？」彭重紹再次抓住管理人，「大哥你還知道什麼對吧？剛剛說請神明是怎麼回事？」

「燒金紙，請神明出來調解，這邊要請土地公。」管理人開始看他們帶著的物品，「你買再多冥紙也沒用啦，如果對方這麼嗆，根本不會理你！」

一旁有人高高舉起籃子，「我有買金紙喔，我什麼金都買了。」

蘇皓靖立即報以掌聲，經驗值豐富的人果然不同凡響！

「你居然買了？」連薰予都讚嘆。

「我想順便嘛，既然掃墓時都要給土地公，道歉時也要吧？」阿瑋聳了聳肩，他也沒想太多。

「那好，你們就快點請土地公出來幫忙，那個……」管理人越過彭重紹往後看，「芭蕉樹能不動就不動吧。」

「直接報警說這麼有屍體嗎？」彭重紹嚥了口口水，不挖當然最好。

蘇皓靖聽著即刻駁回，連連薰予也都胸口一陣滯悶，「不行，一定要挖。」阿瑋可憐兮兮地轉過去看著上方的她，「為什麼啊？如果警察來的話……」

「警方來就是把屍體帶走，可能找出一樁命案，但對於犯忌的你們沒有解除效果，」蘇皓靖用邏輯推敲著，「沒有解開禁忌的反撲，就一點用處都沒有啊！」

「我姊說了，化解禁忌是第一要點，得要得到亡者的原諒。」

「所以要喬！」管理人擊了掌，「好！我去開車，先送你小伯父去醫院……啊要報警嗎？」

「只能先不要了，」彭重紹擰著眉，異常疲憊，「可以先借鏟子嗎？」

「啊！好，那你小伯父在這邊等，我把車開到這頭來，再拿鏟子給你！」管理人邊說邊行動，再次折返，連薰予又後退閃到一旁，一點都不想跟管理人近身。

「實在是喔，真的躲不掉！」管理人一邊往上走，一邊碎碎唸著。

待管理人走遠，蘇皓靖終於有空走下來了，他還是那派寫意，「兩位繼續挖，燒金紙的事就交給我們吧！」

連薰予上前提過阿瑋準備的籃子，將上頭的冥紙揭開，底下果然是一堆金紙，接著她再拿出手機，調出資料夾，那是陸虹竹的教戰守則。

「姊有寫耶，可以起……壇？」連薰予一怔。

「不要想太難，我們直接拜土地公就好了……找公家的土地公。」蘇皓靖自然地拉過連薰予的手，「兩位加油啊！我們去幫各位斡旋！」

阿瑋扯著嘴角，可以的話他也想拜土地公啊！彭重紹則再度安撫小伯父請他再忍忍，重新拿過剛剛撿的石塊，使勁地到阿瑋身邊，把其實不硬的土壤給刨開！

「啊啊……啊啊……」背景音樂是小伯父的叫聲，他已經痛得全身都在發抖了。

公家的土地公離這邊不遠就有一尊，不過位在比較下方，在小伯父打滾處的下面不遠。

蘇皓靖與連薰予雙手合十地認真禱告，告知土地公現況，請土地公能協助溝通。

接著蹲下身點燃金紙，滿滿瓦斯的打火機，怎麼點就是點不開。

啪，啪！火星在打火機邊閃了無數次，無論如何就是點不燃。

連薰予忽地握住蘇皓靖持打火機的手，指間的冰冷讓她略為縮手，但更快的被一股強大的殺氣包圍！

帶著恐懼的雙眸瞧著她，感覺到了嗎？剛剛一直環伺的殺氣變得好強烈，而且是直襲而來了！

「蘇皓靖……」連薰予緊緊握著他的手腕，「好凶狠的氣！」

他放下打火機，終於知道為什麼點不著了，是有人不樂意他們找土地公嗎？他握住了連薰予不停發顫的手，事到如今也只能走一步算一步了。

「沒事，別忘了，我們在一起就不會有事……吧。」他挑了眉，說著連自己信心都不足的話。

不過應該沒有問題的，就過往的經驗來看，他跟連薰予聯手不只是第六感增幅而已，再厲的惡鬼如果他們「接觸」得深入些的話，也會產生無法解釋的屏障啊。

接觸深入啊……蘇皓靖突然看向連薰予，他自然是不反對的囉。

轟轟轟轟……遠遠的馬達聲傳來，背對著的兩個挖土男孩正在奮戰，彭重紹聽見聲音時不由得停下動作，阿瑋恰巧抓起了一把帶著紅褐色的土壤，困惑的回首。

彭重紹認出那就是管理人肩背式除草機的聲響啊！起身回頭，看見管理人如約定的把車開到這一頭來，在蜿蜒起伏的路徑上行走，手裡拿著那除草機，卻沒有在鋤草。

「咦？不是剛剛那個大哥耶！」阿瑋好奇地也站起，「高很多耶！」

不是剛剛那個大哥？彭重紹倒抽一口氣，走路方式不一樣！

「啊……」小伯父捧腹打滾，一轉過去，看見的是急速的葉片在他面前，產生高速的旋風。

下一秒，那電動除草機的葉片直接從小伯父的臉部中央橫切進去。

「小伯父！」彭重紹根本措手不及，他不知道發生了什麼事！

「哇啊啊啊啊！」

※　※　※

熱騰騰的咖啡濺出杯外，陸虹竹燙得差點滑掉手裡的咖啡！

「小心小心！」檢察官急忙由下接過，「妳在急什麼？」

陸虹竹甩著手，趕緊將上面的咖啡珠抹去，「這事能不急嗎？事關重大！」

「沒燙到吧？這都第三杯了，喝太多了吧，陸律師。」檢察官拉過她的手檢視，幸好只是發紅。

「管太寬了吧，周檢察官。」陸虹竹抽回手，「少趁機！」

「妳不陪我吃飯，我不趁機趁什麼時候？」檢察官倒也大方。「這是跨區，最好人家會這麼乾脆告訴妳……電話來了。」

陸虹竹緊張地探向他手機，「視訊視訊！有什麼話我直接跟他談。」

周檢察官拿著手機，倒是不疾不徐，只是看著她。

「好！我欠你一份人情！」陸虹竹實在無可奈何，真的什麼都算得一清二楚！

話才落，檢察官即刻接聽電話。

心急如焚的陸虹竹看著電話，檢察官覺得自己的手機都快被看出火來了！終於開啟視訊，讓陸虹竹與對方面對面。

「他姓王。」

「我們不要說廢話，事情很緊急，告訴我那些失蹤人口最後是在墓地出現嗎？」

電話那頭的男人有些錯愕，這律師還真是……

「是我要問妳吧，妳為什麼會認為公墓那邊有疑似命案？」

「我是律師，我負責問問題！你們在追蹤的毒品交易，是否跟在公墓附近出沒的毒犯有關係？」陸虹竹根本沒在鳥對方是不是檢察官，「第二個問題，是不是有毒品交易的疑犯消失了？」

王檢察官沒回答，但他的眼神已經告訴陸虹竹答案。

「幾個？」王檢察官完全沒開口的機會，陸虹竹繼續說，還對著鏡頭比出了三。螢幕那頭男人錯愕地睜大眼睛，激動地向前，「妳為什麼會知道！這……這根本沒公開過！」

陸虹竹根本沒在聽他說話，她焦急地翻閱手邊卷宗裡的資料，盤算著到底有幾個人……

「你們追蹤的人有幾個？毒品交易後至少三個失蹤，那其他這幾個呢？」陸虹竹抓過疑犯資料，對著鏡頭追問，「知道他們在哪裡嗎？」

「我還想請妳告訴我咧，律師小姐！」王檢察官不明白為什麼一個遠在兩小時車程外的律師，會知道他們的行動？

「在第五公墓那裡！」陸虹竹手忙腳亂地拿出自己手機，「我不知道怎麼跟你說哪座墳，就……有個陳先生的墳，我有編號！」

「第五公墓？妳確定？」檢察官嚴肅地質問她。

「確定！找不到活的也能找到死的，那邊絕對有問題！」陸虹竹激動不已，「我拜託你們快點去！再晚會有狀況的！」

王檢察官眉頭都皺出溝來，他覺得不該這樣無證據地輕信陸虹竹，但是他又覺得她不會為這種事開玩笑，更別說她談論的是內部從未公開的事項！

「我會調人過去，但是——律師小姐，我還是會請妳交代妳究竟怎麼知道這件事的！」

「就……」陸虹竹一時語塞，「自覺啦！」

※　※　※

鋤草刀的刀片從小伯父的臉部中間橫切開，速度快到沒有人能反應，鮮血噴濺，上半部的天靈蓋直接滾到一旁，小伯父的慘叫聲持續不到兩秒。

彭重紹跟阿瑋完全傻住，看著揹著除草機的高瘦男人舉起了高速旋轉的刀刃，讓沾在上面的血迅速彈開。

「不要在這裡切，會留下一大堆血不好清！」另一個亂髮的男人走過來，「要埋時再來切！」

「……」彭重紹不可思議地看著帶著腦的腦殼，「小伯父！」

阿瑋緊張地拉住他，小伯父死透了無法救了，這時候應該要跑吧！

「這邊還有兩個！」冷不防的，有兩個人從更下方出現，包圍住蘇皓靖與連薰予。

殺氣，這就是殺氣的來源。

連薰予回首，如此逼近，讓人全身寒毛直豎，他們剛剛就在附近了，而且打從他們一到這兒開始，就打算殺人！

「莫名其妙這麼多人……」揹著除草機的男人眼神相當可怕，眼白居多看上去既凶殘又無情。「是螳螂的朋友嗎？」

「啊啊——」彭重紹激動得大吼，「你們為什麼殺人！」

「切……哈哈哈哈！」三白眼男人笑了起來，「好好笑喔，難道要放你們去報警嗎？」

亂髮男也低低笑著搖頭，一臉你們白痴的模樣。

「現在才找來也很奇怪，都半年多了，」在蘇皓靖他們後方的是一對男女，都相當的瘦，「還想挖屍體出來咧！」

半年多嗎？是去年清明節後發生的事？蘇皓靖緊握著連薰予的手，暗自施力，他們有機會就要跑，不能坐以待斃。

現在已經不是跟土地公報告的時候了，神明管不到人事；更糟糕的是他們的接觸是對阿飄有效，對人沒有用啊！「這個女的很漂亮耶！」帽子男打量著連薰予，「直接殺掉有點可惜。」

「喂！」身邊的女人不爽推了他一把，「要殺直接殺，不要凌辱人家。」

「都要死了玩一下有什麼關係，省得浪費！」帽子男絲毫不以為意，還能衝著連薰予笑。

她緊握粉拳，跟著身子一顫。

「你們……不會有好下場的。」連薰予幾乎看不見眼前那對男女的樣貌，因為有層血紅色的紗幕遮去了她的視線，鼻息間聞到的都是血腥味。

「沒錯，真以為殺了人沒關係嗎？這下面埋的可是你們殺掉的同伴耶！」蘇皓靖突然使勁拉過連薰予往上跑，「往老杉處跑！」

咦？彭重紹腦子空白，但阿瑋非常明白，拽過他即刻轉身向左，直接往上衝！

「去那裡！」白眼男舉起了除草機，直接朝彭重紹身後劈下去！

但阿瑋跑得夠快，刀子只劈開了彭重紹飛揚的外套，沒有傷及肉體分毫。

同時往上奔跑的蘇皓靖使勁將連薰予往前甩，他則回身將地上那一整籃金紙朝追上的那對男女扔去，順手再抓了一把進口袋。

他們兩個嚴格說起來是被包夾在四個人中間的，但所幸公墓這些路不是只有一條，但凡土地都能踩。所以連薰予刻意繞向右邊，想閃開三白眼男，但是亂髮男早準備好要攬住她，一回身就往下跳。

停！連薰予戛然止步，她瞪著地面，身體自然停下了。

三白眼男提著除草機追著彭重紹而去，連薰予與亂髮男以一座墳丘相隔，男方在上，連薰予在下方。

蘇皓靖也跑了過來，他後面緊追不捨的是咆哮的帽子男與少女，來到連薰予身邊時，直接繞過她的背後，從兩座墳中間的小徑踩上去！

亂髮男意識到他突然地躍上，下意識往右邊偏了點，掄起拳頭準備趁蘇皓靖上來時揮拳——連薰予冷不防的一個跨步，從這座墳的左側繞上去，踩上前還不忘回身，朝著帽子男扔出早抓在手中的一把土！

「哇！」帽子男眼裡全是土，踉蹌後退，直接撞上追來的少女，在這略斜又不穩的斜坡上，跌坐在地翻倒。

而站在這座墳丘上緣、正中間的亂髮男，看著左右兩邊都躍上的人，根本措手不及！

蘇皓靖跳上後扭了身刻意往右跑，亂髮男根本打不到，而從另一邊躍上的連薰予，趁機立即抓過他的手，直接把他往下頭的墳丘上扔！

「冤有頭債有主！」她低喃著，再使勁推了一把。

「哇啊——」亂髮男無從招架，被偷襲地推下墳丘，直接摔在那座墳丘上頭。

奔遠的蘇皓靖沿路撿了石塊，追向三白眼男。

「小朋友，這裡有很多彩帶喔！」連薰予邊跑邊扯開嗓子大喊，「他剛踩了妳們的墳頭，還等什麼！」

幾秒鐘後雙胎胞手牽著手，小跑步奔來。

她們先是愣愣地看著亂髮男在墳丘上咒罵帽子男的成事不足，然後抽動的嘴角緩緩綻開了笑容，那是一股再遠，也能讓連薰予背脊發涼的笑顏。

天真爛漫到令人發毛啊！

但那不關她的事了，她跟在蘇皓靖身後，帽子男跟少女的步伐也很快，分別從兩邊奔上打算包夾他們，路過小伯父的屍體時連薰予不忍卒睹，現在大家都是自身難保了！

殺你們的人就在這裡，亡者們可以動手啊！

前方的蘇皓靖突然停下，遠遠的還聽見彭重紹跟阿瑋在哇啦啦大叫著，連薰予差點撞上他。

「蘇皓靖！你幹嘛停下？」她不解，「這些是人，不是我們接個吻就能擋的。」

「噓……」蘇皓靖突然蹙眉，「妳感覺到了嗎？」

「我——」連薰予瞬間一驚，立刻回身看向左右……不對，他們周遭的氣流變了。

不遠處刺耳駭人的除草機馬達聲登時變得詭異，放慢速度後還卡卡的，發出像咳嗽的聲音；而一陣狂風驀地吹至，沒有任何前奏，直接就捲起漫天沙土！

「哇！」連薰予別過頭，直覺地往眼前的蘇皓靖懷裡偎，他倒也自然摟過，同時闔上雙眼。

氣息不同，溫度降低，連空氣的味道也都變了
盈滿的是腐敗與血腥味，以及一種名為仇恨的氣味。

風止息時，除草機的葉片越轉越慢，乃至於停下，三白眼男握著除草機的長桿甩動著，敲了又敲，重新啟動也無效，幾乎確認了除草機的掛點。

與蘇皓靖相擁的連薰予比誰都清楚，接下來會有多危險，如何地生死一線，還有——他們已經落入亡者的世界。

「搞什麼！」亂髮男剛剛就著墳邊躲避怪風，仍舊趴在墓碑邊，渾身都是土，沒來由地怒從中來。「快點把人幹掉，我們快點走！」

揉著進沙的眼，抬頭一見墓碑，陡然一怔。

這個名字……他倏地收手，該死，這座墳不是埋阿忠的那座嗎？

「大哥哥！」右後方驀地傳來天真稚嫩的嗓音，「你有彩帶喔！」

「靠！」這突如其來的叫喚真的讓亂髮男嚇了一跳，回過身發現居然是兩個女孩，而且年紀很小啊！「靠北啊，突然出聲嚇死人了！」

「我們還想要更多的彩帶！」妹妹突然用身體直接撞向亂髮男，「她也想要很長很長的彩帶喔！」

亂髮男沒料到女孩會突然撞上，但小小的身體哪可能對他造成什麼影響？亂髮男只是向後倒上墳丘而已，皺著眉看著這兩個女孩覺得煩躁。

「滾開啦！」他一手抓過妹妹的後衣領，粗暴地把她往後甩開。

「不可以欺負我妹妹！」姊姊氣急敗壞地尖吼，也跟著撲上亂髮男——只是，她手裡多了在路邊撿的三角石塊。

狠狠地就往亂髮男的肚子戳下去！

「哇！」亂髮男及時抓住小小的手，不可思議地瞪著她，「死小孩妳幹什麼！」

他不客氣地一腳將姊姊踢下去，兩個女孩都滾落在地，痛得哀叫。

亂髮男掀起自己的衣服，只是發紅沒有什麼傷勢，「幹，又多兩個……我沒很想殺小孩啊！」

妹妹爬了起來，看著受傷的雙掌，用不尋常的眼神瞪了亂髮男一眼，伴隨著冷冷笑意。

「誰會被殺還不知道咧。」妹妹指向了他，「踩我的墳頭啊！」

妳的？這瘋女孩在說什——身下的墳丘陡然一震，土壤迅速往下震落，亂髮男驚嚇不已地要滑下墳丘。

但土裡更快地竄出一雙帶肉臢骨的手，直接圈住了他的胸膛。

「哇啊——」亂髮男簡直不敢相信，那是一雙幾乎腐爛見骨的手啊「幹——黑熊！黑熊——」

帽子男雙眼進了沙土疼得受不了，是少女聽見叫喊先瞧過去，這一瞧瞬間就傻了。

「呀——」少女高分貝地扯開喉嚨尖叫，「那是什麼！」

帽子男眨著眼，讓淚水沖去塵土，再上方的三白眼男也驚惶的回身，看著斜角二十度、二十公尺下的某座墳。

雙胞胎抓著石片爬上墳丘，坐在亂髮男的身上，妹妹拉開他的衣服，讓他露出光裸的肚皮。

「枉我們兄弟一場，你這樣對我——」姊姊用不搭配的聲音怒吼著，「連給我座墳都沒有！」

「……阿忠？」亂髮男驚恐地瞪圓雙眼，「哇，是秋仔說的，他逼我的！他逼我的，你要相信——」

石片狠狠插進他的肚皮，兩個小女孩展現出不屬於人的氣力。

「哇啊啊——」亂髮男根本動彈不得，痛苦地在墳丘上激烈抽搐也掙不開。

他怎麼會不認得？那圈著他身體的手骨上，繫著的是他送給阿忠的生日禮物啊！

不甚尖銳的石片讓雙胞胎使用蠻力強行將他的腹部撕扯開，兩個女孩欣喜若狂、奮力使勁地切開亂髮男的肚皮，為的是她們可以舞動的彩帶；亂髮男不停地慘叫抽動，感受著活生生被開腸剖肚的痛楚，直到被拉出腸子。

淒厲的慘叫聲迴盪，令人聞之色變。

「幹！幹幹幹！」帽子男黑熊，嚇得臉色慘白，雙腳顫抖，「這是怎麼回事！我幻覺嗎？」

少女早已站不住地跪地，隻手還緊抓著他的衣服，親眼看夥伴在底下抽搐，看著小女生抽出腸子披掛上頸子時，她忍不住吐了出來。

秋仔緊緊握著失效除草機的長桿，這才想起什麼的凶惡的回身看向彭重紹他們，他們早已奔到了老杉樹下，居高臨下，慌亂地看著不動如山的蘇皓靖他們，怎麼不趁機跑呢？

「小薰他們怎麼都不動？」阿瑋可急了，「趁現在他們都在看……看什麼？」距離太遠，阿瑋他們只聽得見慘叫聲，卻看不見發生什麼事。

「不對……」彭重紹打了個寒顫，「好像……跟昨天一樣！」

對啊！彭重紹立即仰首向天，滯悶凝結的空氣，陰鬱帶紫藍的天色，還有……他往下望去，各座墳旁出現點點螢光，模模糊糊的身影正逐漸清晰。

「啊、阿阿阿瑋……」彭重紹緊抓著阿瑋的手臂，「好像……我們是不是又中了？」

阿瑋僵硬得不敢動彈，只敢用眼神環顧四周，嗚嗚，為什麼這麼多好兄弟啦！

蘇皓靖與連薰予十指交扣，他們小心翼翼地後退一步，因為眼前墳裡的主人正在現形，不要打擾人家的好。

「他踩了人家的墳頭，大不敬，」蘇皓靖突然出聲，「而且冤有頭債有主，那座墳裡應該多埋了你們熟悉的人吧？」

距離僅一公尺的黑熊倏地抬頭，「你們……是你們把他推下去的！」

「出來混就是要還的，不這樣怎麼給土裡的人一個機會？」蘇皓靖不以為意，「看一下你們周圍吧，這裡是公墓，有著被你們殺害卻不甘心的人，先想想怎麼保命吧！」

周遭？這不說還好，一看少女幾乎立即崩潰。

「——哇啊哇！」放眼望去，根本到處都是。「不是我的錯，是他們逼我的，你們也知道我一個女孩子能做什麼，他們說我不染血就不給我毒啊！」

秋仔咬牙，將背包式的除草機扔下，但卻拆下連著葉片的長桿，打算利用上頭鋒利的葉片作為武器。

「那個人最危險。」連薰予輕聲說著。

「嗯。」蘇皓靖輕拉了拉她，「我們要往阿瑋那邊走，沿路一定要小心。」

「放心，我們在一起。」儘管流了手汗，但跟蘇皓靖在一起，她就不會這麼害怕。

尤其，在這種環境下，他們的第六感比平時更強烈，例如……彭重紹所說的，陳先生墳裡的那位，也該咆哮而出了吧？

還有芭蕉樹下的小姐，是否也該露面了？

走！不需言語，他們彼此都知道下一步是什麼，蘇皓靖邁開步伐往上走去，秋仔當下立即就注意到他們了，擎著長桿直接迎向他們。

「不要發呆了！所有人都要解決掉！」秋仔吼著，「不能留下任何證據！」

路是不止一條，但小路都是圍繞著墳，秋仔其實可以輕而易舉地堵住他的路，加上他手上那帶著鋒利葉片的長柄，不客氣地直接朝蘇皓靖掃過來。

看見他怎麼對付彭重紹的小伯父，他們完全明白這是個多麼殘酷冷血的人了！

第一刀會從左邊來。

放空思緒，一切交給第六感，蘇皓靖輕易地閃過，連薰予跟著彎低身子，越過蘇皓靖右手邊，同時閃過秋仔劃過她頸子邊的攻勢。

『啊啊啊啊——』

怒吼聲果然傳來，秋仔為此頓了兩秒，誰叫那沙啞的聲音太熟悉？依然難以動彈的黑熊與少女也大驚失色！

「螳螂？」秋仔逸出這個名字的同時，蘇皓靖趁機抓住長桿，意圖從他手裡奪下凶器！

只是秋仔反應極快，一感覺得到拉扯，即刻使勁握住拖過。

「放手！」連薰予立刻把蘇皓靖向後拉，不能跟這個殺人犯拚！

可惡！蘇皓靖不得不鬆手，那傢伙有凶器，對他們來說太不利啊！

『你們！秋仔！』準確地喊著秋仔的名字，彭重紹口中的盛怒亡者總算從墓裡爬出來了。

「哇啊！是、是螳螂哥！」少女嚇得花容失色，想跑但是跑不動啊！

「幹！」黑熊毫不猶豫地即刻扔下她，三步併做兩步地往上跑去。

「黑熊！拉我！拉我啦嗚嗚……」她哭泣著，手腳併用的意圖「爬」上去。

黑熊哪肯理她，這種時候都自顧不暇了？

蘇皓靖與連薰予沒命地朝老杉那邊奔去，阿瑋跟彭重紹焦急地往下欲接住他們。

「不是五個嗎？」連薰予一拉到阿瑋的手，即刻就問，「昨天說有五個人圍攻你的！」

彭重紹這才意識到，一二三四……「對，有五個人才對！但是、但是昨天那種情況我根本不記得也不認得人的樣貌！」

「還有一個呢？」蘇皓靖沉著聲，「要提高警覺。」

下方現身的螳螂右額約了一個大洞，看來就是撞毀石龕的苦主了，血流滿面地來到少女面前，少女發出歇斯底里的尖叫聲。

「呀——阿——走開走開！」她蜷成一團，嚇得掩面，「螳螂哥請你原諒我，我真的是被逼的，我是不得已的啊！」

『黑吃黑！你們這樣對我！』螳螂怒不可遏，『還把我埋在別人的墓穴裡，我沒有名沒有碑沒有供養！』

「我幫你立墳！我幫你！」少女現在什麼都會答應，「我會燒很多紙錢給你，求求你放過我！」

她怎麼可能為他立墳？好不容易毀屍滅跡了，白痴才會把屍體挖出來，這是在搬石頭砸自己的腳嗎？

『不必！』螳螂凶惡的怒吼，『我已經找到替身了！』

什麼？彭重紹一顫，「他是說小謙嗎？不可以！小謙是無辜的！」

「幹怎麼有這種事啦！」黑熊嚇得全身發麻。

螳螂抬起頭，瞪著秋仔他們，但是卻沒有動作。

「他們不會傷害他們，」連薰予倒抽了一口氣，「天哪，亡者無法對付殺他的人！」

「什麼？」彭重紹才不可思議咧，「這幾個毒販殺了他們，不是說可以復仇之類的嗎？」

「可能跟他們連座墳都沒有，也沒有名字……」阿瑋皺著眉，「有一說是人需要供養才有力量，或是復仇也要有資格，啊到現在我們連他叫什麼都不知道啊！」

「一般被殺都能尋仇了……這幾個人只怕被動過手腳了！」

連薰予一驚，她聽過姊姊說過相關的事！「例如掩埋時下咒，讓他們無法超生也無法入地獄之類的嗎？」

「或許，這我不懂，只能瞎猜！但這已經不是重點了！現在要想如何讓亡者動手！」

蘇皓靖緊握拳頭，看著的是更遠的墳丘上，瞪大雙眼死不瞑目的亂髮男。

剛剛推他時，只要讓亂髮男與亡者接觸，下場也一如所想，但是沒料到螳螂卻不行。

「禁忌，」他轉向連薰予，「讓他們犯禁忌，亡者就能動手！」

「這太不公平了吧！我家人被傷害成那樣，而他們對於殺自己的兇手卻什麼都不做？」彭重紹抱著頭，既忿怒又委屈。

「這很複雜的！你們小朋友犯了禁忌，墳裡的亡者理所當然可以對付他們！」連薰予看著他，「總之現在動不了！只是墳的主人可能不想這麼做，但鳩佔鵲巢的這位可是怒氣難消，所以——」

阿瑋傾身，「要讓他們犯忌嗎？」

「只能這樣了，」蘇皓靖嘆了口氣，「連想旁觀都做不到。」

他們原本打的如意算盤是讓這些被殺的怨靈可以親自解決殺他們的毒犯的啊！

而這一切，秋仔也體認到了。

「不要怕，他要殺早殺了。」他一掌拍在黑熊胸上，回眸看向站在老杉邊的四個人，「螳螂他們不能碰我們。」

「啊？」黑熊連這短短一個字都是抖音。

「沒看到他沒對阿娟下手嗎？」秋仔冷笑一聲，「恨成這樣卻下不了手，看來當初做對了，讓你們連座墳都沒有，看還能有什麼力量！」

黑熊仔細看著，是啊，阿娟都已經哭到歇斯底里了，根本怕到走不動，但是螳螂哥就在跟前卻沒有把她大卸八塊……但元哥是因為那對小女孩，不，是因為元哥踩了墳頭。

那座墳裡，埋了阿忠啊！

「秋仔你真的好厲害！」黑熊由衷佩服，彷彿吃了定心丸。「先去解決那幾個。」

「我去對付剛剛在挖土的那兩個，長得好看的那對男女交給你，他們不簡單。」

他出手多狠道上都知道，剛剛那樣的速度，男的能閃開就算了，不到一秒的時間那女的也能閃？

那兩個比現在這全都是死人的地方更詭異！

「阿娟，沒死的話去把那兩個小孩殺了！」秋仔扯開嗓門下令，「螳螂他們不能對妳怎樣啦！妳只要小心不要踩到他的墳就好了！」

離埋螳螂的墳有段距離咧，根本不可能踩到！

秋仔說完立刻轉身，直接朝老杉這邊奔來。

「走！走啊！」蘇皓靖拉著連薰予立刻往老杉另一邊的下坡奔去。

彭重紹驚惶失措，他不明白為什麼會變成這樣！

「我們沒有什麼辦法嗎？現在這樣子不但幫不了我家人，連我們都自身難保了啊！」他忍不住哽咽起來。

「這會鬼打牆對吧？」蘇皓靖沒忘記他昨天遇到的話，「所以我們現在往下跑，等等還是會遇到懸崖、再上坡連到老杉那兒？」

彭重紹用力點頭。

「那你記得那個李先生帶你走的路嗎？」

咦？彭重紹一怔，他、他怎麼可能記得這件事啊？從他的眼神蘇皓靖一秒就知道答案了。

「反正鬼打牆，就是個碗型凹地範圍輪迴嘛！大家就在同一個地方繞沒差，我們分開跑。」蘇皓靖邊說，一邊把連薰予往右邊推，「你們盡可能往左繞，我們往右！」

「咦？可……」阿瑋都還沒說上一個字，他們已經跑開了。

聽著足音逼近，回頭一瞧，那秋仔就在身後了！

天哪！看那凶狠的眼神跟他手上拿著的除草機葉片，再對比現在圍繞在四周的好兄弟亡者們，這幾個毒犯加殺人犯，比好兄弟可怕太多了！

「哇！」彭重紹慌亂至極，居然在這時絆到人家墓裡，直接撲倒在地！

阿瑋都已經往前不知道多久了，聽見聲音回首，「哨子麵！」

他根本沒有回頭的機會，因為秋仔已經疾速來到彭重紹的身邊，把手上的長柄當斧頭握，完全沒有遲疑地就朝他趴著的後腦勺劈下去！

「你住手！」阿瑋激動的回身欲撲倒秋仔，結果突然有股力量瞬間扯住他的後衣領，直接就把他往後甩飛而去——「哇啊啊！」

啊！連薰予忍不住想回頭，阿瑋的聲音！

「別回頭！」往右奔下的蘇皓靖抵著她的肩，他們身後也有個帶著武器的男生啊！

「阿瑋不會有事的。」

「真的……真的嗎？」連薰予已經亂了。

蘇皓靖微擰著眉，「妳要把自己的危機跟他人的危機分開，不然這樣會誤判直覺的。」

「我……我不會啊！」她從來沒遇過這麼複雜的狀況啊！

現在沒時間解釋，但是他就是能感覺到，至少阿瑋是能平安的，彭重紹就無法確定了；不過他們現在應該是要顧慮自己比較切實吧！

帽子男在後頭緊追不捨，雖然周遭也好多模糊影子，但其他都看不清，看不清正好，他只要專心於前面那對男女就是了。

已經殺了三個，就不在乎再多殺幾個，只要留下活口，倒楣的就會是他們！帽子男從後口袋裡拿出了改造槍枝，路面開始由下坡轉為上坡了，他索性停下，喘著氣將準星對準了蘇皓靖的背影。

「不要怪我，要怪就怪你們亂挖真相。」喀，他壓下擊鎚。

咦？連薰予像被電到一般，連跟蘇皓靖說句話都來不及，回頭的瞬間耳邊傳來的是駭人的槍擊聲。

砰！

第十二章

「啊……」被甩得老遠，背部著地的阿瑋被槍聲嚇得跳了一下，一時還顧不得全身的疼。

那是什麼聲音？他咬牙慌亂爬起，還沒來得及看向彭重紹，趴著的手邊卻有一雙涼鞋大腳。

誰？阿瑋緊張地向上瞧，是個沒見過的陌生中年男子，他也眺望著槍聲大響的方向，嚴肅地皺起眉。

「搞什麼搞什麼，幾百年的安寧都被你們破壞了！」男人口吻顯得很不滿，「你們這些年輕人厚！」

到底誰啊！阿瑋連退了五十公分，然後往彭重紹的方向看去，「哨子……」

趴在地上，雙手護頭縮成一球的彭重紹在人家墓埕裡瑟瑟顫抖，但是那葉片斧竟沒有劈砍他的後腦勺，因為有位阿嬤拉住了秋仔手上的長桿。

依照阿瑋多年的經驗值，他旁邊這位大哥、或是哨子麵身後那位阿嬤，都絕對不是人！

『幹什麼幹什麼！他踢的是我的墓，要管也是歸我管啊！』阿嬤輕輕一推，就把秋仔整個人推得踉蹌，『就是你們把這裡搞得烏煙瘴氣的嗎？』

秋仔不可思議地節節後退，這老太婆是哪裡來的？

『對啊，每天都有慘叫聲，很吵啊！』秋仔身後的墓裡的人也開口了。

『今年搶紙錢搶供品更是打得不可開交啊！』左邊墓碑上的男人顯得也很不平。

『這附近全是血腥味了！搞什麼啊！』

恐慌的彭重紹根本搞不清楚狀況，他只知道一抬頭往前方看，看見的不是阿瑋，而是一旁的李先生！

「李先生！」彭重紹雙手忽地撐地，連滾帶爬地過來，「李先生救命！」

『別動！你別動啊！』李先生慌亂地喊著，『你待在人家墓裡好好的沒事啊！』

彭重紹哪聽得進去，他情緒都已崩潰，顧不得一切地踏出那墓埕範圍，老婆婆回身唉了聲，秋仔瞬間領會，擎起長桿立刻又追上。

「馬的！」阿瑋隨手抓起地上的碎石，掙扎地站起來，就朝秋仔扔過去，「殺人犯！」

彭重紹撲向阿瑋時，他用身體抵住他，石子也的確對著秋仔眼邊打去，他卻一抬手便擋掉。

「李先生！」彭重紹恐慌地躲到李先生身後去。

『唉唉，你們把這寧靜都破壞了！』李先生嘆息著，『這吵鬧犯得多大的忌諱你們知道嗎？不是每個人都這麼客氣的，全吵醒了我看你們怎麼收拾！』

「不是我們吵啊，是他們！」阿瑋指向正看著李先生，略有遲疑的秋仔，「他們要殺人啊！」

秋仔謹慎地看著李先生，以及在他背後的彭重紹，近在咫尺，機不可失……他冷不防地直奔上前，就又是一劈。

『唉，』李先生登時擋下了攻勢。『年輕人，怎麼這麼狠？』

秋仔瞪圓雙眼，「人都死了，管活人的閒事做什麼！滾開，小心我拆你的墓！」

哇塞！阿瑋打從心底佩服秋仔，他在威脅好兄弟耶！

『哈哈，哈哈哈！這好笑了。』李先生真的是朗聲大笑，『你知道我的墓在哪裡嗎？』

「總之，」秋仔使勁抽起長桿，「不干你的事！」

『這小子冒犯的是我，我也有權處置他——』李先生猛然一喝，回音直穿腦部的驚悚，『誰都不許動他——』

不只是秋仔，彭重紹跟阿瑋不約而同掩耳發顫，這聲音太可怕了，讓人打從心底發寒！

重點是——他說哨子麵冒犯過他耶！

「你到底犯到幾個人啊？」阿瑋愣愣地問著彭重紹。

彭重紹一臉無辜，涕泗縱橫，他不知道啊！而且他曾冒犯過這位李先生嗎？

秋仔被李先生震懾到了，他不安地後退，他還沒料過真的會有鬼這種東西，不過他敢殺人就不怕有這種玩意兒對吧！

「那另一個就不關你的事了吧？」秋仔反應極快，眼神落在彭重紹身後。

『呃……』李先生出現了兩秒的猶豫。

嗚啊，不要猶豫啊！阿瑋直接拔腿狂奔，他現在是不是應該也要找幾座墳犯些禁忌，問題是這些好兄弟會護著他嗎！他不敢賭！

「小薰——」阿瑋扯開嗓子求救了，「小薰！」

只顧著喊，他才想到剛剛那聲槍響又是怎麼回事！該不會是針對小薰他們的吧！

此時，曲膝跪地的連薰予正被蘇皓靖拉起，她有些脫力腳軟，下方擎著槍的黑熊相當震驚，他剛剛明明瞄得很準，為什麼那個女的會突然把男的撞開！他們兩個都背對著他啊！

彷彿……就像他們早就知道他會開槍、還知道瞄準哪邊似的！

蘇皓靖撐著她腿軟的身子，她暫時得攀著他的肩頭才能勉強站穩，惶恐的回身看著仍舉槍的黑熊，還有從遠處奔來的阿瑋。

阿瑋看見黑熊也嚇到了，槍？槍？怎麼這年頭槍這麼好買啊，是有自動販賣機是嗎？

「這樣不好喔！」蘇皓靖突然朝黑熊揚起笑意，「直接朝人家墳墓開槍，這是大不敬了吧？」

「我——」黑熊怒瞪著他們，「我是哪裡朝別人開——」

『誰——』

怒吼聲登時傳來，連影子都來不及瞧見，鄰近一個小女生亡靈尖叫，蘇皓靖即刻抱緊連薰予。

紫光從他們相貼的身體中迸出，瞬間成為個像肥皀泡的膜，千鈞一髮之際擋住了殺出來的螳螂身影！

阿瑋還在觀望要怎麼閃開黑熊，卻看見突然殺出的那個頭缺角的惡鬼雙手朝蘇皓靖背後砸下，追著他而至的秋仔也嚇得止步，這是什麼狀況！

螳螂當然攻擊失敗，阿瑋看過不止一次了，小薰跟蘇先生只要接近就會有防護罩耶！超羨慕的！

「螳……螳螂哥，」一見面目全非的螳螂，黑熊還是會畏懼，「不要這樣，螳螂哥，是你不好啊！」

「不要怕他！他傷不了你！」秋仔在後方大吼著，「螳螂，你想坐地起價，就要承擔該有的後果！」

『所以你們就殺了我？你們根本一開始就沒打算付錢——』螳螂一旋身，冷不防抓住了黑熊手裡的槍。

咦？黑熊一怔，什麼？

他眼裡映著螳螂被撞凹的駭人頭顱，其實他根本也記不清那晚的事，因為他們都是吸毒後才去交易，他只記得……大家殺人殺狂了！記得大家的狂笑聲，如何抓著螳螂哥的頭去撞附近的石頭或墓碑，直到他的頭有一半都不見了都沒人罷手。

連交易到底出了什麼事他都不記得，只知道清醒後附近散落的屍塊跟血肉，三具屍體血肉模糊。

帶殘肉的手抓著他的頭髮，粗暴著直接往上拖行，那力道大到瞬間就讓黑熊領會到這真的不是人類，他的頭皮快要從頭骨上被撕下了！

「啊！啊！秋仔！」黑熊死命地掙扎，卻依然被向上拖去。

一旁的蘇皓靖跟連薰予趕緊退開，阿瑋依然高度警戒，他半回身打量，現在的他剛好站在這碗型凹地的最底部，一邊留意秋仔的行為，也同時觀察上頭不遠的小薰他們，以伺機而動。

唉，後面有個殺人狂，中間還有惡鬼，他怎麼這麼衰啊！看看小薰他們，如果能跟在他們身邊好歹有個防護啊！

最討厭的是那個三白眼，他手上拿著的桿子超過一公尺長，尾端又是鋒利刀片，就算他跑得慢隨便也砍得到人啊……阿瑋思忖著，應該是要先奪去三白眼的武器！

「救我啊！秋仔！」黑熊驚恐的慘叫聲傳來，雙手護著頭皮，直到被拖到墓碑前。

墓前滿滿的 OREO，一旁還有一大堆殘餘的灰燼，黑熊驚恐地看著眼前的墓碑，陳……陳俊鑫。

他不可思議地看著墓碑上的那張照片，光頭的男人已經哭喪著臉看著他，而照片上有著一抹彈痕。

他剛剛朝那對男女開槍……打到墓碑上了嗎？

「你們——」黑熊忿恨地想找尋連薰予的身影，強大的力道卻直接將他前額往墓碑敲下，「哇啊——啊啊啊！」

一下又一下，螳螂沒有手軟地使勁，像砸瓜一般、像那天晚上所有人對待他一般，無視於他的苦苦哀求，把他的頭砸爛、還亂刀捅死！

「他會殺紅眼的。」蘇皓靖看著血花噴濺，心底湧起恐懼，「他會不會變成見人就殺的厲鬼？」

「有可能，他好狠……」連薰予咬唇別過頭，「希望他能專心去對付殺害他的凶手！」

「我怕是還沒看到那個三白眼，就先來砍我們了。」蘇皓靖眼尾瞄向有段距離的秋仔，妙的是他同時也凝視著他們。

依然是冰冷且殺氣騰騰。

「芭蕉樹……風吹得葉子沙沙作響，」連薰予嫌惡地閉上眼，「像是在催促我們一樣。」

「聽得見，吵死了，」蘇皓靖咬牙，視線沒移開過秋仔，「好！走！」

他冷不防地鬆開連薰予，逕自朝左邊奔去，而連薰予趁著螳螂還在砸那顆早就爛掉的頭顱，筆直往上。

「阿瑋！」她沒忘記同學。

阿瑋一聽見拔腿就跑，秋仔一怔，眼前三個人兵分三路，他只能追一個！

男人！秋仔扛著長棍葉片，直朝蘇皓靖追上。

不急，一個一個殺，那些看起來就只是普通人，在這座無人的公墓，就不信不能解決！

『我會殺了你的！秋仔！』螳螂在秋仔掠過他身後時狂吼，手上拿著黑熊的頭顱殘骸，『你們都要付出代價！』

「那小孩子是無辜的對吧！」從他墳頭經過的阿瑋還有空喊，「我們把凶手給你，交換一下，放過小孩子！」

『那是我的替身——』

「哎唷，怎麼這麼難溝通啊！」阿瑋抱怨著。

「彭重紹呢？」在上方某處停下，連薰予刻意等他，因為他們後無追兵，秋仔追著蘇皓靖去了。

「被昨天那個李先生護著了，李先生說他是被哨子麵冒犯的墓耶！」阿瑋上氣不接下氣，「那個三白眼的再狠也不敢跟鬼鬥吧……欸？他去追蘇先生了？」

「這個你握著，萬一有什麼來找你，你就拿在掌心貼他們。」連薰予塞了黑色符紙給他，「鹽巴一包給我。」

阿瑋趕緊交換東西，但他根本搞不懂，「為什麼要鹽巴？」

「不知道，大概可以辟邪吧？」她哪想得了這麼多，一切都是直覺反應，一把推開阿瑋，「你去找彭重紹！」

「那妳……」阿瑋話都沒話完，連薰予轉身就往崖邊去了。

這兩個人話都說不全的耶！

但阿瑋不是傻子，蘇皓靖他們跑的方向就是崖邊芭蕉樹，那邊不是最最可怕的地方嗎？

秋仔跑得極快，一拉近與蘇皓靖的距離，即刻橫刀劈過，但背對他的蘇皓靖依然又一次準確閃躲他的攻擊。

「你是什麼人！」秋仔大喝，「使什麼怪術！竟能預知我的攻擊！」

蘇皓靖回身後退行動，他的腳邊就是小伯父的腦殼，芭蕉樹也就在他的身後不遠處了。

「沒這麼厲害，只是直覺反應而已，」他專注地看著他的手，「有些人的直覺比較強大，所以有人會稱之為預感——」

秋仔沒聽他說完，狠勁十足地將葉片由下往上挑，希望能直接由下方插進蘇皓靖的下巴……唉，都沒在聽人說話的嗎？蘇皓靖及時用雙掌在腹部便擋下長桿，同時反制。

就說人家直覺強了，話要聽完啊！

反握住長桿的蘇皓靖小心地閃開葉片，使勁將長桿往芭蕉樹的方向挪，秋仔原本還在與他角力，但一發現自己移向芭蕉樹邊，瞬間鬆手！

糟糕！蘇皓靖因作用力連連踉蹌，後腳跟陷入剛才阿瑋挖的土坑裡，不支倒地而絆住，不過也因此止住可能一路跌下崖邊的頹勢。

但腳陷入坑洞也沒比較好，隻腳陷入，人也跟著蹲跪，尚來不及回神，秋仔的腳已在眼前！

秋仔撿起阿瑋他們挖坑的三角板石塊，直接朝蘇皓靖的頭尻下去——帥氣十足的臉突然抬起，揚起一抹笑。

「就等你了。」

什麼？秋仔砸下的手勢瞬間被蘇皓靖握住，他再借力使力地直接整個人後躺，意圖順勢把秋仔往後甩向了芭蕉樹！

但如意算盤還是打得太妙，因為秋仔的反應能力也很驚人，他反抓住蘇皓靖的手往前扯，雙腳抵地，避免自己被扔進崖下！蘇皓靖被他這樣一抓也離開原地，一翻身兩個人展開扭打，滾向小伯父屍體的方向！

危機天線全豎起，秋仔一佔上風隨時就要殺人滅口，手邊抓到什麼就往蘇皓靖的要害攻，不管是眼窩、咽喉或是頭顱，絲毫沒有手軟的一刻。

還好蘇皓靖也不是吃素的，長年鍛鍊自然有其效果在，一時之間竟難分高下。兩個人雖打得不分軒輊，卻處處是傷。

趕到的連薰予沒料到他們會扭打，她不解地看向咫尺之遙的芭蕉樹，都已經這麼近了，為什麼沒有任何反應？而且彭重紹所說站在一旁的長髮女子也沒有現身，難道也要觸犯禁忌才有傷害的力量嗎？

問題是芭蕉樹這位更慘啊，她甚至不是在誰的墳墓裡啊！

先拉開他們兩個再說好了，她不安地朝著不止的怒吼方向看去，黑熊可能全身都被撕成碎塊了，螳螂先生的怒氣仍未消，氛圍逼近危機上線，那個螳螂先生隨時都會變成厲鬼。

看準秋仔翻身在上的機會，打算衝上前將他拉開——才跨出一大步，連薰予心跳瞬間漏一大拍，某種震撼感殺來。

「嗨。」左方傳來不認識的聲音，連薰予才轉頭，便被扎實的一拳擊上！

「呀！」她直接被打得滾跌在地，手插進濕軟的泥土裡，隨便一摸都是紅色的溼潤！右臉頰超級痛，她覺得都快麻掉了，才想伸手撐起身子，左手卻直接被人粗暴地拉起，一隻強而有力的手臂由後勾住她的頸部，將她死死架住。

「夠了吧？」來人使勁勾著她的咽喉。

這會兒蘇皓靖好不容易佔了上風，掐著秋仔的頸子就要反制，聽見陌生的聲音抬首一瞧，看見的卻是被挾持的連薰予。

五個人……他擰起眉，該死，這是剩下的那位。

一個也很年輕的男人，比秋仔更為冷酷，聲音毫無起伏，能潛伏到緊要關頭才現身，也是他的心機。

秋仔趁機揪住蘇皓靖的衣領，不爽的就是一頓飽拳，將他摜壓在地。

「我就知道你們搞不定。」男人平淡地說著，「怎麼平白無故多出這麼多人？」

「天曉得他們怎麼發現的。」秋仔用腳踩住蘇皓靖的臉，「而且還真的出現那個在作怪了。」

「無墳無墓的孤魂野鬼，被塞在他人墓裡，頭身分家、也挖了他們的眼睛，應該要卑微到沒有力量才對啊……」男人往一旁的崖邊看去，「再丟下去吧，挖墳太麻煩了。」

「一次丟這麼多好嗎？」秋仔皺眉，「味道一起衝上來很容易被發現。」

「清明都過了，你以為還有多少人會來這裡？」男人冷笑著，「不過你說得也對，再找幾座挖開來丟進去就好了……還有幾個人？」

他邊問，一邊回頭，看見的是整片公墓裡的縹緲鬼影，在他們眼中只是模糊影子，絲毫不以為意。

人都殺這麼多了，怕鬼還要混嗎？

「兩個男的，還有一對雙胞胎的小女生。」秋仔往一旁的芭蕉樹看去，不知道是不是錯覺，總覺得地面有些顫動，像在呼吸似的起伏。

男人略蹙眉，猩紅一片，都這麼久的事了，現在冒血有什麼用？

『冬瓜……』螳螂抓著黑熊殘餘的頭骨片出現，看著連薰予身後的男人有幾分錯愕，『啊啊啊啊——』

冬瓜先是一愣，可螳螂卻瞬間失控，抓狂似地就朝他奔來，冬瓜俐落地直接把手上的連薰予扔向螳螂。

天哪天哪！連薰予雙手趕緊打直，掌心向著螳螂，並且及時蹲下身子，好讓這身高差能讓雙掌熨貼在那軀殼身上！

她的掌心一直都倒掛著護身玉，是確定有效的版本。

『吼啊啊啊——』螳螂被燙得慘叫，腹部即刻起火燒灼，一秒轉黑。

「什麼？」冬瓜意識到連薰予手上有東西，大步過來便意圖搶奪，但這點連薰予早就抓準，她抵住推開螳螂後，趁著亡者慘叫之際，順道把螳螂朝冬瓜的方向推過去了。

借反作用力踉蹌地跑離螳螂身邊，她不敢回頭，只能沒命地往上跑，山頂上的老杉是一個目標，至少知道阿瑋跟彭重紹在那邊！

螳螂相當痛苦，但這樣的傷害只是給他更大的忿怒，死前的遭遇與死後無墓折騰的怒氣總是讓他怒不可遏，看見冬瓜簡直就要失控。

『紅蛇！你還躺著做什麼！冬瓜他們在這裡啊！』螳螂發瘋般地吼著，那殘缺的臉開始生肉，轉為猙獰，眼神也開始成了紅色。

糟糕！亡靈在異變了，活人已經很難處理，他們沒空對付厲鬼啊！被踩著的蘇皓靖趁隙反手抓住秋仔的腳踝，趁他被眼前的螳螂嚇著時，將他往後扳離，一骨碌躍起身。

「幹！」秋仔向後狼狽滾了兩圈，腰椎著地讓他痛得一時無法動彈。

「螳螂大哥，你要冷靜，你已經無墓無名無供養了，要是變成厲鬼就回不去了！」蘇皓靖趁機對螳螂大吼，「警方會找到你的，到時會有人為你立新墳！」

「不會！」冬瓜即刻反駁，「不會有人知道他們死在哪裡的——也不會有人知道你們埋在哪裡！」

「一個人都還沒殺就在那邊講大話。」蘇皓靖冷笑著，他不是在激將，他的真實個性本來就不可愛。

螳螂異變的狀態減緩，聽見有人立墳，立即用那血紅雙眼回身瞪蘇皓靖，彷彿要個保證一樣。

「我保證。」他沉穩地說著，抹去嘴角流出的血，「但至少我們得活著走出這裡。」

「廢話真多！」冬瓜餘音未落，竟突然抽起槍，對著蘇皓靖直接開槍。

秋仔來不及喊住手，蘇皓靖果然即刻伏身，雖然不穩地跌倒在他人的墳上，但現在已經管不了這麼多了。

「對不起啊！」他跟碑上的女人道歉，「我不得已的，我會再賠禮。」

「啊啊啊啊——」又一陣莫名的狂吼聲，冬瓜即刻擎著槍往聲音的方向轉去，還沒開槍頭卻狠狠被敲了一記！

「呃啊！」劇痛襲來，痛得冬瓜說不出話，他向後轉了一圈後摔落地，下巴鮮血汩汩流出。

阿瑋雙手拿著荊棘樹枝，雖然抖得有點誇張，但至少準頭還是夠的。

他沒跑回哨子麵那邊，他覺得放蘇皓靖他們兩個人面對凶殘的殺人犯不太對，與其這樣還不如來比拚武力！讓他找到了某座墓旁的荊棘小樹，樹幹直徑只有兩公分，但滿是尖刺，至少有殺傷力。

刀子是從亂髮男身上拿的，剛剛根本完全沒人注意他，鋸下跑回就發現第五個人出現了。

在阿瑋揮棒的時候，連薰予正在他右後方伺機而動，等冬瓜一向後倒，連薰予便鼓起勇氣地再補推一把，直接把他往那山崖下推去！

「啊！啊啊！」冬瓜往後倒下時，睜大忿怒地眼看著連薰予，手裡的槍一陣掃射。

砰砰砰砰！所有人都嚇得蹲下，幸而向後倒下的他槍管是朝天際四十五度亂射的，大家蹲身後都順利閃過子彈。

但崖邊長草甚多，冬瓜居然卡在幾棵橫長的小樹與長草上，腳尖搆不到崖邊，但也掉不下去。

爬起的秋仔本來就非義氣之輩，他距冬瓜僅兩公尺距離，卻選擇退後觀望，看著螳螂這模樣，他一點都不覺得芭蕉樹下會有什麼好事。

「幹！秋仔！」冬瓜扯開喉嚨，「拉我……」

冬瓜伸長手喊著的同時，身後長草倏地纏上了他的手臂……咦？冬瓜錯愕不已，緊接著感受到後頭有什麼東西全纏上來了！

退退退！連薰予急忙推著阿瑋向後，芭蕉樹開始搖動，長草隨風遙曳，像有意識般緊緊纏住冬瓜。

終於，一隻手從崖邊竄出，啪地攀住了邊緣。

人影吃力地從崖下爬出，渾身是血，長髮覆面，一如彭重紹前夜所見。

「等妳很久了！」蘇皓靖大喝伴隨助跑，直接衝向秋仔。

秋仔正看著冬瓜，震驚地望著正爬上來的人，聽見身後大喝才回身，就被助跑的蘇皓靖一腳踹飛，不偏不倚直接衝向芭蕉樹！

「人給妳帶來了！」連薰予跟著大喊，「這些都是殺害你們的人！」

芭蕉樹意外的有彈性，秋仔撞上後竟也沒撞斷樹，他緊張地扯住芭蕉樹的葉子，人竟也沒往下頭摔。

男人終於爬出崖邊，驚人的是他沒有腳……下身是條如蛇的尾巴，血紅色的蛇尾！

他穩當地立於崖邊，左右兩邊的秋仔與冬瓜正在掙扎想要重新回到地上。

『蛇哥。』螳螂哀傷地看著眼前的半人蛇，他其實連這夥伴怎麼死的也都不知道。

男的？蘇皓靖扯了嘴角，好啦，不能怪彭重紹，他只看到長髮就以為是女的吧！

男人略抬起頭，像是看著正前方的螳螂，但是接著他的頸子緩緩的向右轉，看樣子視線是落在向蘇皓靖身上。

蘇皓靖繃起神經，不對……為什麼他感受到強烈的敵意？跟他沒關係吧！

「走啊——」連薰予也感覺到恐懼了，「快——」

第十三章

根本來不及，試圖上岸的冬瓜跟秋仔瞬間被無形力量拖下去，而同時那長草如蛇，上前就纏住了轉身要跑的他們！

不管是蘇皓靖或是連薰予，他們腳踝一被纏上，向後一扯迫使他們撲倒在地，然後被火速往後拖。

咦？咦？還在跑的阿瑋一陣錯愕，他回頭看著十指都抓著土地的連薰予，他竟沒事耶！

「哇啊啊——」崖下還聽得見殺人犯的叫聲，「走開！走開啊！」

「阿瑋！」連薰予十指再怎麼抓也只能插進鬆軟帶紅的土裡，什麼都抓不到啊。

蘇皓靖勉強抓到一個石頭插入土內，也是眨眼間就被化解，拉著他們的力道太大了，「太扯了！是我們幫你找到凶手的！」

到底為什麼會要置他們於死地？這殺氣是真的！

而且……蘇皓靖看向奔回的阿瑋，這個蛇哥真的是只針對他們！阿瑋衝上前抓住連薰予的手，使勁地想把她拖回來，蘇皓靖根本沒人幫，他慌亂地看著螳螂……找他幫忙？

還是算了。

蛇哥不客氣地直接衝向阿瑋，長髮瞬間開展飛開，阿瑋嚇得準備大叫，但髮裡面什麼都沒有，黑暗一片，只有眼睛部位是發光的！

「哇啊啊！」阿瑋還是嚇到了，一鬆手反而讓連薰予急速被拖下山崖。

蛇尾捲起阿瑋，直接就往遠方甩去！

「哇啊啊啊——」連叫聲都呈拋物線遠去。

『滾——』下一秒蛇哥怒吼，卻是對著螳螂。

螳螂不解，為什麼一樣慘死的同伴要找那根本不認識的陌生人下手？

「滾開滾開！」

上方竟冷不防衝下彭重紹，一陣亂吼，旋身急速奔來！

他手裡抱著一袋東西，用力一撕開，啪沙的一堆東西飛出，彷彿降下了白色沙雪——鹽巴大片地潑灑在蛇哥的髮上，甚至還飛到螳螂的頭上。

「嗚啊啊啊！」蛇哥痛苦的瞬間翻下了崖，那真的是翻，快到只有道影子跳下去。

「走開走開……啊啊墳！」螳螂恐慌地不停撥著頭，彷彿灑在他頭上的是炭火，而不是鹽巴般地跳躍著。

鹽？鹽巴！下半身都被拖出邊緣的連薰予即刻抓過落在地上的鹽就往後甩，因為她腳踝上拉扯並未因蛇哥受擊而消失！

彭重紹見狀則機警地把鹽往連薰予的小腿肚倒去，長草即刻鬆開！她想都沒想過，居然最後真的靠倒鹽巴！

慌亂地爬回地面，連薰予已經一把搶過鹽巴，不穩地往蘇皓靖奔去，她看不見他了！

「蘇皓靖！」她將鹽巴倒在掌心裡，直接往眼前的草堆一灑。

他還活著，她知道他還活著的！

「不怕！阿瑋還有啊！」彭重紹趕忙來到她身邊，大方地把鹽巴朝眼前的芭蕉樹腳下灑去。

啪——一隻手終於伸出，直接攫住了連薰予的腳。

「哇呀呀呀！」她嚇得歇斯底里，下意識地向後抓著彭重紹想抽腳，彭重紹也被嚇得哇啦啦大吼，分貝甚至還蓋過了連薰予。

「我啦！」蘇皓靖曲著手肘撐在地面上，「安靜點好嗎？很吵。」

連薰予驚慌地蹲下來想拉起他，卻發現他……穩當地站著？

蘇皓靖什麼也沒扶，雙手還能把崖崖邊的土地當桌面似的，接著才慢條斯里地撐起地面爬出來。

「怎麼……你沒事？」

「下面都是草跟土，還有很多樹，淤積加卡住，所以不是什麼深不見底的懸崖，是個八十度的陡坡吧！暫時不會掉下去。」他狼狽地爬了上來，「我還聽見秋仔在罵髒話。」

還沒死？

連薰予腦袋一片空白，「不是他們……殺了同夥嗎？那個螳螂跟阿忠都出手了，為什麼這個蛇哥……」

「他想殺我們。」蘇皓靖也感受到了，尤其在被往後拖時，「我們沒有犯什麼！禁忌吧？」

他撥著身上的沙狀物，一手的雪白，鹽巴？

「驅邪。」連薰予的淚水忍不住掉下來，「該怎麼離開這裡，我快受不了了！」

蘇皓靖笑不太出來，他越過連薰予看向後方，覺得萬分無力；彭重紹已經跑去找飛出去的阿瑋，但是他們四周卻開始群聚這公墓裡的所有往生者亡靈。

他們犯了什麼禁忌？在墓地嘻鬧喧譁。

連薰予突然領會到了這點，他們是沒嘻鬧，但保證喧譁，而且剛剛還有人開槍，從這些殺人犯包圍他們開始，他們所做的都是打攪這方所有亡者的安寧。

幽幽回首，他們已被層層包圍。

殺氣騰騰倒是沒有，不過怒火滔天卻感受得清楚，雖然不是因他們而起，但說實在的他們沒有開脫的理由。

「我們是被逼的，你們也看見了，是我們被追殺。」蘇皓靖誠懇的道歉，「現在是他們不願意放過我們。」

提起他們時，蘇皓靖沒忘記指向後方。

「鹽巴來囉！還有三大包咧！」彭重紹喜悅的聲音一路奔來，「阿瑋沒事，活著的咧！」

他如入無人之境地殺進亡靈重圍，開心地抱著一包鹽，後面走來行動極為緩慢的阿瑋，阿瑋自己都沒料到能活著，連骨折都沒有，就是痛得一時站不起來。

他不安地環顧四周，為什麼這麼多好兄弟啊？哨子麵是看不見嗎？

『年輕人，真的太吵了，』李先生鑽了出來，『從這些人來開始，這裡就沒安寧過，大家只要一份安寧。』

安寧，這兩個字讓連薰予覺得有多重意義。

向後一步，掩映在後方的手讓蘇皓靖牽上，螳螂的叫聲要從遠處傳來，他回到「他人墓穴」前，又意識到自己的悲涼與痛苦，繼續發狂怒吼；而下方那陳屍著亂髮男屍體的墓裡，卻傳來悲傷的低泣聲。

「李先生！」彭重紹似乎只看得清他，「你來了真是太好了，可以帶我們出去嗎？」

阿瑋小心翼翼地走來，連薰予突然以眼神暗示他不要靠近，硬是隔開三公尺以上的距離。

『你是沒問題，我本來就會保你，記得我叫李耀宗。』李先生又再三重複，『他們我就沒辦法了，吵得要命，大家希望全部安靜。』

「全部安靜？」彭重紹不解，「我們離開就安靜了啊！」

不是，蘇皓靖凝視著彭重紹手上的鹽，連薰予同時也朝阿瑋勾勾手指，她也要鹽巴。

『全部下去就安靜了！』亡者們同時異口同聲，猛然朝連薰予逼近！

蘇皓靖上前一把搶過彭重紹手裡的鹽巴直接撕開，阿瑋同時拋出手中的鹽，兩個人火速的在腳尖前，以鹽巴劃出一條界線！

誰能想到，這麼家居的辟邪物竟然如此有效！

「咦？為什麼！」彭重紹激動喊著，卻突遭李先生拽走，「住手！那是我朋友！」

重重鬼牆逼前，認真的要將他們往崖下逼，阿瑋拆開最後一包鹽巴也幫忙畫出楚河漢界，連薰予跟蘇皓靖真的就只剩下一小塊地可以站，但至少他們面前用鹽巴畫出了一個圓。

『滾、滾、滾——』亡者們不爽地齊聲逼前，每一個字都令人發毛，聲音都是在腦子裡迴盪。

「阿瑋！」連薰予加強界線之餘，赫然發現阿瑋居然站在她對面，在界線之外。「你快進來！」

一隻染血的手驀地從鬼牆中伸出，對準的是阿瑋的後腦勺。

連薰予才伸出手，螳螂的手已經扣住了阿瑋的頭，他嚇得大叫，雙手一高舉，鹽巴卻硬生生地從自己的頭頂往下澆淋，下了場切切實實的雨。

啊——眾鬼瞬間退散，在阿瑋周圍硬是騰出個圓形空地，螳螂自然也被燒得怒氣沖沖。

「我以後會好好尊重鹽巴。」蘇皓靖拿著僅剩的半包，決定在身後也畫一道，省得那位蛇先生又「蛇」上來！

只是才轉身，看見的卻是手持藍波刀，下巴仍在流血的秋仔——他是何時上來的！與蘇皓靖背對背的連薰予瞠大雙目，她眼前明明是驚恐的亡靈，但卻切實地看見刺來的刀尖。

「不要——」她尖吼著彎下腰，臀部直接將蘇皓靖頂開。

所以蘇皓靖迎下刀尖，不過他手上還有半包鹽吶——及時高舉起鹽巴，刀刃插進了鹽袋裡，秋仔的狠勁伴隨強大的力道，蘇皓靖甚至握不住那鹽袋，看著刀子連同鹽袋略過自己右耳。

於是秋仔變成撲向蹲著的連薰予。

咚。

「哇啊！」

又一次揮棒，荊棘樹枝這次朝著秋仔的臉迎面揮上，揮棒的人還別過頭、緊閉著雙眼。

啊……哈……連薰予雙手環抱雙臂蹲跪在地，睜眼看見的是阿瑋的鞋子；他撿起了一直在附近的樹枝，他很不想這樣傷害人，但是那傢伙撲過來姿勢讓他只有一個面可以打擊啊！

「打人要睜開眼睛！」蘇皓靖一把將他拉進，一定要在鹽圈裡。

阿瑋渾身是鹽，看著掩面慘叫的秋仔在原地亂跳，連薰予咬著牙站起，看著倒在地上打滾的人，心裡沒有一絲一毫的同情。

「如果他沒死，」連薰予戰戰兢兢地看向蘇皓靖。「那冬瓜呢？」

冬瓜呢？就因為下面很多障礙物，所以他們掉下去沒事？但那位蛇先生為什麼不動手！

她即刻上前勾住蘇皓靖，他們不該分開，調動所有的感官，就是要去仔細地感受這一切，別忘了那個冬瓜還有槍啊！

蘇皓靖踢走了秋仔鬆開的藍波刀，他不想在上面留下指紋所以不打算使用，接著拖過秋仔的腳，他要將他扔下去。

「先別拉著我。」他低聲說著，「讓他下去我比較安心，反正下面都是土，根本死不了。」

嗯？地震？連薰予感覺到腳下的微震，阿瑋還在那邊拿樹枝隔著鹽圈跟螳螂叫囂，可是連蘇皓靖都停下拖秋仔的動作，為什麼他們的腳下，好像——

轟！大地陡然震動，他們腳上踩的那塊崖邊土地直接整塊陷落！

「呀——」秋仔驚恐的往下墜，蘇皓靖也跟著滑落，連薰予更不可能撐住，腳下的土脆弱地全數崩解。

而且不只是腳下的那塊，是所有所謂「淤積」、「亂樹叢生」的部分全部都同時滾落，阿瑋回首時看見原來早已爬上來伺機而動的冬瓜大吼著往下掉，然後往下看見連薰予的滑落！

「小薰！」阿瑋潛意識伸出了手上的樹枝，旋身飛撲上去。

連薰予不顧一切地握住那滿是尖刺的樹枝，任尖刺穿過她的掌心，她多希望尖刺能卡住她的手掌鬆不開，因為蘇皓靖正抓著她的腳啊！

阿瑋半身都懸空在懸崖之外，努力用左手撐著邊緣想把連薰予拉上來，但她真的太重了，他必須用雙手握住樹枝，才不會失去……呃，可是他自己的身體都被往前拖了。尤其身下的土好軟……啊……低首一瞧，卻見眼前崩落的崖壁裡，竟突出幾根依照可分辨的手指骨。

『我要離開這裡！』螳螂驀地抓起阿瑋的腳，直接往崖下推。『那個混帳小子，那些個踩我墳頭，吃我供品——』

媽呀，阿瑋簡直不敢相信，說實在的那不是你的墳啊！要生氣也是陳先生才有資格生氣吧！

「不要碰我同學！」

彭重紹的吼聲傳來，他哭喊著抱住阿瑋的腰際，不讓那腐爛可怕的傢伙把他推下去。上面的掙扎連薰予看不見，她只知道一手死拉著樹枝，一手攀著崖緣的她已經快到臨界點了！

「不不不！！」她突然尖叫出聲，「你不要跟我演電影，蘇皓靖，我不許你鬆手！」

蘇皓靖其實一手扳著突出崖壁的樹根，但他知道連薰予遲早撐不住自己的體重，神主牌那個肉咖也不可能將他們兩個拉上去，而他……這樣掉下去死亡的機率不見得是百分之百，可是，那堅定的殺氣卻是百分之一千。

「阿瑋！快點拉我上去啊啊——」

冰冷的草纏著蘇皓靖的身子上來……不，那是濕黏的蛇，蛇身人頭纏著身子而上，依然除了長髮什麼都看不見。

「為什麼？」他看著爬上來的紅蛇，咬著牙問。

『我答應他了……不能讓你們活……』蛇哥的聲音竟懷有滿滿的歉意，『我必須這麼做……』

那紅蛇唰地鑽進蘇皓靖眼前的崖壁，緊接著他手指扳著的樹根便開始鬆動……不不不！土塊開始一撥撥往下掉，樹根眼看著就要滑出土壁，蘇皓靖急忙尋找下一個支點，一旦失去這個樹根，連薰予撐不住的！

樹根終究開始隨著崩落的泥土滑出，只是蘇皓靖愣住了，因為那不是什麼樹根，他抓住的是某個人的……膝關節？

已無殘肉的骨頭曲著膝，即使沾滿泥土，他也認得出，因為隨之滑出的，還有骨盆、大腿骨，以及上面那層層肋骨——一具人形骨骸就這樣從土壁中迎面出土！

蘇皓靖當機立斷，鬆開了抓握住的連薰予的手。

「蘇皓靖！」感受到腳下力量鬆開，連薰予卻什麼都做不到！阿瑋跟彭重紹正努力將她拉起，才感覺怎麼突然變輕了！

「不不！」一爬上崖邊的連薰予飛快地回身，往下希望能看見蘇皓靖的……身……影。

他就在那兒！幾乎就在原地，懸吊在半空中，身上還卡著一付無頭的人型骸骨彷彿相擁似的，他厭惡扯掉那具骨骸，一點都不想跟陌生人太親近。

而他剛剛鬆開的手上卻纏繞著某種……令人作嘔的東西，一路向上延伸到了大家的右手邊，約莫兩公尺處的懸崖邊。

「大哥哥，彩帶舞喔！」雙胞胎不知何時竟在那兒，手上纏捲的應該是名為大腸的器官。

連薰予不假思索，立即衝上前接過大腸，協助使勁拉蘇皓靖上來。

「可以再噁心點……」阿瑋打著寒顫，那是亂髮男的腸子吧！「我來幫忙！哨子麵，靠你罩！」

腳軟站不直，還是爬過去的阿瑋趕緊也幫忙拉著大腸，大腸又跟其他褪色的彩紙相綁，兩個雙胞胎在旁卻咯咯笑個不停，清脆的稚嫩童音甚是好聽……如果不是在這種情況下的話。

彭重紹無法壓制雙手的劇烈顫抖，這是打從心的恐懼反應，他看著兩公尺之遙的小堂妹們，霓霓轉頭看向他，卻露出一抹充滿歉意，屬於大人的微笑。

阿瑋口中的「靠他罩」，是因為那位李先生想要保他，所以出手護著阿瑋，螳螂才無法造次；李先生不停碎碎唸著他想要一個正式點的墓碑，供養不必麻煩，就固定燒點錢跟東西就好了。

而其他不滿的亡者們也沒敢造次，倒不是因為李先生、也不是因為一直在死亡痛苦中徘徊的螳螂先生，而是那個剛剛從墳裡爬出，額上有一個洞、沒有雙眼的阿忠先生。

他阻止螳螂的崩潰，沒有半個字，只是護著阿瑋他們而已。

就在快拉上蘇皓靖，他的手眼看著都能攀上崖緣時，那條紅蛇驀地再度從崖壁裡竄出，直接咬斷了大腸！

「喂！」雲雲不開心地嘟囔，「壞蛇！」

不——連薰予立刻趴下，伸長了手朝向蘇皓靖，不知道為什麼，在這種緊急之刻，他卻扭了身以左手握住連薰予伸來的手。

他應該用右手的！左手的力道根本不夠啊……唔，紅蛇再度纏繞上來，他們哪來的勝算啊！

『必須，必須殺了你們……』森幽的聲音竟帶著恐懼與懇求，殺人還這麼可憐是怎樣！『死啊死啊死啊死啊——』

「哨子麵來幫忙啊！」阿瑋急忙地想接手，拉住蘇皓靖，但是發現這距離太遠抓不到，他只能藉由抱住連薰予腰部向後拖才行。

連薰予已經涕泗縱橫，淚水一滴滴地落在蘇皓靖臉上，雙眼卻載滿怒氣，不必言語他都能感受到：「你敢放手你就死定了」的訊息。

做人真難，放也死，不放也死，哎呀。

但是，他不放手，兩個人都……淡淡的金色光芒從他們緊拉的手裡散出，像是有點接觸不良般地些許閃爍，然後金光開始包裹住他們的雙手。

連薰予的右手裡竟開始鑽出了翠綠色的嫩葉，纏繞住手掌、乃至於繞住他們牽握的手……接著蘇皓靖倒抽一口氣，因為他左手袖子裡竟也鑽出了一樣的嫩芽，與連薰予那端長來的枝椏交錯。

彭重紹才趴過來，就看見詭異的狀況，「那是什麼？他們在、在發光耶……」

是啊，光暈越來越大，那紅蛇根本連靠近蘇皓靖的頸子都做不到了！阿瑋懂這個現象，他欣喜若狂地趕緊由後扣住連薰予的上身，使勁拖著，彭重紹雖不懂，但照做就是。

不經意轉眼一瞥，雙胞胎卻不見了。

『不行！我答應過他的！』紅蛇淒慘的哀鳴，『你們不能存活於世啊！』

蘇皓靖攀住了崖緣，氣喘吁吁，眼看著都要脫力，這會兒跟剛剛不一樣，腳下可沒什麼可踩之物。

「你們可以接吻了吧！」阿瑋突然在旁激動地喊。

彭重紹簡直錯愕，「你在幹嘛？現在是接吻的時機嗎？」

「你不懂啦！」阿瑋催促著，「拜託快吻一下，那條蛇又上來了啦！」

連薰予痛苦地闔上雙眼，淚水被擠落更多，他們雙手被綠色枝苗重重纏住，俯身趨前，總該換她主動一次。

蘇皓靖實在很想爬上去給個認真的吻，但是有鑑於腳上被蛇尾纏住的痛苦，他也覺得這個吻得越快越好。

沒有時間嬌羞，連薰予俯頸向下使主動吻上蘇皓靖，四唇相貼後直接唇舌交纏，他們兩個就是這樣，越深入的接觸，便會產生越大的防禦力。

這次的光澤更接近金色，以他們為圓心的光球瞬間炸開，不若剛剛那單薄的肥皂泡膜，現在簡直就是個炸彈了吧！

光線刺眼到令人睜不開眼，彭重紹掩著雙目蹲在旁邊，不支地跪下呈趴姿，狂風驟起，崖下傳來重疊且悽厲的慘叫聲，他甚至已經分不清是誰的聲音。

『哥哥，我們走了喔！』

咦？左右耳各自傳來熟悉的聲音，彭重紹一驚，瞇起眼要想看清楚雙胞胎，卻刺眼地睜不開。

『她們已經同化，非帶她們走不可了，』嚴肅的聲音隨之傳來，『就用這兩個，換你們整個家族的命吧。』

「不不不！不可以！誰都不行——」彭重紹驚恐得大吼，「雲雲，霓霓！把她們留下來！」

留下來啊啊——

『我叫李耀宗啊！記得！光宗耀祖那個耀宗！』另一個聲音在他身後，客客氣氣地再交代一次。

剎。

風勢驟止，那是一秒之內平息的怪象，四周在須臾間變得平靜。

「崩落了！在那邊——大家小心！」遠遠的，在老杉那邊傳來了聲音，「土石掉下去了！」

「有人！看見有人了！」

頭都快埋進地底的阿瑋終於睜眼，抬起背看向老杉那邊奔來的人影，激動地揮舞雙手，「這邊！救命！這邊啊！」

彭重紹緊閉的雙眼打開，慌亂地環顧四周，「彭惠雲！彭惠霓！」

他搖搖晃地起身又虛脫跪下，不變的只有小伯父的屍體啊！雙胞胎呢？

「唔！」蘇皓靖使勁扳著崖緣，不得已離開甜美中帶著危險的吻，「我覺得我快撐不下去了。」

「阿瑋！」嫩葉已消失，他們拉住蘇皓靖的右手，而趕到的警方更是積極，一下就把人給拉上來。

看著一片混亂，警方不可思議，趕緊無線電聯繫。

蘇皓靖一上岸，第一件事是拉開連薰予的右手衣袖，她的右手肘裡，竟然有楊柳枝的刺青？

「什麼時候刺的？」他不可思議。

「貼的，刺青貼紙，姊說在某某宮廟用特殊管道拿到的，很靈。」反正姊什麼都很靈，「早上出門前硬要我貼上。」

阿瑋哇了一聲，「現在已經厲害到刺青貼紙了喔！」

「我也要一張。」蘇皓靖有氣無力地說著，轉過身癱坐在地上，自然地向後靠上連薰予的身子，「……喂，有沒有搞錯，芭蕉樹還沒倒？」

這一說，眾人紛紛倒抽一口氣，可不是嗎！

那棵芭蕉樹之前明明看見向後倒了，但竟沒有掉下山崖，而是七十度傾斜地掛在崖壁上，不過看來也搖搖欲墜了，隨著地面與土壤的鬆脫，眼看著都快跟土地成平行，也撐不了太久。

「誰是連薰予！」一個男人急匆匆地趕到，對著現場大聲問著。

「她啊，就她一個女生好嗎？」阿瑋沒好氣的回著，難道還能是他嗎？

「居然真的……」男人擰著眉打量連薰予，她沒力地坐在地上，併攏的雙膝上靠著闔眼的蘇皓靖。

拿起手機，男人直接撥通了電話。

「找到了，她沒事……」王檢察官轉了一圈，「四個人都活著，平安無事，陸律師——妳得跟我交代為什麼妳會知道……什麼？」

嗯？連薰予跟蘇皓靖同時圓了雙眼，戰戰兢兢地朝右邊上頭看，恰巧與回首的王檢察官四目相交。

「問他們？」

姊！連薰予不免扶額，姊幹嘛派工作給他們做啦！

「小心——」警察們把走不動的彭重紹扛到一邊去，其他人也趕緊上前架走連薰予等人，因為那棵芭蕉樹突然加快了傾斜的角度，正往崖下掉去。

「這邊土很鬆軟，都退到旁邊去！」

「小心腳下！」

在此起彼落的叫喚聲中，芭蕉樹終於難抵地心引力，從崖壁中抽出，翻落於崖下。

芭蕉樹根強勁多枝，在脫離崖壁的那一刻，所有人都看得一清二楚——樹根上，纏著一顆帶著長髮的人頭。

尾聲

經過連日的搜索，警方在崩落的崖下，找到了多具屍體，除了已成骸骨、綽號蛇哥的佘武弟外，其餘四具詭異得令人難以置信。

不管是冬瓜或是秋仔，他們身上可謂千瘡百孔，不是因為墜落山崖下時受的傷，而是與眾多樹根和草纏在一起，彷彿那些植物是穿過他們的身體生長的……想當然耳那是不可能的，因為屍體是新鮮的。

而另外在結構鬆軟的崖壁裡，竟還挖出了一對雙胞胎女孩的屍體，屍身完整，幾乎沒有外傷，詭異的是她們胃裡塞滿了壓墓的彩紙，但這並非致死原因，導致死因只能寫下「心肌梗塞」。

墓場管理員大哥陳屍在自己的車旁，原本說要載小伯父去醫院的他，連移車都來不及，就被秋仔割喉，他再揹起除草機，打算殺人滅口。

而原本以為消失的少女，在他們的大本營被發現，他們躲在最下方的一個有錢人家的墓室裡，少女腹腔被打開，瞪大雙眼地陳屍在裡面，看來當初拉蘇皓靖上來的彩帶，有加上少女的腸子。

現場滿是毒品與現金，確認了是以「冬瓜」名號為首的集團。

那夜是漫長且虛脫的夜晚，精疲力盡的蘇皓靖等人堅持在現場包紮加做筆錄，堅持等到屍體全部被找齊；現場還燒金紙給土地公，請土地公協助處理事宜，再依著他們的證詞，並取得家屬的諒解，開挖了陳俊鑫等人的墳，的確在裡面找到了陌生人的遺體——而且不止一具。

陳俊鑫的墓裡除了螳螂先生外，黑熊也在裡面，頭部殘缺不全，令警方詫異的是那死亡不超過六小時的新鮮度；而下頭與阿忠埋在一起的自然是那位亂髮哥，一樣是新鮮的屍體，開腸剖肚卻不見腸子，無論怎麼搜尋都找不到。

光是他們兩個怎麼被埋入墓穴卻毫無痕跡，就足以讓鑑識人員頭痛了。

陸虹竹很快就趕到了現場，擔任起蘇皓靖等人的律師，不讓他們輕易受到誘導或欺侮，順利地做完王檢察官完全無法理解的筆錄，什麼直覺、第六感、或是鬼擋牆這些，根本都難以寫成報告。

最終他們將這個視為一種「天網恢恢」，去祭拜的人們意外發現屍體，遭到販毒集團成員的追殺，進而引發了扭打爭鬥，小懸崖則因為土石鬆動，或是天意崩落，得以讓七個月前黑吃黑的屍體重見天日。

不然還能怎麼說？這是不能照實寫的事啊！

「姊說事情差不多告一段落了，應該不會再來煩我們了。」連薰予肉體傷口復原中，但精神上依舊疲勞，半躺在副駕駛座，「如果警方找我們任何一個人去問話，我姊一定要在場。」

「幸好有陸姐。」蘇皓靖這是肺腑之言。

他們剛從修車廠領回之前在國道車禍撞凹的車子，接著要跟阿瑋見面付「和解金」，然後決定利用這週休二日，去上次陸姐那間樸實廟宇淨化一下，與世隔絕，不然他們的精神都難以承受。

「姊除了迷信那方面外是很精明的，這次也是她先發現可能跟命案有關。」連薰予口吻裡都是驕傲，「幸好她聯絡了當地檢察官！」

「我比較好奇那個刺青貼紙，有問在哪個宮廟買的嗎？」他至今忘不了在連薰予手上長出的楊柳枝啊！

「有，叫祈和宮。」這種資訊陸虹竹絕對樂意分享。「不過那個沒對外販售，姊說要報她的名才有機會。」

「祈和宮？」蘇皓靖一怔，「跟黑色符紙不同家啊！」

連薰予搖了搖頭，「姊拜的宮廟那可是——」

「我懂，只要有廟她都拜。」他忍不住輕笑，「我最近都不敢去妳家，就怕進不了家門，妳呢？事情過後很折騰吧？」

唉，連薰予重重嘆口氣，別說了！

回到家後就是一連串的淨身，全身上下洗澡洗頭漱口都要做法，符水喝到想吐，更別提她房間身上掛了多少新玩意兒，連房間地上都用筆畫了廟給的陣圖，說這樣才安心，還得七七四十九天！

「幸好你想到去廟裡避避，姊就說到廟裡她比較放心，說不定就不必做七七四十九天了。」她完全一付眼神死的模樣。

「我認為啦，就我對陸姐粗淺的瞭解，妳回去後她應該會接續那七七四十九天。」蘇皓靖誠懇說出直覺想法，真心不騙。

「天哪！」嗚，連薰予無力至極，依照姊的心態，只怕這一次的事件會讓她做法到百日咧！什麼招都有！

「那天楊柳枝的交纏妳記得吧？源自妳手上的刺青我不意外，但是——」蘇皓靖打了方向燈預備左轉，「我左手也有，妳不覺得怪嗎？」

「我有想過，而且那天你還是用左手拉住我。」連薰予冷靜下來後，便仔細想過這件事，「我覺得是否是一種呼應？」

「呼應？我可沒刺青貼紙啊！」

「前一晚……你記得姊叫你把入門的楊柳枝插回淨水瓶嗎？」她只能想到這個，「你是不是用左手？」

蘇皓靖瞠圓雙目，當下倒抽一口氣，去公墓的前一晚……他跟連薰予接吻被陸姐抓到，不對，是他們在探究事情真相時被抓到，接著陸姐的確叫他把楊柳枝拿去樓梯下放妥，還順便讓他喝了符水桂圓湯！

對！他用左手！

「就因為這樣？」蘇皓靖簡直不敢相信，「我只是插了楊柳枝就可以呼應？而這麼剛好陸姐也在妳右手上貼楊柳枝貼紙，而且是有效的！」

連薰予只有聳肩，「不管是不是巧合，至少救了我們！姊說這真的叫無心插柳！」

蘇皓靖忍不住哇塞，這柳也插得太剛好了吧？

話說回來，就王檢察官那邊得知，陸姐找上他時提供了不少驚人線索，那是警方七個月前斷掉的追查，結果陸姐還能說出失蹤三個人、毒品交易等等關鍵字眼，才讓王檢察官不得不信！

問題是，他、連薰予、甚至彭重紹，都沒有提過關於公墓枉死者有三人這件事。

他們是到了那邊才確定有三個啊！陸姐又是怎麼知道的。

「抓交替也是陸姐想到的吧？」蘇皓靖略蹙起眉，「上次羅詠捷鄰居家可能是凶宅，我記得也是陸姐說的？」

連薰予有些錯愕，「是……是啊，她就是隨口說，但也是提個醒，不同的角度不同的看法。」

嗯……蘇皓靖握著方向盤的手輕點著，他怎麼覺得這些「巧合」似乎有點多？

但是，他的直覺無法告訴他任何線索，對於陸姐的行徑，他竟沒有任何感應？

車子即將抵達目的地，路邊恰巧有個停車位，在便利商店外已看見阿瑋跟彭重紹的身影，彭重紹原本要請他們吃飯，自然被婉拒，但他還是堅持碰面。

彭家一家子，在事件過後所有人都漸漸回到了正軌。

所有病人都在一夕之間恢復，連吐著黑水的小謙也只是迷迷糊糊地醒來，喊著肚子餓，雙手嚴重燙傷的阿明哭得可憐，兩個孩子的記憶只到掃墓當晚的民宿裡，此後再無任何記憶點。

經過精密檢查，小謙身體毫無大礙，試著進食後也不再嘔吐，阿明手部復健之路漫長，幸好是孩子，恢復力強大，只是復健過程的疼痛哭喊令父母心酸。

整件事情，唯有小伯父一家滅門，小伯母被自己的孩子剖開腹腔取出器官、小伯父被秋仔所殺，一對可愛雙胞胎莫名其妙地被埋在崖壁深處，阿瑋說，這可能是因為割下芭蕉的是小伯父。

畢竟芭蕉根纏繞著蛇哥的頭顱，才火速結出果實。

觸犯了禁忌不一定能輕易逃過，並非在墓地不能採摘野生水果，只能說彭家時運不濟，他們的墓區附近發生黑吃黑的命案並埋屍，而孩子們誤觸禁忌，小伯父還收割了吸取蛇哥血肉的芭蕉。

「嘿！」阿瑋喜出望外地奔來，看那開朗的笑，與本人時運真是十萬八千里。

「看來你最近過得不錯喔，笑得這麼開心？」蘇皓靖搖了搖頭，看來時運也拿阿瑋沒轍吧！

「厚，能活下來我就阿彌陀佛囉！」阿瑋向來很懂得知足，「而且陸姐說不必再調查了，真是謝天謝地！」

「對啊，配合調查其實很煩！」彭重紹也覺得疲憊。

連薰予看著彭重紹的傷勢，氣色相當好，而且整個人神清氣爽，又恢復到阿瑋口中那個幸運哨子麵了。

「你應該也順遂了吧？」她淺笑著，「家裡看來也不錯。」

「嗯，我找到工作了！家裡一切都好，大家都從事件中恢復，小伯父一家的後事也處理完畢了。」彭重紹微笑著點頭，「那個，我也把李先生的骨頭移到靈骨塔了……噢，我有問過他，他說沒問題。」

李先生，口口聲聲說彭重紹冒犯了他，事實上整件事中彭重紹觸犯的禁忌——是便溺在他人屍骨之上！

所以掘地三尺，在他便溺之處地底果然有一處百年以上的墳，墓碑僅用個圓石刻字，字跡早已模糊，不過李耀宗自述名字都講到爛了，不必查證彭重紹都會背。

雖說他冒犯到李先生，但李先生並沒有進行凶狠懲罰，相反的還利用了這點護住了他！連觸犯禁忌，都有命運的不同呢！

不過，他也不得不承認阿瑋有夠烏鴉，廟裡初重逢時，他隨口說過搞不好踩過一片土以為沒事，下面卻有無名屍，一語成讖！

「事情順利就好。」蘇皓靖往便利商店裡走去，「走吧，快點把和解書簽一簽，和解金拿給你，速戰速決。」

「其實你可以不必給我這麼多的啦！說到底你那天撞我也是救了我吧！」阿瑋非常懂得感恩，他知道了國道車禍的真相後，這筆二十萬實在很難收下。

「知道就好，」蘇皓靖也沒在客氣，「你欠我的人情可多了，而且你過得也不好，這二十萬就不必客氣了。」

嗚……阿瑋可憐地看向連薰予，她只能搖頭，蘇皓靖說得沒錯啊！遇上他的事，他們兩個出手至少兩次了吧？

「還是十萬就好？」彭重紹抓準機會，「剩下十萬我出，當做回報！」

「犯不著，說了不收你禮，」蘇皓靖即刻駁回，「我喜歡讓人欠著人情債。」

嘖，連薰予輕戳了他的背，說話幹嘛這麼故意啦！

彭重紹尷尬不已，說實在的，就算他幫忙付一百萬，這人情債根本也還不清。

「你們放心，這筆錢對他不成問題啦。」連薰予連忙出聲，別讓阿瑋覺得難受。

「二十萬耶……」

「他簽樂透拿的，」連薰予略噘起嘴，「缺多少簽多少，哨子麵你那天求他去醫院看一眼時，是不是在彩券行？」

咦？彭重紹一怔，對耶！蘇先生沒理他地逕自簽樂透，同時也在店外遇到阿瑋跟連小姐！

「厚！」阿瑋即刻看向連薰予，「小——」

「我沒在簽啦！」她咕噥著，「你看到羅詠捷可別說啊，她一天到晚吵著要我簽！」

「幹嘛不簽？能中的機會這麼高，傻子才不簽。」蘇皓靖依然抱持他的想法，像這次九死一生，他昨天又跑去簽了！

人生不享受，難道等著被這些直覺壓死嗎？

連薰予無法反駁，最討厭的是她開始動搖，這樣小筆小筆的簽好像也不錯耶……

蘇皓靖與阿瑋坐下來簽和解書，連薰予全程錄影錄音，簽完後直接交錢，連一刻也不想停留，蘇皓靖便迫不及待地要上山。

連薰予順道買了些零食，等咖啡之餘，蘇皓靖則先到車子邊等。

只是還沒過馬路，他就有些不安，擰著眉走近自己的車子，發現雨刷上不知何時被夾了張紙。

不是停車費，而是個令人頭皮發麻的字條。

蘇皓靖取下，B5 大小，上面有力的字跡寫著：『喜歡我給你的驚喜嗎？』

紙張下黏著那天國道的連環車禍，還有墓園的命案報導，蘇皓靖望著報紙若有所思……他就知道，那天國道車禍的千鈞一髮，果真有人在阻礙他們的直覺。

而無冤無仇的蛇哥欲置他於死地，也是答應了「某人」。

「怎麼了？」

買了咖啡的連薰予由後走來，繃緊著神經覺得不對勁。

「啊。」蘇皓靖將紙條揉成一團，立即切斷思維，從容旋身，「沒有啊！」

連薰予狐疑地皺眉，她剛剛明明感覺到……嗯？怎麼突然說不上來了！

蘇皓靖接過咖啡，溫柔笑著，「上車吧！」

她有些遲疑，可是現下卻什麼都感覺不到了！抿著唇帶點不甘心，對面的阿瑋他們還在那邊用力揮手道別，她綻開笑容道別，從容坐進車裡。

「欸，看看妳姊說的那間祈和宮在哪裡，如果順路我們去看看。」蘇皓靖輸入宮廟名字，等待搜尋時繫上安全帶。

「好哇！」連薰予忙把咖啡好整以暇地放在杯架裡。

導航轉著搜尋，好一會兒後卻出現：『您要查的是不是奇和麵店。』

「我來。」連薰予上前再準確的輸入名字。

『查無此地點，請輸入地址。』

車子啟動時，蘇皓靖還是降下車窗向阿瑋他們道別，彭重紹九十度鞠躬，誠心感謝他們的幫助。

「真是好人。」看著車子遠去，彭重紹由衷地說。

「就嘴賤，」阿瑋拍了拍他，「他們不吃飯，我們吃！」

「放心，說好要請你的！」彭重紹怎麼可能賴，攬過這好友！

「對了，你的寵物最後怎麼了？我那天是不敢告訴你啦！」提起分屍的倉鼠，彭重紹是事件結束後回家才知道，都發臭了。

彭重紹走到機車邊，從容戴起安全帽。

「我把牠們都火化了，再買了兩隻，重新養！」他聳了聳肩，「一切重新開始，都會沒事的！」

阿瑋豎起大拇指，就他說的，放寬心嘛！

兩台摩托車與蘇皓靖的車子反方向馳騁而去，而車上的連薰予輸入了陸虹竹給的地址，終於按下 ENTER。

『很抱歉，沒有這個地址。』

「咦？」連薰予不解地對照著姊寫的字條，「不可能啊，姊抄錯了嗎？」

「那種人不會抄錯的。」蘇皓靖看著導航上的地址，突然決定右轉，「我們去一趟就知道了。」

「去……」連薰予恍然大悟，「不順路耶！」

「去了就順了！」蘇皓靖堅定回應。

找不到巷弄號無所謂，那條路名該是存在的。

迷信之徒親自去排隊買的護身物，這樣的廟豈會不存在？玄奇得令人想一探究竟啊！

蘇皓靖把心思擱在這兒，至於雨刷上的字條……現在不必想。
他知道，總有一天，他們會見面的。

The End

後記

適逢佳節，呃，好像沒有人在祝這個節日快樂的厚！

不過在傳統的清明節，除了慎終追遠外，也的確是個家族聚會的日子，在部份文化中，還有掃墓順便野餐，在祖先墓前打牌聊天說笑的習俗呢！

我們一直有種死者為大的觀念，因此在掃墓這樣的重要節日裡，更有許多需要注意的事，不過說穿了，重點大概就必是圍繞在「尊重」；諸如不能大吵大鬧、或是踩人家墳頭，這些都是非常不禮貌的，我想應該也沒人喜歡動不動就被踩頭吧？

而便溺這件事呢，隨地大小便本來就不應該了，野外嘛……常有人覺得方便又沒礙到誰就好，但我就偶然看到一個例子：他真的不得已在掃墓時，找塊空地解決，誰曉得底下數尺真有一具墳地已佚失的仁兄，當頭被淋了一身尿，氣得要命，所以讓這個人諸事不順，小災不斷，直到去廟裡求助才知道，趕緊道歉。

其他還有最晚不要超過下午三點的禁忌，這個是各種掃墓禁忌版本裡都一定有的，我想或許是過三點後就近傍晚，墓地偏陰，還是及早離開的好；掃墓當天還要注意自己有沒有印堂發黑（？），有的話就不要去較為妥當，遙拜也是一種方式，心意最重要。

其實我也不知道印堂發黑是個什麼樣的概念，但如果近來運勢不好，或許就可以慎重思考一下？

難得逢節日出相關禁忌，有種很 MATCH 的感覺，故事中提到的祭品，其實現在多數人都拜完就拿走，景氣不好嘛（喂），但我以前還是有看過擱在原地的，餅乾水果均有，燃著香，打掃得乾乾淨淨。

如果，你也看過這樣未取走的祭品，千萬不要拿喔！無論如何，那是別人的東西啊，怎麼拿都是偷了，而且膽子也太大了吧！

其餘的小錯失我找到很多經驗談，多半都是道歉就好，但道歉方式也不少，每個人化解的途徑各異，但有人提出其實不必到墓地，不嚴重的情況下，可準備供品，直接請土地公調解委員會出馬。

查找資料時我也看到坐錯地方結果被跟的，夜半不自知的夢遊，就是一直在搶冥紙，所以故事裡許多現象，都是我參考很多人求救例子得來的，總是寧可信其有，多幾分尊重。

順道一提，在運勢強的前提下，如果被纏上，對方還是可以從你身邊弱小的生命先下手，漸進式的削弱力量這點，是源自讀者天使跟我說的親身經歷，雖然他不是掃墓，而是夜半闖鬧鬼處冒險，但回來後養的動物也的確接連死亡，後來才發現真的引來了什麼，感謝提供梗喔！

至於男女主角，已經到了一種就算想分開，大概緣份也會把他們牽在一起的境地了，也或許因為中間有個帶塞的月老，讓蘇先生再怎麼閃都還是能遇到連薰予，地球其實也不大嘛是不是？XD

其實這系列的角色不是那種勇往直前的，也不是極度活潑的人，從小就擁有強烈直覺，卻沒有任何抗衡力量，明知他人有死劫卻無法、或不能插手的成長歷程，真的要到開朗愉快，心裡素質必須非常強韌！

我一直覺得男女主角能夠正常工作已經很強了，脆弱一點的說不定把自己關在家裡、與世隔絕，或是憂鬱症了也不一定，所以這種人如果還能活潑開朗，不只是白目，我想應是趨近於冷血了——畢竟一再目睹認識的人出事啊！

所以呢，請陪伴他們成長，現在連薰予之所以鼓起勇氣去面對，的確是因為遇上了蘇皓靖，甚至即使沒有他的協助，她也想試試看自己的能耐；而蘇皓靖本身就是刀子口豆腐心的最佳代表，他不過是冰封自己的心罷了，與其說是連薰予拽著他跑，不如說他只是需要一個藉口。

畢竟連薰予打小有「萬能姊姊」加「宮廟倉庫」護著，而我們的蘇皓靖呢，歷經的事自然不小，所以讓他選擇視若無睹，遊戲人間！

現在他們只要在一起，就有抗衡能力了，所以……多了助力自然就會改變嘛！

啊？什麼？「在一起」可以到什麼地步？哎呀，我們又不是十八禁的書（喂！）

今天是 2018.03.20，我在寫這本書時，除了墓地描寫外，就是阿飄們的來源……但這兩天的新聞真是一山還有一山高，完全證實了其實這本書裡的阿飄們死法一點都不離奇。

來盤點一下，有港男勒死女友再棄屍野外樹叢一個月的，有嫂嫂殺死小姑再自建水泥墳的、也有欠房租三千塊嫌房東嘮叨直接載到山上捅死再棄之山溝的年輕人……我突然覺得我寫的壞人好像比起來還好一點耶！

不知道為什麼現在大家情緒控管這麼差，而且想到的解決方式除了殺還是殺，我想教育跟環境都是個問題，還是希望大家不管在什麼情況下，盛怒時先冷靜，這年頭 EQ 比 IQ 重要多了。

不過生活在這樣的時代，有時就會想：欸，如果有強烈的第六感似乎也不錯耶！

最後，誠摯的感謝購買本書的您，在這書市寒冬中，購書是對作者最直接有效的支持，因為購書，作者才有辦法繼續寫下去，萬分感激！

笭菁

掃墓

禁忌錄

等菁作品31

國家圖書館出版品預行編目資料

禁忌錄：掃墓 / 等菁作. -- 初版 -- 臺北市：
春天出版國際, 2018.04
面； 公分
ISBN 978-957-9609-33-3 (平裝)

857.7　　107004517

ISBN 978-957-9609-33-3
Printed in Taiwan

作者	等菁
封面繪圖	Fori
美術設計	三石設計
總編輯	莊宜勳
主編	鍾靈
編輯	黃郁潔、牛世竣
出版者	春天出版國際文化有限公司
地址	台北市信義區信義路四段458號3樓
電話	02-7718-0898
傳真	02-7718-2388
E-mail	frank.spring@msa.hinet.net
網址	http://www.bookspring.com.tw
部落格	http://blog.pixnet.net/bookspring
郵政帳號	19705538
戶名	春天出版國際文化有限公司
法律顧問	蕭顯忠律師事務所
出版日期	二〇一八年四月初版
特價	290元
總經銷	楨德圖書事業有限公司
地址	新北市新店區寶興路45巷6弄6號5樓
電話	02-8919-3186
傳真	02-8914-5524